# 黒い雨に撃たれて 上

二つの祖国を生きた日系人家族の物語

MIDNIGHT *in* BROAD DAYLIGHT

パメラ・ロトナー・サカモト

池田年穂・西川美樹 訳

慶應義塾大学出版会

遠大の夢をいだいた渡米の日　一葉

伊藤一夫『北米百年桜』

いくさ加州を追われ砂漠の湖波たたぬ日
カクタス原ローカル・トレインぽっぽぽと走り
あけて星は消え夢はどこへすてる

ヒラリバーに収容されていた尾澤寧次作の句三句
ヴァイオレット・一恵・デ・クリストフォロ編著
『さつきぞらあしたもある――アメリカ日系人強制収容所俳句集』

1945, Aug. 6
まひるの中の真夜（まよ）
人間が神に加えた
たしかな火刑。
この一夜
ひろしまの火光（かこう）は
人類の寝床（ねどこ）に映り
歴史はやがて
すべての神に似るものを
待ち伏せる。

峠三吉『原爆詩集』

黒い雨に撃たれて（上）　◇目次

## III 銃後の戦い 185

下巻主要目次

フクハラ（福原）一家

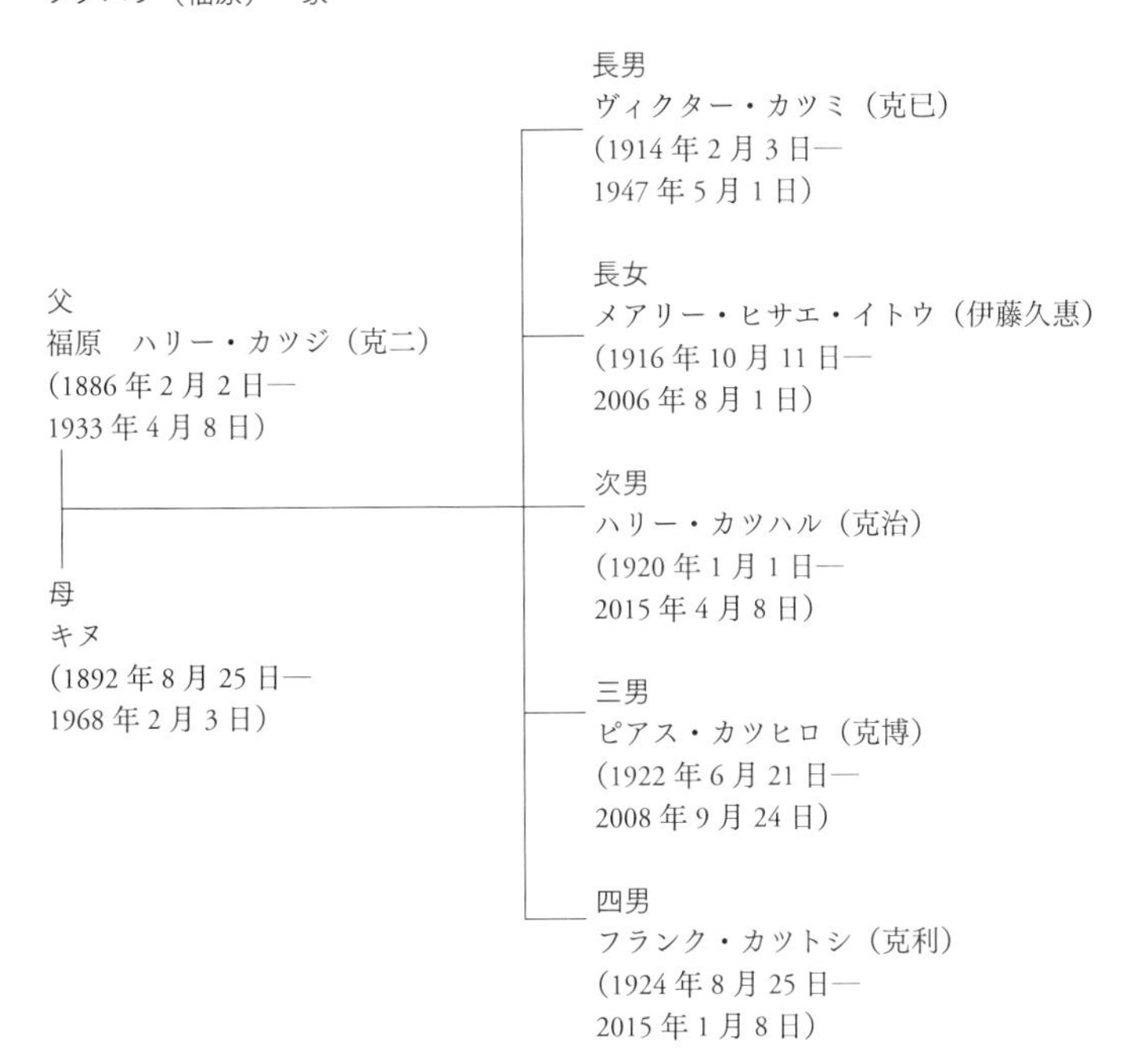
長男
ヴィクター・カツミ（克巳）
（1914 年 2 月 3 日—
1947 年 5 月 1 日）
長女
メアリー・ヒサエ・イトウ（伊藤久恵）
（1916 年 10 月 11 日—
2006 年 8 月 1 日）
父
福原　ハリー・カツジ（克二）
（1886 年 2 月 2 日—
1933 年 4 月 8 日）
次男
ハリー・カツハル（克治）
（1920 年 1 月 1 日—
2015 年 4 月 8 日）
母
キヌ
（1892 年 8 月 25 日—
1968 年 2 月 3 日）
三男
ピアス・カツヒロ（克博）
（1922 年 6 月 21 日—
2008 年 9 月 24 日）
四男
フランク・カツトシ（克利）
（1924 年 8 月 25 日—
2015 年 1 月 8 日）

## 凡　例

次のことをご諒解ください。

1　旧字体はできるかぎり新字体に直してあります。
2　内容的に齟齬をきたす部分や新たな調査で判明した部分などは、原著者の諒解を得て改変してあります。
3　原爆に関わる描写は、資料的な裏付けのないものは訳文に使用しないことをめざしました。
4　「広島弁」を用いている発話については一応の確認をしました。
5　原書にある索引は本書への収録を控えましたが、慶應義塾大学出版会の下記サイト（https://www.keio-up.co.jp/np/isbn/9784766426854/）よりダウンロードできます。

# はじめに

一九九四年のある夏の日、太平洋を挟んだ二つの国で戦争に呑み込まれた日系アメリカ人一家の実話を私が知ったのは、まさに幸運なめぐりあわせというものでした。当時私は東京に来たばかりで、その日は、一人の日本人外交官のおかげでホロコーストを逃れたユダヤ人難民の方々の記者会見に立ち会っていました。その外交官は、私の学位論文のテーマだったのです。ハリー・フクハラという名の、日本で長く暮らしたことのあるアメリカ軍の退役大佐が、旅行業を営む友人に頼まれて一行に付き添っていました。都ホテルのロビーの雑踏を縫いながら、ハリーは流暢な日本語と英語を操って、アメリカ人の記者や日本人の外交官たちを巧みにさばいていました。ある映像作家に、私が難民の方々の話に感動したことを話すと、彼女がこう言いました。「あの人たちの話が信じられないほど素晴らしいって思うなら、ハリーの話も聞かないとね」。

ハリーと私は互いに自己紹介しましたが、それ以上の話はしませんでした。けれどその数ヶ月後に、カリフォルニアの自宅から東京に戻ってきたハリーが、私をランチに誘ってくれたのです。外向的な性格で、よく人の相談相手になるハリーは、旅先で多くの人と会う約束をしていました。それからの数年間、ハリーがときおり来日すると、その都度二人でチーズバーガーをほおばり、アイスティーを飲みながら、気軽におしゃべりを楽しみました。ハリーは家族の話をしてくれました。ハリーから聞いた話は、新聞の中途半端な特集記事が報じることよりも、はるかに奥が深いことに私は気がつきました。

一九九八年も暮れようとするころ、私はハリーに訊いてみました。日米関係やアメリカで日本人が体験したこと、それから日系二世の話を、後世に伝えるものとして本にしようと思ったことはありませんか？　ハリーから聞いた話は驚きに満ちていて、めったにないものでしたし、世間にもほとんど知られていませんでした。ハリーはすぐにまた東京に戻って来ると、今度は自分の兄弟に私を紹介してくれました。こうして私の、二つの国をまたいだ調査とインタビューの旅が始まったのです。

私は日本とアメリカの各地にある文書館、博物館、図書館をくまなく調べ、日米両国合わせて七五人を超える人々に、日本語もしくは英語でインタビューをすることになりました。東京では、ハリーの両親が渡米したさいのパスポートの申請書類や、ハリーの父親がカレッジに通っていたことを裏付ける書類が見つかりました。貧しい移民がカレッジに進学するというのは、当時たいへん珍しいことでした。ハリーと彼の弟のフランクと私は、それからの一〇年間、コーヒーショップやレストラン、フェリーやタクシーのなかといったさまざまな場所で話をしました。インタビューの大半はノートとテープレコーダーを手もとにおいて正式に行ったものですが、そうした用意もなく会話の流れでなされたものもあります。もっぱら日本で暮らしていたフランクは、私の旅の道連れになってくれました。ハリーは広島にどうしても行きたがりませんでしたが、フランクは喜んで案内を引き受けてくれました。東京を発った新幹線があっというまに名古屋に着くと、フランクが乗ってきて隣の席にすわり、家でつくってきた私の分のお弁当を手渡してくれました。私たちは宮島と呼ばれる聖なる島でフランクの親類の方々と会い、それから小学校の同窓会に出席し、その昔ハリーをいじめた男性とも話をしました。そうして広島にいたある秋の日の昼下がり、一家が住んでいたという家に二人して向かっていると、「ふ-ら-ん-く」と歌うように弾んだ声をあげながら、一人の女性が駆け寄ってきたのです。それはなんと、あの原爆が落ちた日にハリーたちの母親と一緒にいた、マサコという名の隣家の女性でした。フランクがマサコと最後に会ってから、半世紀以上の時が過ぎていました。思い出があふれんばかりにマサコの胸によみがえってきたようでした。

マサコと一緒に足を踏み入れた広島の家は、さてどうなっていたでしょうか。現在の持ち主の父親は、ハリーとフランクの母親からアメリカ風の家具と設備込みでその家を買いました。そこは、一九三〇年代から四〇年代までが保存されたタイムカプセルでした。階段の吹き抜けの壁にガラスの破片が刺さっているのを見て、私ははっと息を呑みました。原子爆弾による爆風で割れて飛び散った窓ガラスの残骸でした。それから私はハリーとともに、飛行機でロサンゼルスに向かいました。一九四二年に抑留される前に、ここでハリーは暮らしていました。当時のハリーの雇い主で、ハリーを息子同然に扱ってくれた夫妻の住んでいた家を訪ねると、ハリーがアメリカ陸軍に入隊し一九四三年に出征したときに夫妻が窓に掲げてくれた「出征者家族」の旗を、この家の新しい持ち主がいまも飾っていました。そして私にとって何よりありがたかったのは、ハリーがモリネズミのようになんでもとっておく人だったことです。サンノゼの自宅の散らかった書斎から、一〇代のころに日本語で書いた日記、リボンでくくった一九三〇年代にアメリカの友人たちから届いた手紙の束、それから日本の軍事教練の教科書も出てきました。さらに貴重な収集品もハリーは少しばかり保存していました。アメリカと日本の宣伝ビラ、そして日本兵から手に入れた手紙です。

そもそも私がハリーの話に惹かれたのは、第二次世界大戦時におけるアメリカの日系人の強制収容のことを自分がほとんど知らなかったからです。シアトルやロサンゼルスをハリーと訪れたときに、コーヒーショップにいた同胞の日系人の方たちが、ハリーの顔を見ると、「どこのキャンプにいたの？」と気軽にたずねてきました。これは部外者にはまず気づくことのできない親密なつながり、消えることのない絆でした。どうしてハリーは軍に入隊する気になどなれたのか、私は不思議に思っていました。軍はハリーを収容所に入れ、しかるのちには自分の兄弟と戦うことにすらなりかねない戦場に送り込もうというのですから。日系人がアメリカの戦争遂行に計り知れない貢献をしたことについて、私はそれまで学んだことがありませんでした。私がこの本の調査にのめり込むようになったのは、そうした理由からでしたが、時が経つにつれて、この物語のなかにおのずと新たな意味が見えてきました。なによりも、これは希望と不屈の精神に耀う悲劇の物語、そして、家族へのとこしえに変わることのない愛の歴史なのです。長くて先の見えない出版までの道のりで私を支えてくれたのは、この本の持つ力や、この企画を実現させる意味を私自身が信じていたことです。

最後に、日本人の人名につきましては、名前のあとに姓を記すことにしました。本来、日本人の名を記録するときは、名前の前に姓を記載するのが慣例となっていますが、本書にはずいぶんとたくさんの日系アメリカ人の方々の名前が出てくるので、混乱を避けるために、どれも「名前それから姓」にしてあります。

小気味よいディテールがたっぷりと鏤められ、重要なことが内包され、叙事詩的な出来事が響き合い、書き手を夢中にさせる物語に、人生で思いがけずに出くわすことがあります。過去を覗くことのできるこの鏡に、私はこれまでずっと魅せられてきました。読者の皆さまも、同じように感じていただけることを願っています。

ホノルルにて　　パメラ・ロトナー・サカモト

# プロローグ　衝撃波

一九四一年一二月の最初の日曜日は、いつもと変わらぬ休日に見えた。海岸沿いの遊歩道では髪をポニーテールにした美しい娘たちがそぞろ歩き、マッスルビーチでは見事な肉体を披露するボディビルダーたちが練り歩き、サンタモニカ桟橋では金属レールをけたたましい音を立てて走るジェットコースター「ワーリングディッパー」の中で子どもたちが金切り声をあげている。朝もまだ早く、この国は平穏で、あと数週間でクリスマスが来る。ちょうどそのころ、太平洋のはるか二五〇〇マイル先で、オアフ島じゅうの軍事施設に日本軍の航空機が狙いを定めているなどと、いったい誰が想像しただろうか。

　そういうわけで正午近くに、灼けつくような太陽の下で働いていた二一歳の庭師の青年は、家の暗がりから雇い主の奥さんがふいに姿を見せたときも、べつだん慌てもしなかった。奥さんの声が聞こえるようにと、ハリーは芝刈り機を止めた。「ハリー！」と奥さんが叫んだ。「日本軍が真珠湾を攻撃したんですってよ[*1]」。

「はあ、そうなんですか」。そう言われても、ぴんとこない。ハリーが軽く会釈すると、奥さんは家のなかに引っ込んだ。

それから少しして奥さんがまた出てきたので、どうしたのかな、と今度は思った。

「日本軍が真珠湾を攻撃したのよ」と奥さんが言った。

「それはひどい話ですね」

ほかになんと言っていいかわからなかった。真珠湾（パールハーバー）なんて聞いたこともなかったから。長いこと日本軍が戦っている中国の珠江（パールリバー）が流れ込んでいるのかな？　何年か前に、アメリカの砲艦がそこで日本軍に撃沈されたと新聞の見出しにあったのを、ぼんやりと思いだした。たぶん、一九三七年の揚子江における砲艦パナイ号撃沈をうろ覚えしていたのだろうが。

奥さんは一瞬黙った。「あなた、家に帰ったほうがよくないかしら」。

「どうしてですか？」とハリーは訊いて、何も考えずにこう続けた。「僕とはなんの関係もありませんよ」。

奥さんの顔がこわばった。「日本がアメリカ合衆国を攻撃したのよ」。

仕事がまだ終わっていないのでためらっていると、奥さんからいきなりクビを言い渡された。わけもわからぬままハリーは愛車のA型フォードに草刈機を積み込むと、そこから一四マイル離れたグレンデールの家に戻った。

クビになったことは前にもある。ワシントン州にいたころ、エンドウマメやイチゴの収穫が終わったときに。けれど、ふだんは感じがよくて、定期的に仕事を頼んでくれていた雇い主から、こんなふうに追い払われるなんて、青天の霹靂だった。ずっとあとになって思い返せば、あのとき自分は「傷ついた」のだ。いきなりナイフでひと突きされて、血がどくどくと流れたみたいに。[*2]

その同じ朝、真珠湾からはるか四〇〇〇マイル離れて、カットシという名の一七歳の少年が、自宅から歩いて最寄りの高須駅に向かっていた。ここは広島市の中心から西に行った富裕層向けの住宅街だ。通りからやや奥まって並ぶ瓦屋根の木造家屋、ゴシップ好きの新婚女性が窓口にすわる郵便局、近所のパトロールに熱心な警官の詰める交番の前を、カットシは通り過ぎる。朝靄（もや）の切れ間から、まだ眠たいカットシの眼（まなこ）にカーキ色と藍色であふれた駅のホームが見えてきた。背嚢をせおった兵士たちが、せわしなく行ったり来たりし、空（から）の雑嚢をひしと抱えた主婦たちが、そこここに身を寄せ合っている。

はっと目が覚めるほどの眺めでもなかった。兵士たちがひっきりなしに往来するのは、この広島に中国の前線に向かう船の主要港があるからだ。女たちが毎日せわしなく動きまわるのは、農村部に出かけていき、夕飯の材料にするダイコンやカボチャやサツマイモをなんとか手に入れるためだ。カットシの母親も、この骨の折れる買い出しにしょっちゅう出かけている。

それは、いつもと変わらぬ一日に見えた。朝もまだ早く、この国はずいぶんと前から戦争をしていて、あと数週間で新年が来る。このときカットシが気にしていたのは、自分がいま贅沢をしていることだけだった。本当なら通学に電車を使ってはいけないのだが、今日は朝から陸上競技会があるので、二〇キロを走る前にへとへとになりたくなかった。体をほぐそうと、カットシはふくらはぎをとんとんと叩き、膝の後ろをよおく伸ばし、ぴょんぴょんとつま先立ちして電車を待った。

軋（きし）り音（ね）を立てて電車が駅に入ってくると、ホームの縁（へり）に歩を進め、混雑した車内のどこかに隙間はないかと目を走らせた。そのとき、ギーッという耳障りなブレーキ音に負けじとばかり、背後で誰かが何やら大声で叫んだ。振り返って声の主を探す前に、電車のドアがぱっと開く。あわてて跳び乗ると、電車は市中に向かって走りだした。車内はしんと静かだった。学校に向かう道すがらも、競技会でトラックをぐるぐる回っているときも、行きがけに耳にした言葉が頭から離れなかった。僕が聞き間違えたのかな？　それとも本当にそう聞こえたのだろうか。「ハワイ奇襲に成功したぞ！」って。*3

それから数時間して、その日あったことがどうにも腑に落ちないまま、ハリーとカットシはグレンデールと広島の、それぞれの家に帰ってきた。芝まみれのTシャツとジーンズ姿のハリーは、雇い主のマウント夫妻、クロイドとフロッシーのいる部屋に顔を出した。この家で、ハリーは住み込みのハウスボーイをしているのだ。鉛縁の窓からリビングルームに燦々と陽射しが降り注ぎ、外ではアメリカ国旗が風を孕んで悠々とはためいている。

一方、汗まみれの制服姿のカットシは、タタミ（畳）を敷いた居間に入ると、チャブダイ（卓袱台）の前に膝を曲げてすわった。火鉢はたいして温かくもなく、弱々しい陽射しに障子窓がとどめを刺すかのようだ。キヌが障子を少しばかりあけておいたので、柿や枇杷、柘榴や無花果の樹々の植わった庭がちらりと見えた。真っ赤な椿の花が一輪、古寂びた石の水盤の腹にぺたりと張りついている。

この日、ザーザーと雑音のひどいラジオに、どこの家でも皆が揃って耳をそばだてた。

その朝早くカツトシが出かけたあと、キヌがのんびり台所仕事をしていると、町内のあちこちに設置された拡声器から、いきなり大音量の「軍艦マーチ」が流れてきた。「マモルモ　セメルモ　クロガネノ……」。背中に悪寒が走り、あわててキヌはラジオをつけた。[*4]

一方、マウント夫妻もまた、ラジオの生放送でホワイトハウス報道官のスティーブン・アーリーがマイクの前に立ったとき、胸の締めつけられる最初の瞬間を迎えていた。淡々とした口ぶりで、アーリーはこう言った。「日本軍による真珠湾攻撃は、おのずと戦争を意味するものであります。かかる攻撃を受ければ、おのずと反撃することになるでしょうし、こうした敵対行為があっては、おのずと大統領が議会に対して宣戦布告の同意を求めることになりましょう」。[*5]

ハリーがテーブルにつくと、三人はこのニュースについてよくよく考え、事の重大さを推しはかった。白髪まじりの初老の夫妻は、息子のように思っているハリーに目をやった。「これからいろいろと面倒なことが出てくるでしょうね」。庭師を突然クビになったことをハリーが伝えるより先に、マウント夫人がそう言った。[*6]

広島の一角に暮らすキヌとカツトシもまた胸騒ぎを覚えていた。心配なことはまだ何も起きていないが、先行きが明るいとは、どう見ても思えない。ますますたくさんの紅顔の新兵たちが港まで行進して戦地に送られ、必需品の配給品目がさらに増え、一年も経たないうちに骨と灰になって戻ってくる兵士の集団葬が増えることだろう。キヌは、徴兵年齢にあるかそれに近い四人の息子たちのことを心配し、カツトシも兄たちのことが気になった。

翌日、キヌが地元紙の『中国新聞』を開くと、太平洋各地から届いた大本営発表の赫々（かくかく）たる戦果を告げる見出しがこれでもかと並んでいた。「奇襲作戦」は「早くもホノルル初空襲」のほか「各方面で」痛棒を加えていた。ダバオ、ウェーキ島、グアム島の軍事基地だけでなく、シンガポールも日本軍の「爆撃浴す」。上海ではイギリスの艦隊が「撃沈」され、アメリカの艦隊は「降服」した。日本軍は香港とマレー半島を急襲し、敵を撃破していた。ぶるっと身震いして、キヌは新聞を置いた。カツトシが戻ってきたら、すぐにこのことを伝えなくては[*7]。

新聞の見出しは正確だった。日本軍の電光石火の攻撃と肝を潰される進軍に、連合軍は必死で抵抗を試みていた。首都ワシントンでは議会に赴いたフランクリン・デラノ・ローズベルト大統領が、独特のバリトンの声で、今日という日は「我が国にとって恥辱の日となるだろう」と言明した。大統領の演説は七分足らずのものだったが、それから一時間のうちに、議会はジャネット・ランキン下院議員のただ一票の反対票を除いて、宣戦布告を承認した。オアフ島では、真珠湾に繋留された戦艦数隻が大きく傾（かし）ぎ、濛々（もうもう）たる煙をあげて燃えさかり、陸海軍の兵士ならびに民間人を合わせた死者数は早々に二四〇〇人を超えた。

いまではどこにあるかはっきりとわかった真珠湾が攻撃されてからいくらも経たないうちに、ハリーは万年筆を走らせ、広島ではキヌが馬の毛の筆にスミ（墨）を含ませた。どちらも互いに宛てて、縦書きの流れるような複雑な日本の文字で、緊急の手紙をしたためた。ハリーはアルバイトとカレッジの授業に向かう途中、急いで郵便局に立ち寄った。キヌはティッシュみたいに薄い便箋を封筒に入れて、カツトシに手渡した。幼いころ遠く離れた国でフランクと呼ばれていた少年は、走って日本赤十字社に向かった。その巨大な鉄筋コンクリートの建物は、市の中心にある特徴的なT字型をした相生橋(あいおいばし)のたもと、緑銅のドームを冠した広島県産業奨励館のすぐそばにある。敵国宛ての郵便を受けつけてくれるのは、もうここだけになっていた。息子への忠告を綴ったこの手紙がどうか無事に届いてくれますようにとキヌは祈った。ハリーは、キヌのただ一人アメリカで暮らす息子、そして、カツトシの大好きな兄さんなのだ。

# Ⅰ　アメリカに生まれ、二つの文化で育つ

## 1　オーバーンの故郷にて

一度決めたら、ハリーはめったに振り返らない。頭にきた原因はたいしたことではなかったけれど、一九二八年のある日の午後、八歳の少年の誇りは傷ついた。そこでワシントン州はオーバーンの家から飛びだすと、自転車をこいで裏庭の芝生を抜け、砂利道にがたんと乗りあげた。そこからウェスト・メイン・ストリートまで疾走し、三ブロック過ぎたところで都市間鉄道にぶつかると、線路の上を三本目の送電レールをよけてがたがたと乗り越えた。ウェストバレー幹線道路まで来ると、シアトルめざしてスピードを上げた。この大都市は、厄介なことにまだ二二マイルも先だ。

二車線の幹線道路をひた走ると、青々と茂る常緑樹の並木が、行く道に影を落としている。ときおり二人乗りのオープンカーが轟音すさまじく脇を通り過ぎ、泥を威勢よくはね散らかす。ペダルを踏む脚に、ハリーはいっそう力を込めた。

鉛色の空に照り映える道が、眼前で上がったり下がったりする。ホワイトリバー・バレーの綿雲から差す陽射しはしだいに傾き、幾筋かの光の線を道の先に投げている。下り坂を惰性でおりていると、ヒマラヤ杉の香りがふわりと漂い、かすかに雨の匂いがしたが、それは遠くの夕立の気配といったものにすぎなかった。

家からどんどん遠ざかるにつれて、この突然思いついた計画がきっと成功するにちがいないと、ますますもって思えてきた。友だちの家に隠れていられる自信がある。そのあとのことは、頭になかった。シアトル郊外の緩やかにうねる畑が見えてくると、ハリーは天にも昇る心地になった。

ビトウさんの家に着くころには、あたりはとっぷり暮れていた。土埃を立てて玄関前に止まった瞬間、飛びだしてきたビトウ夫妻がハリーを家に押し込み、二人の親しい友人であるハリーの父親にすぐさま電話をかけた。僕が来るってわかっていたのかな、とぼんやり思いながら、ハリーは一人窓辺で待っていた。

それからまもなく、カツジ・フクハラが山高帽を手に玄関に立ち、ビトウ夫妻に頭を下げて、招かれてもいないのに突如あらわれた息子の非礼を謝った。父親のへりくだった態度は身についた作法だが、ひどくむっつりしたその顔をハリーは見逃さなかった。自転車を父親のビュイックにロープでくくりつけると、ハリーは後部座席に急いで転がり込んだ。アドレナリンの放出はとっくに終わり、脚と肩がずきずき痛くなってきた。それでも、このちょっとした冒険を終えて、ハリーの気分は最高だった。これで父さんも母さんもわかっただろう。僕は一度決めたことは絶対にやり通すってことを。

正直なところ、ハリーも家に帰れてほっとしていた。母親は、両手を大きく広げて安堵の涙をこぼしながら息子を出迎える……なんてことはしなかった。日本人の親というものは感情をあまり表に出さないのだ。それでも口元をかすかにほころばせ、ハリーの茶碗にご飯を山盛りにしてくれて、ハリーの好物のタクアン（沢庵）を食卓に並べ、ミソスープ（味噌汁）をいつもよりたっぷりとよそってくれた。隣で弟のフランクが真ん丸な目で見つめるのをよそに、ハリーは夕飯を箸でがつがつと掻き込んだ。

その晩、カツジは息子に説教もしなかったし、とくに罰も与えなかった。ひょっとして煉瓦敷きの舗装道路を何マイルもがたがた走ったことで、息子はじゅうぶん苦しみを味わったと思ってくれたのかもしれない。たしかに父親も胸を撫でおろしたにちがいない。学校から家に戻る道が見つからず、真っ暗ななか同じ場所をぐるぐる何時間もまわっていたあのハリーが、見知らぬ街で迷子にならずにすんだのだ。とはいえ自分の突発的な行動を反省していると思ったならば、父親はこの息子の楽観的で、立ち直りが早くて、冒険好きな性格を甘く見ていたことになる。故郷に戻るためにハリーが逃げだすのは、この自由をめざした自転車レースが最後とは、もちろんいかなかったのだから。


ハリーの故郷であるオーバーンは、幾本もの鉄道線路と無数のイチゴ農家や野菜農家のおかげで、上から見ると格子状の町だった。町は、氷雪を冠したレーニア山の麓に広がるホワイトリバー流域（バレー）の一角にある。日本人の農家がこの土地に惹かれた理由は、一つにはここが日本の風景を彷彿とさせ、さらに雲のかかったレーニア火山が、日本の聖なる山である「富士山」を思い起こさせるからだった。この地に移り住んだ人々は、レーニア山を、ホワイトリバーが他の川と合流して流れ込む港町タコマにちなんで「タコマ富士」、さらにこの一帯を日本語に訳して「シラカワ」と愛情を込めて呼んでいた。

オーバーンは人口五〇〇〇人の町で、その歴史はまだ浅く、一八八六年の二月、カツジが生まれた同じ年の同じ月に誕生した。この町には当初、インディアンの蜂起で殺されたウィリアム・スローター中尉にちなんで「スローター」という名がついていたが、スローターは「虐殺」の意味があるから、このあまりありがたくない名前が地元でジョークの種になりだすと、町は慌ててその名を脱ぎ捨てた。オーバーンという名は、ニューヨーク州にある堂々たる兄弟分にちなんだもので、洗練された輝きを放っていた。その後、西部開拓者がなだれのように押し寄せてくると、町は進歩の波に乗り遅れまいと競って鉄道線路を引き始めた。一九二〇年になると、蒸気機関車の汽笛がひっきりなしに空を切り裂き、シアトル・タコマ間の都市間鉄道からノーザン・パシフィック鉄道、ミルウォーキー鉄道まで、連日一八〇本もの列車が町を勢いよく駆け抜けることになる。*1

カツジもまた、いっときカツジ・フクモトと名乗っていたが、町と同様、過去にその名を脱ぎ捨てていた。オーバーンにやって来たときには、アメリカ人にはハリー・K・フクハラで通っていた。ハリーだと受けがいいし、発音もしやすいからで、Kはカツジの略、フクハラは、そもそもの姓だった。もとは高貴な身分だった一族のこの姓を、日本にいたカツジの父親があろうことか借金のかたに貸しだしたのだ。貸出期間の満了とともに、ようやくこの姓は一族のもとに戻ってきた。要は、カツジもオーバーンの町も、どちらもこれからひと旗あげようと腕まくりしていたわけだ。

ところが一九二六年、フクハラ家がこの町に移ってきた年に、ノーザン・パシフィック鉄道はオーバーンの終点駅を引きあげた。かたやカツジが始めたばかりの酪農製品販売所でも、牛乳価格が急落したために取引先の日本人酪農家が土地に見切りをつけはじめた。カツジはこの地にしがみついたが、地元の経済はじわじわと悪化していった。

とはいえハリーには、困ることなど何一つなかった。ハリーはオーバーンが大好きだった。早朝から玄関先にずらりと並ぶ、クリームの膜が張った新鮮な牛乳の冷たい瓶。隣のファーガソンさんちから盗(と)ってきてシャリシャリかじる、甘酸っぱいグラーベンスタイン種のリンゴ。ホワイトリバーが氾濫するたびに、家の前の芝生でぴちぴち跳ねるサーモンの群れ。タイヤの浮き輪でイージー渓谷をくだれば、お日様を浴びてきらきら輝く珊瑚色（サーモン）の魚の鱗。日本人の耕す黒土の畑から、ふんわり漂う熟したイチゴの香り。ぽつんぽつんと優しく肌をたたく冷たい霧雨。ハリーの瞼（まぶた）がとらえる一瞬一瞬は、アメリカ国民をたちまち虜にしたポケットサイズの新型カメラ「ヴァニティ・コダック」のスナップショットにも負けない貴重なコレクションなのだ。

ハリーは生まれながらのアメリカ市民で、一九二〇年の一月一日に、シアトルで誕生した。母親のキヌは一九一一年、カツジと結婚するために一八歳で広島の聖なる島「宮島」をあとにした。キヌはいわゆる「写真花嫁」で——日本で結婚が取り決められ、夫のことは写真でしか知らない——あとから学んだ英語には、いつまで経っても苦労した。とくにRがうまく発音できなくて、口のなかでビー玉を転がすみたいに発音するので、どうしても「ハリー」が「ハレー」となって「急いで」と言っているみたいに聞こえてしまうのだ。やがてキヌは手紙でもハレーと書くようになる。

カツジとキヌの結婚式の日の写真。1911年9月シアトルにて。キヌは写真花嫁（ピクチャーブライド）だった。2人の結婚は、キヌの家とカツジの実家のあいだで写真を取り交わすことによって、日本で成立した。キヌが夫カツジ・フクハラに初めて会ったのは、シアトルに着いてからだった。（提供ハリー・フクハラ）

「ハレー！」　キッチンからキヌが叫ぶと、外で待つ友だちに合流しようと玄関から飛びだすソウメン（素麺）みたいにか細い息子の姿が目の隅をかすめた。ドアが思いきり閉まる直前に、母親の声を聞いたハリーが、「イッテキマス！」と大声で返す。これは家を出るときの日本語の礼儀正しい挨拶で、「これから出かけるけどちゃんと戻ってくるからね」という意味なのだ。

白人の友人たちとさほど背丈の変わらぬハリーは、額まで垂らした前髪を切りそろえ、相手をまっすぐ見つめる瞳と、大きな耳と長い耳たぶを持っている。このかたちの耳は日本ではフクミミ（福耳）と呼ばれ、繁栄と幸運を招くものと言われている。ハリーの両親は、ともあれ息子の耳はよく聞こえるだろうし、もっと年がいけば人の話もよく聞けるようになるだろうと期待した。ハリーには耳たぶなぞどうでもよかったが、やけにでっかいこの耳は、友だちの前でぴくぴく動かしてみせるのに都合よかった。

ハリーたち一団は、右に急カーブしてメインストリートに出た。そこは土を固めた目抜き通りで、煉瓦作りや板張りの店が軒を連ね、ところどころ空き地があって、なによりほかでお目にかかれるとはかぎらない電気の恩恵にあずかれた。少年たちが向かう先は、地元のニッケルオデオン（初期の映画館）の「ミッションシアター」座。そしてハリーの大のお気に入りは、サボテンのにょきにょき生える荒野で、一匹狼のカウボーイがインディアンたちに引き金をひくシリーズものの西部劇だ。でもほんとうは何がかかっていたってかまわない。大事なのは友だちと一緒だってこと。ハリーも仲間もポケットに硬貨がじゃらじゃらなんてことはまずないし、たとえそんな日があったとしても、やっぱりいつもの芸当（スタント）をやってのけたことだろう。

まず一人の少年が、チケットを買って正面から劇場に入ると、すぐに階段を上がって二階の男子トイレに駆け込み、部屋の窓をさっとあける。いかにも新鮮な空気を吸いたいな、といったふうに。あとの少年たちが建物の裏手にまわると、そこには地面から屋根までまっすぐ金属のポールが延びている。そのポールを一人ずつ順番によじ登り、屋根を伝って、開いた窓からトイレのなかにぴょんと飛び降りる。ただし、問題が一つ。雨の日だと屋根がつるつる滑るのだ。一度でも足を滑らせたら最後、二階下の固い地面に、思いっきり全身を叩きつけられる運命が待っている。[*2]

とはいえハリーにしてみれば、報酬はそのリスクにじゅうぶん見合うものだった。ビロードの座席に深々と身を埋(うず)め、暗い劇場の温もりにすっぽりとくるまれて、二本立ての映画に身も心も持っていかれる。あるときは、だぶだぶズボンにぶかぶか靴、ステッキと山高帽のチャーリー・チャップリンが、スクリーンを右へ左へ、どたどた歩く。チャップリンはハリウッドの不夜城を席巻し、ユナイテッド・アーティスツ社を共同で設立し、自身が主演する人気映画の製作と監督を務めている。とはいえ何がハリーに嬉しいかって、このチャップリンは、なんと父さんの友だちなのだ。

カツジが最初にチャップリンに会ったのは、カツジと広島の同郷の出身で、この俳優の助手を長らく務める日本人のトライチ・コーノ（高野虎市）を介してだった。ロサンゼルスを訪れるたびに、カツジはチャップリンと会っていた。うっとり眼(まなこ)の子どもたちにカツジが語ってきかせるに、チャップリンは、あのお決まりの衣装一式を、ガラスのケースに大事にしまっているという。一枚の写真には、ともに四〇代前半で約五フィート五インチと、年恰好も背格好もほぼ変わらぬカツジとチャップリンが、ウールのブレザーに絹のハンカチ、折り目のついた明るい色のズボン姿で並んでいる。カメラの前の二人はいかにも対等に見えた。とはいえ法の前では、およそかけ離れていたのだが。[*3]

二人はどちらも移民だったが、チャップリンよりも一〇年早く一九〇〇年にひと足先に渡米したカツジは、一八五〇年から一九三〇年にかけて一四〇〇万人以上に膨れあがった移民たちの底辺をうろつくはめになる。アメリカは急激に変わりつつあり、外国人憎悪(ゼノフォビア)が勢いを増し、市民権にまつわる議

チャーリー・チャップリンと一緒のカツジ。チャップリンと彼をつないだのは、カツジと広島で同郷だったチャップリンの助手トライチ・コーノだった。(提供ハリー・フクハラ)

論は有色人種を目の仇（かたき）にしていた。それもいまに始まったことではなかったが。

さかのぼること一七九〇年、議会は「自由な白人」である外国人だけに帰化を許し、それによって奴隷を排除した。それからほぼ一世紀経った一八七〇年、すなわち南北戦争が終わって五年後に、元奴隷には市民権の付与が認められた。日本人は、最初の移民が一八六八年(明治元年)にハワイ王国に合法的に移住した(「元年者」)。翌一八六九年にはカリフォルニア州ゴールド・ヒルに到着した移民が「若松コロニー」を創った。しかしながら、中国人と同じくアメリカ市民になる権利は拒否された。一九二〇年代の初頭には、広島県出身の二万五〇〇〇人を超える合法的な移民がアメリカで暮らし、日本のどの地域から来る人よりも、その数は多かった。ほかに山口県と熊本県も多くの移民を送りだした。とはいえ彼らは全員が、よその国で暮らす外国人のままだった。*4

ハリーやハリーのきょうだいのようなニセイ(第二世代)の子どもたちは、アメリカで生を享けたために市民権を持っているが、移民のイッセイ(第一世代)である彼らの両親には相変わらず門戸は閉ざされていた。一九二二年に連邦最高裁判所は、オザワ対合衆国事件判決において、一世は「市民権を持つ資格のない外国人」である旨を判示した。

ハリーは、銀幕のなかのこのコメディアンを惚（ほう）けたように見つめていた。父さんと、この憧れのチャップリンが友情で結ばれているのとおんなじに、自分も相棒のエルギン、あのブロンドの精悍なフットボール選手と、かたい友情で結ばれているのだ。親友である僕らの仲を邪魔するものなどあるものか、そうハリーは思っていた。

平日はハリーと弟たちは、イースト・メイン・ストリートから歩いてすぐのワシントン小学校に通っている。ハリーは勉強よりも遊ぶほうが好きだったが、それでも二学年飛び級していた。教室の最後列にすわるハリーは、前の席のスリムでいかしたブロンドの女の子、ヘレン・ホールに首ったけだった。長い巻き毛を引っぱるとヘレンがくすくす笑うので、どうしてもまた引っぱりたくなってしまうのだ。

厳しい校長先生のフローラ・ホルトには、極力近づかないようにしていた。ホルト先生は、この学校の生徒の二割を占める日系アメリカ人生徒のことを快く思っていない。彼女の態度は、教師が権力者然として振る舞い、しょっちゅう生徒を物差しで引っぱたく当時の風潮そのものだった。日系一世にしては珍しく地域のコミュニティで影響力を持つカッジは、このことを気にかけていた。

たいていハリーは遅くにひょっこり帰ってくると、涼しい顔で「タダイマ!」と叫ぶ。それから、陶器の日本人形が飾られ、絹のキモノ(着物)地でできたクッションを並べたソファとマホガニーでできた母親のモナーク社のピアノが置いてある客間の脇をすり抜ける。メタルシートを貼り付けた靴を脱ぐのを忘れて、「ハレー!」とキヌに怒られてもかまわずに、カンカンと靴音を響かせて階段をいっきに駆けあがる。

両親と一緒のハリー、フランク、ピアスの兄弟（左から）。ヴィクターとメアリーはすでに広島でキヌの姉キヨのところで暮らしていた。ここに写っている3人の兄弟は、ほとんど姉と兄のことを意識しないで成長した。（提供ハリー・フクハラ）

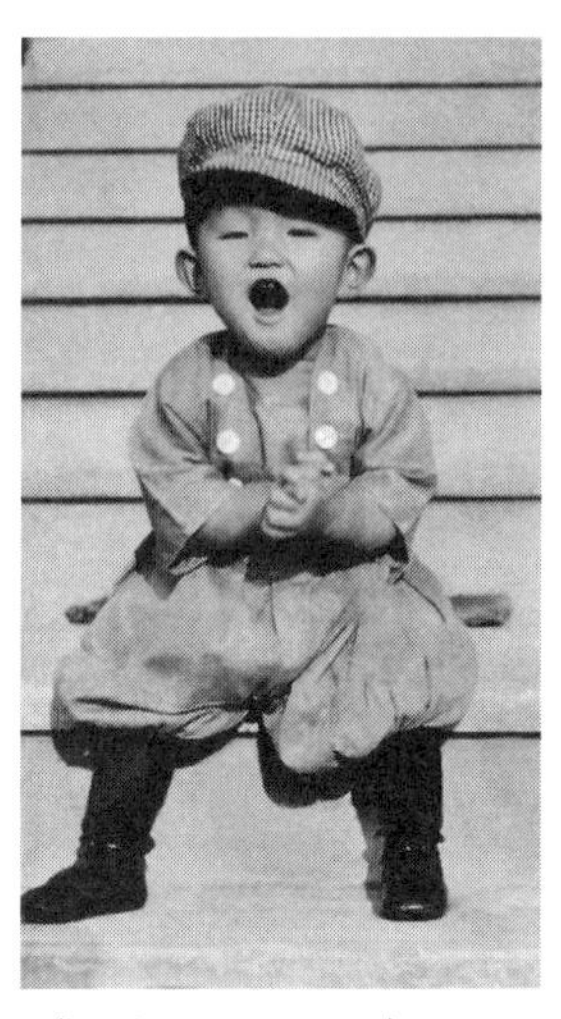

4歳のヴィクター。1918年シアトルで。この一年後、教育のために広島に送られた。その後で弟が3人生まれる。（提供ハリー・フクハラ）

ベッドの支柱が天井にくっつく屋根裏の寝室で、ハリーは夜にマウンテンビュー墓地に忍び込み、オーバーンの光瞬く夜景を見てきたことを、弟のピアスとフランクに得意になって教えてやる。母親に似て慎重なピアスは、ハリーの冒険にえらく感心しても、自分も行きたいとは思わなかった。ところがハリーの四つ年下の、まだ幼いフランクは、この兄を心の底から尊敬し、わくわくする冒険についていくのが待ちきれなかった。おいてけぼりなんてぜったいに嫌だよ！

　フランクにとって、ハリーはなんといっても最高の兄だった。ハリーのことは、英語ではファーストネームで呼び、日本語で話すときは敬称の「オニイサン」と呼んでいる。いちばん上の兄がハリーで自分はとびきり運が良かったとフランクは思っていた。兄弟の序列でいえば、長男はたいてい生真面目で、責任感が強くて、退屈な人間と決まっている。けれどハリーは違った。この兄ときたら、あるときはラジオフライヤー社のおもちゃの赤いワゴンにフランクを乗せて通りを引っぱりまわし、またあるときは自転車のサドルの隅にフランクをちょこんとすわらせ、心臓をばくばくさせながら急な丘をいっきに駆けおりるのだから。ハリーのほうも、自分みたいな兄がいてフランクとピアスはつくづく幸せな奴だと思っていた。兄弟三人とも、ほかの二人のきょうだいのことはすっかり忘れてしまったかに見えた。広島に住む裕福な母方のおばのもとに、まだ年端もいかないうちに預けられたメアリーとヴィクターは、この一家の日常から消えていた。最年長のヴィクターは、ハリーやピアス、フランクがまだ生まれる前の一九一九年に、五歳で日本に送られた。そして一九二三年には、わけもわからずとまどう七歳のメアリーも、カツジはこのおばに託したのだった。

メアリー（髪を短くしている）といとこのタズコとおばのキヨ。広島で。メアリーは日本のことをまるで好きになれなかったし、両親が7歳の彼女を広島に送った理由も最後まで理解することはなかった。（提供ジーン・フルヤ）

日本で暮らすことは年長の子どもたちのためになると、キヌはかたく信じていた。流暢な日本語を身につけるには、早いうちから始めるのが肝心だ。そうカツジを説き伏せた。時期を逃せば、日本語の読み書きに必要な二〇〇〇字のカンジ（漢字）も含めた三種類の文字体系を習得するなど不可能だ。とはいえ自分で子どもたちに教えるには、キヌはあまりに忙しすぎた。部屋代と食事代を払っても、アメリカで子どもたちを養うよりも安上がりなことはカツジも認めざるをえなかった――為替レートがこんなに有利で、日本での生活費がこんなに安いのだから。

いつの日か、金糸で鶴の刺繍をあしらった、象牙色の重たい絹の着物をはおったメアリーが、新郎の後ろをしずしずと歩く日の来ることをキヌは夢見ていた。結婚式が終わると、次に新婦は白いレースのウェディングドレスに着替え、床まで届く透き通ったヴェールをつけて、タキシード姿の新郎の脇に立つ。そして「良妻賢母」として、ここアメリカの地で、何不自由のない人生を送るのだ。広島の女学校さえ卒業していれば、あの子にふさわしい伴侶――もちろん日本人の――を見つける機会もいちだんと高まるにちがいない。

日本で正式な教育を受けないかぎり、ヴィクターにも進む道がひらけるとは思えなかった。日系アメリカ人に対する人種差別は蔓延し、カレッジを最優等で卒業した二世ですら、働き口が見つからなかった。当時、スタンフォード大学のある担当者はこう述べている。「多くの企業には、彼らの雇用を禁じる一般的な規則がある。またそれ以外の企業も、自社の社員が彼らと働きたがらないという理由から、彼らに抵抗を覚えている」。カリフォルニア大学バークレー校の担当者も同意見だった。「彼らのような利口な人間が、カレッジで四年を過ごしたあげく、自分の資格を生かせる職の需要がないと気づくのは悲惨なことだ。何らかのかたちでそのことを彼らに知らせてやれないものか[*5]」。

それでもヴィクターが、どちらの言語でも読み書きができて、礼儀正しく、異文化接触のシーンへの対応に長けた正真正銘のバイリンガルになったあかつきには、日本の貿易商社や領事館の職に就けるかもしれない。息子たち全員がカレッジを卒業し、出世の階段をのぼり、自分の家を買えるまでになってほしいとカッジは願っていた。自身はホワイトカラーの職を得て、カレッジにも通ったが、羊皮紙の卒業証書も、自分の土地も手に届かないままだった。学校を修了するには金が足りなかったし、そもそも一世は法律で土地を買うことが禁じられていた。最初に生まれた子どもたちをアメリカの海岸から五〇〇〇マイル先へと送りだし、日本のありとあらゆるものにどっぷり浸らせようとしたのも、要は彼らの先々を考えてのことだったのだ。[*6]

そう考えたのは、この夫婦だけではない。一九二九年には、四〇〇〇人近い日系アメリカ人の二世が広島県内の小中学校に通っていた。これはいかにもよくあることだったので、日本郵船株式会社は、乗客が出立を知らせることができるようにと、汽船の写真や絵のついた、出航について記入するだけでよい絵葉書を印刷するほどだった。学校に毎日歩いて通学するのとはわけがちがい、この太平洋をまたいだ二週間がかりの通学には、その後何年にもわたる親戚宅でのホームステイが付いていた。[*7]

ハリーとピアスとフランクは、ヴィクターやメアリーの写真を何枚か見たことはあるが、二人とかかわった記憶はない。シアトルの家のポーチに立つ、カッコいい車掌帽をかぶって縞の半ズボンをはいた、まだ歯も生え揃っていないよちよち歩きの子はいったい誰だろう？　短い髪に特大のリボンをつけてビーズの首飾りをした女の子が、なんで父さん、母さん、それからハリーやピアスと並んでいるのかな？　この子たちは、きっと日本から遊びに来た遠い親戚の子にちがいない。時が経つにつれて、年少の男の子たちの写真がどんどん増えて年長の兄姉（きょうだい）の数少ない写真に取って代わり、二人は誰の目にもとまらずに、アルバムの奥にひっそりと姿を消した。

一方、少年たちは相変わらず正式な写真を撮るために並び、そのつどフランクはハリーの隣をしっかり確保した。ハリーはというと、日本人が写真にうつるときの鉄則である真面目な顔をずっと保っていられずに、カメラマンを慌てさせた。年齢が上がるにつれて、ますますにっこり笑顔になっていく。日本の親戚に送るため決して安くはない値段で撮ってもらったスタジオ写真を確認したキヌとカツジは、真ん中の息子が一〇〇パーセントのアメリカ人になりつつある否定しがたい証拠に、やれやれと眉をひそめた。

ハリーはアメリカ人としての「生得の権利」だけでなく、日本の伝統も身につけるべきだという点で、夫婦の意見は一致した。日本に長期滞在するために一人で船に乗れる年頃になると、両親は、息子の反抗的な性格と逃亡癖を考慮したすえ、船に乗せるかわりにハリーを地元の日本人学校に通わせることにした。

五年のあいだ放課後と土曜日になると、ハリーはオーバーン仏教会の一八段ある急階段をのぼっていった。勾配屋根にこけら板張りのこの建物は、漆塗りの入口に派手な装飾が施してある。ところが、この建物を建てる資金をこつこつ貯めた一世たちの願いをよそに、入口でハリーは二の足を踏んだ。始業時間ぎりぎりに教室にのろのろ入っていくと、ハリーはセンセイ（先生）にぺこりと頭を下げる。センセイはおざなりにうなずくと、黒板に線だらけの文字を縦に綴り、さらに右から左に書き連ね、黒板はみるみる文字でいっぱいになった。ハリーが見ていると、黒板の文字を生徒全員が日本語の帳面にせっせと書き写している。教室の静けさを破るのは、鉛筆を走らせる音だけだ。そのうちハリーもまねしてみたが、やがて手を止め、足をのばし、窓の外をぼんやりと眺めるのだった。

センセイは、読解、作文、習字、書き取り、とりわけ文法を生徒に叩き込んだ。子どもたちは、表意文字のカンジ（漢字）を含めた三つの文字体系を習得しなければならない。オーバーン仏教会は、西海岸やハワイに散らばる他の学校と同じく、日本人教育会の監督のもと、アメリカの教育課程を組み込んだ意欲的なカリキュラムを採用していた。「私たちの教育がめざすのは、アメリカで生涯を送る子どもたちを育てることです。したがって、教育体系そのものがアメリカの公的教育の精神にもとづくものでなければなりません」。この目的のために、ハリーは日本の地理だけでなく、アメリカの歴史も勉強する必要があった。当然ながら何から何まで日本語で学び、スコットランド民謡の「螢の光（オールドラングサイン）」も日本語で歌った。[8]

　この学校が日本のしきたりに厳しすぎるところが、ハリーにはどうしても馴染めなかった。シアトルの日本人学校に通ったモニカ・ソネは、生徒に厳しい要求が課せられたことを覚えている。「話すときも、歩くときも、すわるときも、お辞儀をするときも、日本の第一級の伝統に従わなくてはならないのです」。センセイには敬語で話し、自分に対しては動詞の謙譲語を使い、足並み揃えて行進し、背筋をぴんとのばしてすわり、お辞儀はきっかり四五度の角度でしなければならないのは、自由闊達なこの少年には、ひどく馬鹿馬鹿しく思えた。[9]

　はじめからハリーは反抗的だった。「いくら頼まれても、この学校とも、この言葉とも、いっさいかかわりを持ちたくなかったものだよ」。一五〇人あまりの生徒のうち日本人学校を嫌ったのはハリーだけではなかったが、誰よりもハリーはこの学校を拒絶した。権威を振りかざす輩がもとから苦手だったのだ。とはいえ毛嫌いしながらも、しかたなく受け入れ、我慢した。サボりもせず、口答えもせず、授業を妨害もしなかった。そのかわり消極的な抵抗を試みた。「つまり、勉強を放棄したってわけさ」。直感的に理解できることを、わざわざ頭から締めだすのも楽じゃない。それでもいつしか自分の見事に低い期待に応えていった。「僕の日本語は〇点だったよ」とハリーは満足げに語る。[10]

　自分では認めたくなかったけれど、本当のところ、けっこう日本語はわかっていた。母親や友だちと日本語で会話をしていたし、カッジのもとに表敬訪問に来る日本人の名士たちにも挨拶し、英語と日本語をわけなく切り替えることができていた。日本語を読むときにいくつか単語でつまずいたり、日本語を書くときに何本か線を抜かしたりはするけれど、話し言葉は日本語を母語とする者のようにすらすらと口から出てくる。

ハリーの両親も、息子の惨憺たる成績をさほど気にしてはいなかった。ところがセンセイは、その責任を本人にきっちりとらせ、毎年毎年ハリーを落第させた。万年二年生のハリーは、とうとう教室でいちばん図体がでかくて、いちばんのっぽで、いちばん札付きの生徒になった。こんなふうに目立つのはちょっぴり気恥ずかしかったけれど、それでもハリーはなんだか得意げな気分だった。

カッジはどうしたものかわからず、家のことはもっぱらキヌに任せきりにしていた。毎朝キヌは、まだ暗いうちから起きだすと、ストーブに薪をくべ、石油ランプの明かりで食事の支度を整える。息子たちが目を覚ますと、家のなかはすでにぽかぽかとあたたかく、パンの焼けるいい匂いがする。階段をふらふらと降りてくると、母親が大声で「オハヨウゴザイマス!」と叫ぶ。母親は、お弁当にピーナッツバターのサンドイッチをつくりながら、夕飯の献立は和食——焼き魚とご飯と野菜の煮つけ——にしようかしらと考えている。何か特別なことがある日には、コーニッシュ鶏のローストと、バタークラストの甘いアップルパイの香ばしい匂いに家じゅうが包まれる。午後の空いた時間になると、キヌは二世の少女たちにイケバナ(生け花)やコト(琴)、シャミセン(三味線)を教える。それから、ぴかぴか光るモナークのピアノで自分がレッスンを受ける。夕方になると、テーブルの上座にフォークと箸をきちんと並べて夫の席を用意するが、たいていは空っぽのままだ。暗いなか、鍋やフライパンをごしごし磨くキヌは、家族が平穏に暮らすには酸素みたいに欠かせない存在なのだが、寝るのは決まっていちばん最後だった。

子どもたちには、父親が家にいた記憶がほとんどない。父親は年がら年じゅう働いていた。カツジは屈強な鉄道作業員から、ハウスボーイ、口入れ屋の共同経営者、そしてついに「H・K・フクハラ社」の看板を掲げる自営の起業家に出世して、シアトルとオーバーンに事務所を構えるまでになっていた。そこで肥料、殺虫剤、そして生命保険をもっぱら日本人の農家に売っていた。さらに不動産や住宅融資にまつわる面倒な法律上の手続きを、農家の人たちが理解できるよう手伝ってもいた。

地域のコミュニティにも、カツジはかねがね積極的にかかわっていた。シアトルの広島のケンジンカイ（県人会）の役員を二〇年近くも務めているが、この相互扶助組織の目的は、広島県からの移民たちが経験や知恵を伝授し合い、病気や死亡、経済的な破綻といった、いつ襲ってくるやもしれぬ災難を乗り越えるべく経済的に支え合うことだ。オーバーンに来てほんの数年のうちに、カツジはこの町の日本人会を活気あふれるものにした。まもなくカツジは、オーバーン商工会議所の理事に日本人として初めて選ばれ、J・W・ミードやI・B・ニッカボッカといった隣人の名士たちと肩を並べてすわることになる。「おまえの親父はいつオーバーンの市長になるんだい？」友だちはよくそう言ってハリーをからかった。[*11]

これはきつい冗談だと取れなくもない。そもそも投票できない人間が、選挙で選ばれるなど論外だからだ。とはいえ、たとえ法律上は永久に外国人であったとしても、子どもたちの手本になるのはよいことだとカツジは信じていた。日本人が白人の国で成功することは可能だし、日本人は誰もが自分たちの民族を誇りに思うべきなのだ。ある日、「僕はフクハラなんかじゃなくて、もっと違う名前がよかった」とハリーがうっかり口を滑らせると、息子の情けない言葉にカツジは怒りで顔を真っ赤にした。しかもハリーは「二世になんてなりたくなかった」とまで言ったのだ。カツジは顔を引きつらせ、拳を固く握りしめた。一瞬、ハリーは父親に殴られると思ったが、カツジはただ凄い勢いで部屋を出ていっただけだった。[*12]

アメリカ生まれの我が子とのあいだに、移民の誰しもがある時期こうした溝を抱えるのはしかたのないことだった。ハリーの心ない言葉に、カツジが何か言い返すことはなかった。家族を養うため、いっそうがむしゃらに働いただけだった。西海岸のあちこちで、一世夫婦の多くが、「コドモノタメニ」と呪文のようにみずからに言い聞かせて生きてきた。こうして黙々と働く気になれるのも、市民権という特権を許された次世代の二世たちが、親世代には望めなかった成功を手にしてくれるだろうとの願いあればこそなのだ。

一九二九年の夏、九歳になったハリーはオーバーンにすっかり根を生やし、毎日元気いっぱい楽しく愉快に暮らしていた。透き通るような青い空にまぶしい太陽、川にはサーモンがわんさかいて、レーニア山には野の花が色とりどりに咲いている。午前中は友だちと遊んで、午後には日本人学校に通う。まずいタラの肝油を毎日ひとさじ飲まなきゃならないみたいなものさ。夜になれば、両親に「オヤスミナサイ」と挨拶してから、さっそく毛布でつくったテントにもぐり込み、英語で幽霊話を聞かせてやって弟たちを喜ばせる。グリーンリバーに浮かべたカヌーから槍でサーモンをひと突きする、インディアンのマックルシュート族が出てくるお話だ。

毎年二日間にわたってひらかれる「オーバーン・デイ」と呼ばれるお祭りが、その年は八月九日から始まった。ハリーは知らなかったが、ここ何ヶ月ものあいだ仕事のあとに父親は、この州で最も古い歴史をもつ祝日の、この町で最も重要な市民行事に参加する日本人の諸団体と打ち合わせを重ねていた。夜中にカツジが咳き込んでいるのを聞きつけたキヌは、夫が最近ひどく疲れていることに気を揉んだが、カツジは相変わらず働きつづけ、『オーバーン・グローブ・リパブリカン』紙にこう語った。「皆さんをあっと驚かせるものをたっぷりご用意しています」。さらにこうつけ加えた。「日本人はこの祝典の成功に貢献したくてうずうずしておりますから、パレードはかならずや面白いものになるでしょう」[*13]。

この祝祭は、オーバーン日本人会が用意した花火で幕をあけ、それからパレードが延々と続いた。巨大な船の山車（だし）が、船首に星条旗をひるがえらせ、船尾に旭日旗を小さくはためかせ、メインストリートを悠々と航（わた）っていく。着物姿の日本人の少女たちが一四人、藤棚をあしらった甲板に腰をかけ、上にはずらりと並んだ提灯が揺れている。ほかにも地元の日本人団体による出し物はたくさんあったが、この豪華な山車が一等賞に輝いた[*14]。

ハリーと弟たちはフクハラ家の紋である三ツ石持方喰（みつこくもちかたばみ）の入った黒の紋付袴姿で、山車の後ろを練り歩いた。あとに続くカツジは、ワックスでぴかぴかに磨きあげ、屋根からボンネットまでリボンで飾り立てた愛車ビュイックの運転席に堂々とすわっている。カツジはにこやかに笑いながら群衆に手を振った。ゲタ（下駄）をからころ鳴らしながらメインストリートを歩くハリーは、兄の隣に並ぼうと必死なフランクともども見物客を喜ばせたが、当の本人は、着物で汗びっしょりになるよりも、半ズボンで釣り糸を垂れているほうがずっといいやと思っていた。

次の日の夜、ハリーと弟たちは都市間鉄道の駅に集まった。そこで日本人団体の寄付による二〇〇〇張の提灯が、この町の子どもたちに配られた。町の人口の二倍を超える一万人もの人々が、メインストリート沿いに人垣をつくり、この見せ物が始まるのをいまかいまかと待っている。ろうそくの火を灯した提灯を手に、ハリーとピアスとフランクは友人たちと連れ立って、ひんやりと心地よい夏の夜を練り歩いた。

息を呑み、うっとりとして見惚れる群衆や、揺らめく提灯の明かりに少年たちは胸ときめかせたが、この行事が日本軍の戦勝を祝う行進や、天皇に敬意を表する儀式を彷彿とさせるものであることは知らなかった。

ハリーが知っているのはただ、オーバーンが自分の周りをまわる宇宙として燦然と輝いていることだけだ。未来には、オーバーン・デイのようなお祭りが、もっともっと山ほどあるにちがいない。楽しいことで煌めいて、友だちがわんさかいて、両親や弟たち、とりわけ小さなフランクがそばにいる。ハリーの思い描く未来とは、日本人なりの屈折はあろうとも、自分が故郷と呼ぶ大好きなこの町で、アメリカ人として生きる未来なのだ。

## 2　ヒロシマでの束の間の滞在

その年の夏も終わりに近づくころ、五歳になったフランクは母親に連れられて、シアトルのスミス湾から、日本に向かう日本郵船の汽船に乗り込んだ。甲板の手すりから身を乗りだし、出航する船に投げられた紙テープをとろうと必死に手をのばすフランクを、三階下の桟橋から父親が見上げている。船の汽笛が大音量で鳴り響き、煙突が黒煙を吐きだすと、船は桟橋からゆっくりと離れていく。フランクは太平洋を渡る初めての――ただしこれが最後とはならなかったが――旅に出発した。*1

荒れた海で二週間を過ごしたのち、列車で本州の西部を移動し、キヌとフランクはようやく広島に着いた。この街は五層の白亜の城で広く知られ、睡蓮に覆われたお堀が城をぐるりと囲んでいる。かつてはのんびりとした城下町だった広島は、日清戦争のさなかに近代都市へと急成長をとげた。この戦争が始まった一八九四年には、広島は中国大陸に向かう日本軍の船積み港の役目を果たすようになり、一九二九年には、人口二七万人を超える、日本で七番目に大きな都市になっていた。フランクは、広島駅を往来する人の波に仰天し、母親の脇にぴたりと張りついた。*2

運転手がスチーマートランク（船旅用の幅広のトランク）をロープで車にくくりつけているあいだ、フランクは、木造二階建ての商店の店先から着物姿の買い物客がぞろぞろと出てくるのを眺めていた。狭い通りのどこにもまるで歩道が見あたらない。道行く人々は兵士たちのあいだをこそこそと抜けていく。平時においても、広島は軍事拠点なのだ。自転車が人力車や牛車と競い合うように隙間を見つけて通っていく。人力車を引っぱるのは、体の締まったフンドシ（褌）姿の男たち。牛車を市場まで曳いていくのは、目の粗いアイゾメ（藍染）の肌着とだぶだぶのズボン姿の農夫たち。ボンネットの突き出た四角いバスが、自分より小ぶりの自動車を押しのけ押しのけ進んでいく。トラックのけたたましいクラクション、自転車の甲高いベル、急ブレーキの耳障りな音にフランクはびくっと震え、母親にますます体を押しつけた。

限られた空間におおぜいの人間がひしめく、この手のつけられないほどの混乱状態が生まれるのも、日本の地形に山が多く、人口の大半が海岸沿いに住んでいるからだ。瀬戸内海に面し、中国山脈を背にする広島市も例外ではなかった。フランクを乗せた車は、青い火花を散らす吊架線（ちょうか）が網目状に張りめぐらされた市街を抜けていく。広島の誇るテクノロジーの市内電車が、手の届きそうなほど近くで金切り声をあげている。

車は川沿いの閑静な住宅街に入ると、屋根の低い横長の暗い木造家屋の前で止まった。目的地に着いたのだ。キヌの姉で、誰もが認める女家長、キヨ・ニシムラの家である。これから数ヶ月のあいだ、この年齢も文化も超越した大胆不敵な女性のキヨが、フクハラ親子の面倒を見てくれるのだ。

初対面では、キヨはつんと澄まして見える。顎が小さくて腫れぼったい顔はお世辞にも器量好しとは言えないし、半分閉じたような細い目は疑り深い印象を与える。ところが口を開いたとたん、人は思わずキヨの話に耳を傾ける。話す言葉が感嘆符にあふれているのだ。日本の女性というのは、うつむいて、視線を合わせず、百合のように白い手をそっと口に当て、ささやくように話すものだ。が、キヨは違った。むろん何か目的がある場合は別にして。

キヌより七つ年上のキヨは、八人きょうだいの四番目に生まれた。きょうだいの真ん中で、束縛されることもほとんどなかった。四四歳になったキヨが心を寄せるものはさほど多くはなかったが、一つあげるとすれば、この謙虚で、控えめで、礼儀正しい妹のキヌだった。性格は正反対でも、姉妹は心を通じ合わせていた。

キヨは長旅で疲れた二人を家に押し込み、糊のきいたエプロン姿の女中たちに、お茶と餡の菓子を持ってこさせた。母親とおばが何やら早口の日本語でまくしたて、手紙では伝えきれなかったことを報告し合っているあいだ、フランクは外に出ようとふらふら歩きだした。カナリアのさえずる竹かごが下がった玄関を抜けると、手入れの行き届いた広々とした庭に出た。掃き掃除された小道の先にある小さな池には、赤や白や金色の鯉がたくさん泳いでいる。

母とおばのいる広々としたタタミ（畳）の間に戻ると、キヨがカツミとヒサエという名の二人を呼んだ。すると一〇代の少年と少女が姿をあらわした。フランクが見上げると、丸刈り頭に眼鏡をかけ、真鍮ボタンのついた詰襟の軍服みたいな黒い制服姿の少年と、お下げ髪に紺と白のセーラー服姿の少女が立っている。フランクはきょとんとした。色白で広い頬骨と優しい目をした、この見知らぬ二人が、なんで自分のことを興味しんしんに見ているのかな？　おばの話す歯切れのよい日本語がちっとも聞きとれない。神妙な顔で二人がぺこりとお辞儀をしたとき、ようやくフランクもぴんときた。この二人にも、アメリカの名前があったのだ。ヴィクターとメアリー。目の前にいるのは、いま初めて会った僕の兄さんと姉さんなのだ。*3

フランクも驚いたろうが、誰よりも慌てたのはメアリーだった。この瞬間をずっと長いこと――正確には六年間――待ちすぎて、にわかに信じられなかった。メアリーは家族全員がいずれ日本に戻ってくるはずで、勉強に遅れないよう自分だけひと足先に帰されたのだとばかり思っていた。ところが、誰も来ないまま年月だけがただ過ぎていき、しだいに不安になってきた。「パパとママはあたしをだましたんだ」。とうとうそう思うようになった。とはいえ目の前でお辞儀をし、自分をじっと見つめる母親を見て、メアリーはひとまず怒りは胸にしまって素直に再会を喜んだ。「母さんが戻ってきて、久しぶりに会えたとき、二人とも嬉しくてたまらなかったわ」[*4]。

フクハラ家のなかで、家族がいずれ日本に戻るつもりだと話した者は誰もいない。なぜメアリーがそう信じていたのかは、はっきりしない。誰もが口を揃えて言うように、キヌには自分のたった一人の娘をだましたり、がっかりさせたりするつもりなど毛頭なかった。いつどんなときも、メアリーにとって何がいいかをいちばんに考えてきた。とはいえ、その点については、キヌとキヨの意見は違っていたが。

キヨの頭にあるのはただ一つ、自分の商売、西日本で最大級の立派な和菓子店「明治堂」のことだけだ。一九〇〇年代の初めに、キヨは、最初は自分の家で、たった一人でこの商売を始めた。それからほどない日露戦争のさなか、キヨは役所に雇われ、広島城を訪れる天皇陛下のためにマンジュウ

（饅頭）をこしらえた。キヨは着物の袖をまくりあげ、両手を米粉に埋めて丸い菓子をこしらえた。この饅頭を、明治天皇はこの上なく美味であるとお気に召された。キヨはたっぷり報酬をもらえるかと期待したが、陛下から賜った名誉の証として木製の盾一〇枚をもらっただけだった。[*5]

ところがこの盾を表にかけてみると、金塊よりも価値があるとわかった。天皇陛下のお墨付きは、キヨの想像を超える客を呼び寄せた。キヨは根気強く、一人ひとりの客と絆を結んでいった。そうして店を構え、その店の敷地や建物をさらに広げた。一九二七年になると、一流商店が軒を連ねる本通商店街のなかでも、自分の店をいち早く法人化した商店主に加わった。三階建の西洋風のこの店に比べると、通りに並んだ二階建ての店の大半が小さく見えた。さらにキヨは、近くの歓楽街に分店を出し、いまでは季節に応じて総勢四〇人から一〇〇人の従業員を雇うまでになっていた。[*6]

毎朝キヨは髪をきっちり団子にまとめ、女中たちの手を借りて光沢のある絹の着物に着替えると、本通りにある本店の、玄関を入ってすぐのところにすっくと立つ。それから「イラッシャイマセ」と耳に心地よい声で客を迎える。そして深々とお辞儀をすると、入口の土間から客を奥へと案内する。冷蔵庫がないため店内は暗くひんやりしていて、茹でたアズキ（小豆）の甘い香りと無糖チョコレートのほろ苦い香りが混じり合う。来る日も来る日も、キヨはカスタードのシュークリーム、口のなかでとろけるチョコレート、噛みごたえのあるキャラメル、ホイップクリームを塗ったケーキ、数百年も前にポルトガルの商人が日本に伝えた黄金色のカステラ、練った米粉と餡に砂糖を加えてこしらえた季節の和菓子を客に勧める。蜜に群がるミバエ（フルーツフライ）のように客たちがこぞって注文すると、あとから明治堂の制服を着た配達員が、つくりたての菓子をフロシキ（風呂敷）で丁寧に包んで、指定された日に自転車で届けてくれる。[*7]

みずからの手で築いたお菓子の帝国に、キヨは夢中だった。その数年前の一九二五年、本通りの商店主たちは、まだ電気が物珍しい時代に、この商店街を照らす最初の街灯を注文した。九八個の電球が鋳鉄の支柱に取り付けられ、スズラン（鈴蘭）の花の華麗なアーチができあがった。スイッチを入れると、本通りは白熱光の輝く庭に変身した。商店街は夜の一一時まで営業時間を延長し、流行りの着物や洋服の店に客が押しかけ、ロマンチックなデートを楽しむカップルたちがレストランまでそぞろ歩いた。明治堂の売り上げはうなぎのぼりになった。通りに輝く水晶のスズラン灯の並びはその規模も明るさも西日本一だとまで謳われたし、その中心にキヨを据えてくれたのだった。[*8]

ところがキヨには一つだけ困ったことがあった。子どもに恵まれず、後継ぎがいないのだ。最初の夫から性感染症、おそらくは梅毒をうつされたためだというささやき声が聞かれた。キヨは病気を克服したものの、後遺症により子どもを望めなくなった。一家は狼狽し、一年も経たないうちに離婚となった。生涯子どもを産めないのは、キヨにとってつらく悲しいことだった。[*9]

一九一〇年に二番目の夫トウキチと結婚するころには、キヨはすでに二四歳の年増になっていた。広島の親戚は皆、キヨが後継者を探していると知っていた。そこでいつのまにやら候補者がぞろぞろとあらわれた。キヨが探しているのは、料理の腕が立ち、銭勘定に厳しく、商売の才があり、働き者で、店を上手に切り盛りできる人間だ。横柄にかまえ、選り好みばかりして、キヨは候補者を次々に落としていった。そのうち成長するにつれてメアリーとヴィクターが目にとまった。二人とも、よく気がつくし、賢いし、正直者だ。ほかの甥や姪たちは、キヨの店の菓子にも財産にも目を輝かせたが、二人は明治堂のことをなんとも思っていないふうだった。妹の子どもたちがアメリカに帰りたがっているかもしれないなどという考えは、キヨの頭をかすめもしなかった。

ヴィクターとメアリーは広島の親戚のあいだでも好かれていた。ヴィクターの一つ上のいとこのタケヒコは、五年のあいだ明治堂に出入りし、近くの学校に通い、二階の食堂でお菓子を食べた。隣には、たいていヴィクターがいた。厨房のお盆で冷ましている菓子を料理人がつまみ食いさせてくれないときは、二人で鍋にこびりついたかすをこそいで食べた。ヴィクターとは兄弟みたいに仲が良かったが、性格は反対だったとタケヒコは振り返る。タケヒコによれば、ヴィクターは「とても優しくて」「やたらに勤勉で」「控えめな性格」だった。「何か失敗するとうつむいて、黙りこくってしまうタイプでしたね」[*10]。

反対にメアリーは、やり過ごしたほうがいい場面でも、真正面からぶつかっていく。日本で育てられた女の子は、本来なら控えめで従順になるはずだった。とはいえメアリーは、自分が来る前に日本にたった一人でいたヴィクターが、どうにも不憫でならなかった。ヴィクターはおとなしすぎて損をしているのだ。「みんなにからかわれるから、あたしがヴィクターのかわりに喧嘩してやったのよ」とメアリーは言う。ヴィクターがそうしてほしかったかどうかは関係なかった。メアリーの歯に衣着せぬ物言いは学校でも遠慮なく披露され、生意気な「ヤンキー」だとか、いじめっ子といった評判を頂戴した。英語を忘れて日本人になり、アメリカ人だった過去から逃げだしたかに見えるヴィクターとは、メアリーはまたずいぶんと違っていた[*11]。

ノレン（暖簾）の奥から、キヨはメアリーをつぶさに観察し、自分に通じるものを見てとった。明治堂の、日持ちはしないがとびきり美味しい菓子の大半は、キヨの定めた厳格な基準に則って自分の店でつくっていたが、キヨは森永の板チョコや明治のミルクキャラメルなどといった有名ブランドの商品を、国内の菓子会社から直接仕入れてもいた。そういうわけで、手強い営業担当者としょっちゅう契約交渉する必要があった。男社会のこの商売で、メアリーの押しの強さはさぞかし重宝するだろう。

それにメアリーは、キヨの目にモダンで垢抜けて見えた。学校の制服を着ていないときのメアリーは、流行りの洋服を身にまとい、颯爽と歩いている。呉服業界は当時大流行したアール・デコ調の原色に染めた大胆な幾何学模様のデザインの着物をつくりはじめた。そうした着物を買うおしゃれな女性は、髪を束ねず、短く切ってセットしている。学校の規則を守ってメアリーがおさげ髪でいなければならないのも、もう少しの辛抱だ。あと一年で高等小学校を卒業すれば、髪にパーマをあててウェーブをかけ、目の覚めるような今風の着物が着られるだろう。

メアリーの日本語が多少おかしくても、まあ問題はないとキヨは踏んだ。日本も変わってきているのだから。礼儀作法は以前ほど厳格で堅苦しいものではなくなっていた。街を歩くと切れ切れの会話が耳に入るが、子どもたちが両親を「オカアサン」や「オトウサン」と丁寧に呼ぶかわりに、「ママ」とか「パパ」とか気安く呼んでいる。正しい日本語が出てこないときにメアリーが英語をちょこちょこ挟んでも、異国風の魅力があって時勢に明るい女性とすら思ってもらえるかもしれない。[*12]

ヴィクターのほうは、キヨの夫トウキチのように、縁の下の力持ちタイプだろう。日露戦争のさなかの一九〇五年、敵の弾に当たって片目を失ったトウキチは、キヨにそれは感謝していた。明治堂のおかげで食いっぱぐれることもないし、ガラスの義眼も入れられた。それは金属縁の眼鏡の奥になかば隠れてはいたが。二人は見合い結婚であり、恋愛で結ばれたわけではない。けれど丸顔で頭の禿げあがったトウキチは、けして見てくれがいいとは言えなくても、頭が切れるし、頼りになるし、実によく働いた。[*13]

で起こされる。階下を行ったり来たりしながら、トウキチが「さあ起きい、起きい」と大声で叫ぶのだ。二階の布団でまどろんでいた、いとこ同士のタケヒコとヴィクターは、慌てて学校に行く支度をする。こんな朝っぱらから元気溌剌なおじのことを、タケヒコは「変わり者」とすら思っていた。日がな一日働いても、どうして疲れないのか不思議だった。ときおりキヨが姿を消し、建築中の別宅の様子を見にいくあいだも、トウキチは業務用の広々とした厨房で黙々と働き、増え続ける従業員を仕切っていた。[*14]

トウキチが店の外に出るのは、愛車のハーレーダビッドソンのサイドカーに風呂敷包みの箱を乗せ、キヨの店の看板商品であるセンベイ（煎餅）やカキヨウカン（柿羊羹）を配達しにいくときだけだ。広島の未舗装の道をがたがた走ると、バイクはとんでもない轟音を立てる。肝を潰した住人たちがさっとショウジ（障子）をあけると、奇天烈な輸入車に堂々とまたがった明治堂の旦那が眼前を横切っていく。明治堂の女主人たるキヨが顧客の玄関までみずから出向くことはまずないが、トウキチは自分のこの個人的なサービスも商売のうちだと考えていた。ときおり芝居がかったことをしても、トウキチはもともと心根の優しい人間で、甥っ子のヴィクターとよく似ていた。[*15]

一九二九年、ヴィクターが一五歳、メアリーが一三歳になると、キヨは二人を養子にしようと画策した。妹もきっと賛成してくれるにちがいない。一生懸命働くかぎり、メアリーとヴィクターは、使用人と立派な家と、通りの先にある大手銀行の頑丈な金庫にいっぱいの稼ぎを手にするはずだ。アメリカで暮らすおおかたの日本人より裕福な暮らしを送れるだろう。

このとき初めて二つの世界、都会の明治堂と田舎のオーバーンのあいだで一触即発の事態が生じた。

本通りを北に歩いてすぐの広島城内は、兵舎を建てる大工や武器を積みおろしするトラック、訓練中の新兵で活気にあふれている。かたやそこから五〇〇〇マイル以上離れた地では、キヌとカツジが家計をやりくりし、子どもたちを育てる苦労で頭がいっぱいで、店の後継や変化する世界情勢に思いをめぐらす暇もなかった。まあそれもキヨの算段に感づくまでは、ということだが。キヌが広島に急いで戻ったのは、いかにも子どもたちを取り戻すためだったのだ。ほとんど一緒に暮らしたことはなくても、子どもたちを愛する気持ちに変わりはない。「娘をやったわけじゃない」。母親がおばのキヨにそう言ったのをメアリーは覚えている。「うちのたった一人の娘じゃけえ[16]」。

キヨには返す言葉がなかった。キヌにはたしかに自分の子どもを取り戻す権利がある。言い争いになる前に、姉妹はキヌがこちらに戻ってくる計画を立てた。二人のあいだにどれほどのわだかまりが生じていたとしても、それは朝日を浴びた霜のごとくに溶けていった。キヨは、ほかの後継者を探すことにした。

それから数週間のうちに、キヌは親戚まわりをするために、連絡船で三〇分かけて宮島に渡った。身内の大半が、いまもこの島で暮らしている。宮島では山々のすぐ真下が湾になっていて、この国最古の神社の一つに数えられる厳島神社が、海中に突き刺したたくさんの杭の上に建っている。高々とそびえる鮮やかな朱の大鳥居は、土台の一部が海に浸かり、潮が満ちるたびに波に洗われる。キヌは、フェリーの発着場近くの砂地をのんびり歩くおとなしい鹿のあいだを縫って歩き、浜辺で貝を掘ったり、神社の二つの舞台で披露される能や古典舞踊を遠くから眺め、楽師らが和楽器で奏でる厳かな調べに耳を澄ました。玉砂利の道を通って先祖代々の家に帰ると、火鉢で焼いた牡蠣をお腹いっぱい食べて、帰路の長い船旅に備えて英気を養った。

たしかに、キヌにはありったけの気力が必要だった。両親が迎えにくるのを待ちくたびれたメアリーは、ここにきて広島を去る決心がつかずにいたのだ。ここは自分の勝手知ったる唯一の場所だし、ぴかぴかの硬貨や砂糖をまぶした菓子で愛情を示してくれるおばにも、そこそこ馴染んでいた。それに、いとこで大の仲良しのタズコと離れ離れになるなんて、思っただけで胸が苦しくなる。これから何が待ち受けているのかも不安だった。それに何よりメアリーは、自分を広島によこした母をどうしたら許せるのか、いまもさっぱりわからずにいたのだ。

一方、キヨは、妹を喜ばせたい一心で、そもそもメアリーがあれほど遠方から来た当初の目的、つまりは日本で正式な教育を受けた証拠を持たせて帰国させてやろうと考えた。そこでメアリーの校長に袖の下を渡し、高等小学校を早めに卒業させてもらった。センセイにちょっとばかり贈り物をしただけだと、キヨは姪に耳打ちした。公印が押された卒業証書をキヨが手渡すと、恥ずかしさのあまりメアリーの顔から血の気がひいた。「あたしは卒業証書をお金で買ったのよ」。この偽の卒業証書は、暗い影のようにメアリーの心にいつまでもつきまとった。*[17]

送別会などの集まりが続き、暦の日付は飛ぶように過ぎていった。秋になり、ついに出発の日が来ると、メアリーとヴィクターは、不安と興奮で顔を引きつらせながら汽船に乗り込んだ。何十年か前の父母と同じく、一行は横浜から出発した。潮の香りのする風は、新たな旅立ちを予見させるものだった。太平洋を隔てた先での生活を、兄妹(きょうだい)はほぼ知らないも同然だった。以前に住んでいたシアトルの日本人街は覚えているが、オーバーンはただの外国の言葉でしかない。父親の記憶すらおぼろげで、弟たちとなるとさっぱりだ。それでもヴィクターとメアリーは、日本の言い伝えを少しばかり知っていた。伝説によれば、日本を発つときに頂上に雪をいただく富士の山が見えたなら、旅人はいつの日かまた日本に戻ってくるという。汽船に投げられた紙テープが風でぷつぷつ切れるのを眺めていたフランクは、ころころ変わる空の意味を知るにはまだ幼すぎた。あとから振り返ることができたのはメアリー一人だったが、この機会を心にとめていなかった。富士山にかかった霧が晴れるのも気づかぬほどに、メアリーの心には暗雲が垂れこめていた。*18

## 3　受難の始まり

一九二九年の一一月の初め、船はようやくシアトルのスミス湾に着いた。キヌとフランク、そしてあと二人がカツジのビュイックにやっとこさおさまった。ハリーとピアスは、乗る場所がないので家で留守番だった。

一家は南に向かい、日本語と英語の看板のかかった日本人街、さらに移民の住むビーコンヒルを通り過ぎた。ここで暮らしていたときに、キヌは日本人の助産師の手を借りて自分の家で子どもたちを産んだのだ。車は田園地帯に入り、舗装されたウェストバレー幹線道路をがたがた揺れながら走っていく。松や樅やトウヒの香りが漂い、母親とキヨおばの故郷、宮島の記憶がよみがえる。ナツカシイ。

イチゴやエンドウマメの畑がメアリーの眼前にえんえんと続いていたが、人の姿はまばらだった。オーバーンのメインストリートに入ると、メアリーはがっかりした。一一月の薄暗い空を明るく照らすスズラン灯の明かりもなければ、白と紺のノレン（暖簾）を飾った店先から颯爽とあらわれる艶やかな着物姿の女たちもいない。ベルを鳴らして停車を知らせる市内電車もなければ、賑わう人々の声もしない。オーバーンには輝きも、人を惹きつける魅力も何もなかった。

ところが車がイースト・ストリート・サウスウェストをくだっていくと、メアリーの目ががぜん輝いた。玄関に装飾をほどこしたヴィクトリア調の家が、広々とした芝生の奥に並んでいる。ニッカボッカ邸から通りを挟んだところに、カッジはゆっくりと車を停めた。それから、玄関にコンクリートの階段のついた、えび茶とクリーム色の平屋の家を指さした。お揃いの色のひさしのかかった出窓が一つだけあるのが、この家の唯一の贅沢品といったふうだ。日本にいるあいだずっとメアリーは、自分の父親は新興の大実業家だと思っていた。ところが、このハンカチほどの芝生の中の実用的な三角屋根の家を見て、その幻想はいっぺんにはじけ飛んだ。

ハリーとピアスが車に駆け寄ってきて皆を出迎えた。一五歳のヴィクターが、初対面の弟たち、九歳のハリーと七歳のピアスにぺこりと頭を下げた。二人とも、メアリーのことは知っているが、覚えてはいなかった。挨拶はぎこちないものになった。きょうだいたちは、見知らぬ者同士だったのだ。

メアリーが見ていると、ハリーとピアスとフランクは三人揃って玄関前の階段を駆け上がり、またたくまに家の奥に姿を消した。後ろで網戸が叩きつけられるように閉まった。弟たちのがさつな振舞いに、メアリーはあっけにとられた。あの子たち、靴も脱いでないじゃないの。メアリーにも生意気な面は多々あるけれど、六年間、日本の格式高い家庭で過ごしてきた。あの子たちったら、玄関で靴をきちんと揃えなくちゃだめでしょう。つま先を外に向けておけば、あとからすっときれいに履けるのに。やれやれ、これから野蛮人と住むことになりそうだわ。そしてどうやら、ハリーがその親玉らしかった。*1

一方、ハリーとピアスのほうも腹を立てていた。母親が家を留守にするあいだ、二人とも家族ぐるみの友人のビトウ家に預けられ、別の学校に通わされ、三ヶ月ものあいだ母親が帰ってくるのをいまかいまかと待っていたのだ。「ずいぶんと長い時間に思えたよ」とハリーは言う。兄や姉が長年辛抱したのに比べれば、自分の経験など瑣末なものだとは気づかなかった。ビトウ家はかつての家出先とはいえ、無理やり一緒に暮らせと言われたら、ハリーの願いはただ一つ、「そこから逃げだす」ことだったのだ。[*2]

二組のきょうだいに意思の疎通がはかれれば、互いの経験を伝え合い、心を通わせることもできたかもしれない。ところが一〇代の二人はもっぱら日本語しか話さないし、年少の三人はもっぱら英語しか話さない。いまやメアリーとヴィクターは、キベイ（帰米）――日本で教育を受けてアメリカに戻ってきた二世――となった。アメリカを離れて何年か過ごしたことで、キベイはアメリカ人というよりも日本人に見えた。物腰も考え方もあまりに違いすぎて、どうやらこの二組のきょうだいには何も共通点がなさそうだった。

メアリーは、この家でいちばん上等の一階の部屋を与えられ、ヴィクターもいれた兄弟四人は、屋根裏の部屋にぎゅうぎゅう詰めで寝ることになった。おばのキヨが持つ三軒の家で気に入った部屋を好きに使えたメアリーは、自分の部屋への不満をあらわにした。「とんだわがまま娘よね」とあとからメアリーは振り返る。[*3]

こぢんまりしたこの家で、キヌは五人の子どもを抱えて炊事、洗濯、掃除と大忙しだった。母親が戻ってきただけでハリーはじゅうぶん満足だったが、いつも母親が何かに気をとられているのを見て、メアリーは肩を落とした。母親と離ればなれでいた時間をこれから一緒に取り戻したかったのに。「母親の愛情に飢えていたのね」。[*4]

広島では横のものを縦にもしない暮らしをしていたので、キヌが家事を手伝うよう頼んでも、メアリーは聞く耳を持たなかった。雑用を言いつけられて文句を言うと、両親に叱られた。「あなたは頭ではなく口から先に生まれたのだと両親によく言われたわ」。キヌとカツジは、メアリーが日本の習慣に感化され、てっきり従順な娘になるかと思っていたのだが、とんだ見当違いだった。二組のきょうだいをうまくまとめて円満な家庭をつくるのは、どうやらひと筋縄ではいきそうになかった。[*5]

それでも、その月の終わりに一家には嬉しいことがあった。カツジがまたも市の偉業にひと役買ったのだ。オーバーン日本人会は、小中学校とハイスクールの合同キャンパスに設置する特別仕様の六基の照明——水晶の地球の上に鉄製のアメリカ合衆国の紋章のハクトウワシが留まっている——を寄付することにした。ハイスクールの講堂でひらかれた贈呈式で、この学校の最高責任者であるC・E・ビーチが、この照明を自由の女神像になぞらえた。『オーバーン・グローブ・リパブリカン』紙は、一つひとつの灯りが「アメリカ国民に対する外国人からの友情の証(あかし)」であると報じた。[*6]

いよいよカツジが演台に立った。カツジは、大勢の移民が、帰化してアメリカ人になりたくてもなれないことには触れなかった。この新聞によれば、カツジは、照明を寄付したのは、「オーバーンのさまざまな学校が、この地域に住むアメリカ生まれの日本人にしてくれたことへの感謝の気持ち」からだと説明した。教育委員長がかしこまって照明を受け取ると、今度は別の日本人が演台に上がった。第一次世界大戦で合衆国のために戦ったヘンリー・タツミという地元の日本人教師である。記事によれば、この復員軍人は若い二世たちに「戦時であろうと平時であろうと、召集されれば進んで軍務につく心構えでいるよう」呼びかけた。[*7]

友人たちと講堂にすわっていたハリーは、父親の晴れがましい姿と流暢な英語を誇らしく思った。ミスター・タツミの挨拶は、この場にふさわしくないように思われてしまった。この男の熱のこもった言葉は、聴衆の耳には響かなかった。

資金集めが成功した余韻も冷めやらぬうちに、感謝祭の日がやって来た。早起きしたキヌが七面鳥の丸焼きとアップルパイをこしらえ、おいしそうな匂いが家じゅうに漂った。カツジがテーブルの上座につくと、キヌが最初に夫に、次にハリーに料理を取り分けた。全員の皿が山盛りになると、一家は「イタダキマス」と言って、日本流に食事に感謝の意をあらわした。[*8]

さっそく少年たちは美味しそうに食べはじめたが、メアリーは一人憤慨していた。母親は、夫のあとに、まず最年長のヴィクターに料理をよそうべきでしょう。あたしたちが長いこと留守にしていたせいなのかしら。メアリーとヴィクターには、自分たちが仲間はずれにされていると思うことがよくあった。外からこの一家を眺めている気がするのだ。腹ぺこのハリーは何も考えず夢中で食べていたが、ヴィクターのかわりにメアリーは一人ぷんぷん怒っていた。

それでもメアリーは家族の一員になりたくて、日本では直感でわかる家族内の序列における自分のしかるべき位置に見当をつけた。つまりは最年長の姉として、自分には年下の弟たちをしつける権利があると考えたのだ。もっぱらフランクが姉の標的になった。メアリーはフランクにあれこれ指図したが、フランクはめったに言うことを聞かなかった。たいていは姉の話す日本語がわからなかったからだ。それに末っ子という、甘やかされた立場につけ込んでもいた。「僕の言うことはなんでも聞いてくれる」。そう思っていたのをフランクは覚えている。メアリーはさらに姉の特権とばかり、フランクを赤ちゃん扱いしたがった。朝になると屋根裏にずかずかあがってきて、一階までフランクを抱っこしていこうとするのだ。姉ののぼってくる足音が聞こえると、フランクはぎょっとして後ずさりした。抱っこされるなんてまっぴらだ。一人で階段を駆け降りていけるのに。ハリーのあとについていきたいんだ。[*9]

メアリーは、ハリーにはさほど関心を示さなかった。すでにこの弟のそばで、うんざりするほどの時間を過ごしていると思っていた。毎朝メアリーとヴィクターは、ピアスやハリーと一緒に学校まで歩いていく。とはいえ、校門のところで別れて、中学校の九学年と七学年の教室に向かうかわりに、二人は弟たちのあとをついていき、ワシントン小学校に入っていく。二人ともカタコトの英語しか話せないため、学期の途中でピアスのクラスに入れられたのだ。ヴィクターとメアリーとピアスは、揃って小学二年生というわけだった。[*10]

こうしてひょんなことから、ハリーはきょうだい全員のセンパイ（先輩）になった。二学年上のハリーは、四年生同士でふざけまわり、休み時間になると二人の脇を走り抜け、白人の友人たちと遊んでいる。一方、メアリーとヴィクターは、二人だけでしょんぼりしていた。ホームルームの写真をとるときに、二人は最後列に並んだが、クラスメートより飛び抜けて背が高く、ひどく目立っていて、どちらも浮かない顔をしていた。

メアリーは学校が嫌でたまらなかった。当時は新しい言葉を覚えたところで何になるのかと思っていた。それにおぼつかない英語のせいで、いっそう自信が持てなくなっていた。この一三歳の少女は、二種類の音節文字と複雑な表意文字を使って作文を書くことをやめ、かわりに二六文字のアルファベットだけからなる宿題とひと晩じゅうにらめっこした。書いては消し、また書き直して、謎めいた英語の文法と格闘した。頭の引き出しに眠っている英語を引っぱりだして、まあまあ使える程度にするのは、まるで砂場でバレエを踊るみたいに、もたもたとぎこちない作業だった。
綴りにも苦労したが、発音にも苦労した。シアトル地区に住む帰米のツヨシ・ホリケは、基本的な音の組み合わせを口にするのがひどく難しかったことを覚えている。「FOODのF、RICEのR、MOUTHのTH、BUGとBAGのUとAの区別など、どうしても発音できない」。メアリーとヴィクターには舌を違ったふうに動かす訓練が必要だったが、当然ながら言語療法など受けられるはずもない。質問に正しく答えたときも、本当に理解してもらえたのか心もとなかった。[*11]
授業のカリキュラムにもとまどった。ピルグリムファーザーズや建国の父たち、合衆国の初代大統領……アメリカの歴史にはおよそ馴染みがなかった。ジョージ・ワシントンと桜の木といった、この国の逸話も信じられないものばかり。もちろん、同じくらい怪しげな日本のおとぎ話もうんざりするほど聞かされたのだけど。たとえば「桃太郎」とか。桃のなかから飛びだしてきた小さな小さな男の子が、強くて怖いものなしの少年に成長し、鬼のいる島に動物のお供はともかく単身出かけて鬼たちを自力で退治するお話だ。メアリーは本を山のようにたくさん持ち帰り、その信憑性はさておいて、新しい情報をそらで覚えることにした。少なくとも記憶力だけは、広島で身につけた武器なのだ。
自分が戻ってきたことを両親はたいそう喜んでくれたけれど、それでも「おてんばな跳ねっ返り娘」だと自分が思われているのはわかっていた。キヌのほうは、たった一人の娘を改心させようと決意していた。メアリーに将来なってもらいたい「妻」というのは、日本語ではカナイ（家内）という言葉があるように、文字どおり「家の内にいる者」という意味だ。そこでキヌはわざとメアリーを家から出さなかった。「あんたが日本人のおしとやかなレディなら、家におらんといけんよ」。母親から繰り返しそう言われたのを、メアリーは覚えている。[*12]

母親の言うとおりに細かくて正確な縫い目で服を繕うことが、メアリーは何より嫌いだった。気分転換がしたくて、男の子たちが日曜に通っているメソジスト教会に自分も行ってもいいかと訊いてみた。だが、キヌはダメだと言う。母親がメインストリートまで出るのも許してくれない理由がわからなかった。「カゴの鳥みたいな気がしたわ」。

広島にいたときの自由な生活が、しだいに恋しくなってきた。ちょっとしたことも自分で決めるのに慣れていた。学校からタズコと市内電車に乗って帰ろうか、とか、夕暮れどきにいつまで本通りをぶらついてもいいか、とか、お菓子に小遣いをいくら使おうか、とか……。おばのキヨは愛情たっぷりに育ててくれたわけではないけれど、気前はよかった。たまに屋台の前で足を止め、醤油の染みたセンベイ（煎餅）を買うときも、ためらわずに小銭を取りだせるのは嬉しかった。

メアリーは、母親とおばを頭の中で比べていた。メアリーには忘れられないことがあった。ある日メアリーの目の前で、通りを渡っていたおばがふと立ち止まった。一人の女が、冬の寒さをしのげないと思うほどぼろぼろの服を着て、吹きすさぶ風に身を縮めている。すると、おばは自分の着ていた毛皮のコートをさっと脱いで、女の背にかけてやったのだ。ところがわが母親ときたら、息子たちのカレッジの授業料を貯めるためにいつもけちけち節約ばかりして、一人娘に何も残そうとしないし、まして他人になど目もくれない。「母はたいそう締り屋だったわ。けど、おばは太っ腹だった」。

本人の勘ぐるとおり、両親がメアリーを「わがまま娘」だとあきれていたとしても、それはひとえに彼らのせいというものだった。子どもがおらず、仕事ひと筋のキヨおばには、子どもの育てかたなどわからなかったのだ。「なんであたしを日本に連れていったの！」メアリーは悲しくて大声をあげた。「なんだって明治堂に置き去りにしたのよ！」

思春期とカルチャーショックに苦悩しながら、メアリーはなんとか自分の気持ちに折り合いをつけようと努力した。あとから偶然耳にしたのだが、母親が日本に帰っているときに予定より早く自分が生まれてしまったので、父親がアメリカ人の弁護士に金を払って出生証明書をつくってもらったのだという。それがないと、アメリカの移民局の役人が、日本で生まれたメアリーを外国人とみなし、厳しい移民割当の課された時期に合衆国に入国できないおそれもあった。それなら、いったい自分の国はどこだというのか。

それにここオーバーンで、メアリーがひどくとまどい、つんけんして見えるのは、広島で大切に育ててもらえなかったせいでもあった。メアリーは、高等小学校で年に一度のウンドウカイ（運動会）の応援団長に選ばれた。持ち前のよく通る声とリーダーシップを認められた証拠で、キヨおばさんの前でいいところを見せられる絶好のチャンスだった。この日のために、生徒たちは何ヶ月もかけて準備し、校庭で徒競走を練習し、ぐらぐらする人間ピラミッドをこしらえ、一糸乱れぬ踊りをめざして稽古を積んだ。待ちに待ったその日が近づくと、万国旗を紐にゆわえて会場を飾り立て、日よけ用に太い縞の天蓋を設置し、来賓用の背もたれの高い椅子を、よく見える席に並べた。

いよいよ運動会当日の朝、生徒たちが教室の窓から身を乗りだし、両親や友人たちがトラックをぐるりと囲んだ。モンツキハカマ（紋付袴）姿のメアリーが、校庭の真ん中につかつかと歩いていく。侍の恰好をした数十人もの少女たちが、いっせいにメアリーと向き合った。透き通るような大きな声で、メアリーが開会を宣言する。バンドが演奏を始めると、フルートやシンバル、太鼓に合わせて侍たちが手を叩き、足踏みならして体を揺らす。行事は幸先のよいスタートを切った。メアリーは観客に目を走らせたが、どこにもキヨおばさんはいなかった。ようやく女中の一人が目にとまった。代理で応援するよう送られてきたのだ。休憩時間になって皆が昼食をとるころには、女中の姿は消えていた。級友たちが戸外で家族と楽しく昼食をとるあいだ、メアリーは一人ぼっちで食事をすませた。おばさんに悪気はなかったのだろうが、こんなふうに気にかけてもらえないことはしょっちゅうあった。その年の後半、メアリーは学校の演劇で主役を務めることになった。薄暗い観客席に目を凝らし、今度もまたキヨおばさんの姿を探したが、やっぱり無駄だった。観客が拍手喝采してくれただけでは満足できなかった。メアリーはおばさんの気を引きたくて、おばさんに認めてもらいたくてしかたがなかったのだ。日本で暮らしていたときは不満をずっと胸にしまっていたのだが、オーバーンに戻ったとたん、胸の痛みを母親に真っ向からぶつけてきた。それはキヌにとってはまったく寝耳に水のことだった。

メアリーとキヌのひっきりなしに言い争う声が家じゅうに響き渡り、冗談を言い合う少年たちの声もかき消されるほどだった。もの静かで思いやりのある女性だと彼女を知る大半の人に思われていたキヌも、メアリーの挑発に思わず乗って、このいかにも辰年生まれの気性の激しい我が娘をなんとしても手なずけようと躍起になった。

西海岸やハワイのどこでも、家族に馴染めない何千人もの帰米のいる家で、似たような場面が繰り広げられた。この不適応の問題には名前もなければ、支援団体もおらず、回復の見通しも立たなかった。行き違いが重なって家族はおろおろし、いら立つ帰米は疎外感に苦しみ、面食らった二世のきょうだいは困り果て、後悔に苛まれる両親は時が心の傷を癒してくれることをひたすら祈った。[*13]

年末年始が近づいて、やるべきことが増え、気がまぎれるのはありがたかった。クリスマスが終わると、キヌは強さと清らかさを象徴するモチ（餅）をついて形を整えた。切り分けた餅はもっぱら食事用にとっておくが、ほかに大きくて丸い大小の餅を重ね、上にみかんを乗せてカガミモチ（鏡餅）をこしらえる。これを、新年が家族にとって実り多い年となるよう願いを込めて飾るのだ。それから松の枝と竹を切ってきて、忍耐や生命力の強さをあらわすショウチクバイ（松竹梅）の飾りをこしらえ、玄関の階段脇に飾った。そして穢れを清める塩を盛った小皿を玄関口に置く。こうした古くからのしきたりの一つひとつを、キヌは丁寧に、祈りを込めて行った。

　大晦日になると、キヌはつゆに浸したソバ（蕎麦）の遅い夕食を用意した。この味の濃いソバを家族がすするとき、キヌはいかにも満足げな顔をした。長いソバは長寿をあらわし、これは新年を迎えるのにふさわしい儀式なのだ。とにもかくにも、家族の無事と繁栄と幸福をたしかなものにするために、キヌは万事抜かりなく仕事を終えた。

　とはいえ、こうして願かけの作業を行い、もろもろのしきたりを忠実に守り、邪気を払ったはずだったのだが、フクハラ家は、まもなく嵐に呑み込まれることになる。一九二九年の一〇月二四日は、のちに「暗黒の木曜日（ブラック・サーズディ）」として永遠に知られる日になった。「暗黒の月曜日（ブラック・マンディ）」二八日にはこの秋から下がり続けていたダウ・ジョーンズ平均株価が一日で一三パーセントも下落した。翌二九日の「暗黒の火曜日（ブラック・チューズディ）」にも一二パーセント下落した。それから三年かけて、株式市場の暴落によりアメリカ国内の経済は破綻し、人々の生活はひっくり返り、幸運は消し飛んだ。この嵐は、西に向かった。大恐慌は、ホワイトリバー・バレーを、オーバーンを、イースト・ストリート・サウスウェストを、暗闇に突き落とした。何百万ものアメリカ人の家族と同様に、フクハラ一家も、それからは生き抜くために闘うことになる。

## 4　大恐慌

冬の初めという最悪の時期を襲った不況により、すでにおぼつかなくなっていた一世の農家の暮らしは、いよいよ先の見えないものになった。農業という仕事にはリスクがつきものだ。悪天候は深刻な被害をもたらすし、不作もやってくる。それに市場の需要は絶えず変化するし、価格は大きく変動する。農家は年がら年じゅう現金に事欠き、たいていは冬場に借金をし、収穫を終えて作物を出荷したのちに返済する。ところがここにきて、銀行という銀行が貸付をやめてしまったのだ。

一世の農家はどうにか生計を立てようと、休む暇なく働いてきた。材木用に伐採されたあとの切り株だらけの荒地を開墾し、州で指折りの収穫高をあげて一帯の野菜の七五パーセントを育てる肥沃な農地に変えた。カリフラワー、キャベツ、ニンジン、ハツカダイコン、レタス、イチゴを余るほど栽培し、さらには手入れの行き届いた酪農場で地元の牛乳の半分を生産した。ところが、ひどく差別的な州法によって、彼らの機会は永久に制限されることになったのだ。[*1]

一九二一年に発効された日系一世を標的とするワシントン州外国人土地法によって、市民権を持たない者は土地を買うことも貸すことも禁じられた。意欲あふれる土地所有者たちは、白人のために畑を耕す小作人に成りさがった。「シカタガナイ」と言いながら、それでも彼らは明け方から真夜中まで黙々と働き、アメリカ市民である子どもたちの名前でひそかに土地を購入した。二一歳になると、子どもたちはその土地を合法的に耕作できた。ところが、一世の市民権を完全に否定した一九二二年の衝撃的な合衆国最高裁のオザワ対合衆国事件判決に続いて、一九二三年に「ワシントン州外国人土地法」修正案が可決された。市民権を持つ未成年者の土地所有も禁止されて、この抜け穴も塞がれたのである。ホワイトリバー・バレーのあるキング郡の検察官を務めるマルコム・ダグラスは、違反者を徹底的に追求すると誓った。うまくいけば、この郡から日本人を追いだせるだろうと『オーバーン・グローブ・リパブリカン』紙で宣言した。[*2]

ダグラスの見せたような反日感情が地元で猛威をふるったのは、いまに始まったことでなく、ワシントン州が誕生して四年後の一八九三年にまでさかのぼる。白人の所有する農場で働くために日系一世が初めてホワイトリバー・バレーに姿を見せると、『ホワイトリバー・ジャーナル』は「ジャップを止めろ」と息巻いた。その一年後も「ジャップは去るべし」と変わらぬ口ぶりだった。[*3]

繰り返される扇情的なイエロージャーナリズムによる受難はさておき、ここにきて、どんなかたちの差別よりも政府の定めた法律ほど致命的なものはないとわかった。一九二五年には、ワシントン州における日本人の農場の数が五年前の六九九から二四六に減り、総面積が三分の二以上減少し、二万五三四〇エーカーから七〇三〇エーカーになった。農夫はシャベルを捨てて、やむなく鉄道や伐採場に戻り、最低賃金の仕事に追いやられた。アメリカ社会の昇り階段から蹴落とされ、傷心の農夫たちは「涙を呑み込んだ」とは、ある一世の嘆きだった。[*4]

一九二六年にカツジがオーバーンに移ってきたころには、もっぱら一世の常連客が相手の商売は先細りになっていた。排日法や見通しの立たない経済と闘うための彼らの唯一の武器は、なおいっそう仕事に励むことだけだ。毎日放課後になると、デニムの作業着姿の農家の子どもたちが畑で身をかがめて働いた。こうした家族があまりに根を詰めて働くので、ホワイトリバー・バレーの聖公会牧師、ダイスケ・キタガワが語るところでは、「よく畑まで出向いて牧会訪問をやったものです」。カッジにはニューヨーク生命保険やノースウェスタン生命保険を売るハクジンの常連客もいたが、カツジの未来はこうした不屈の移民家族たちと切っても切れないものだった。彼らが躓(つまず)けば、自分もまた転ぶだろう。*[5]

電気を引く金もないので、夜になると農家の人たちは台所のテーブルにかがみ込み、石油ランプの明かりで帳簿をつけた。順調にいけば、収穫物をトラックに載せてシアトルのパイク・プレイス・マーケットに運び、そこで売値の七割を請求できる。顧客たちのためにカツジは英語の契約書を日本語に翻訳してやり、彼らが生命保険を購入できるよう年八パーセントの利子で信用貸付けを行った。*[6]

カツジは収支を頭の中でつけていることも多く、個人的な備忘録として散漫なメモは書き留めていたが、具体的な日付には頓着せず、きちんとした契約よりも善意をあてにしていた。季節は不穏な冬から希望の芽吹く春に変わり、甘く香る風にのってリンゴのピンク色の花びらが畑に舞った。けれどあたたかな気候も経済の悪化を和らげる役には立たなかった。一九三〇年になると四五〇万を超えるアメリカ人が失業し、その数は増え続け、年が終わるころには失業者は八〇〇万人に膨れあがった。*[7]

この不穏な一〇年の始まりにも、明るいニュースはいくらかあった。カツジは日本人として初めてオーバーン商工会議所の理事になり、九人の白人理事とともに会議室のぴかぴかのテーブルについた。隣人のI・B・ニッカボッカが議長を務め、もう一人の隣人J・W・ミードも理事に就任した。労働者階級の一世社会と中流階級の白人支配層との貴重な架け橋として、カツジは真価を発揮しつつあった。[8]

この夏、カツジは小学校の校長フローラ・ホルトの機嫌を取るべく、彼女を日本に送り込むことに成功した。日本の夏は湿気がひどく、糊のぱりっときいた綿布ですら、あっというまに麻のようにしわしわになる。とはいえカツジには勝算があった。なんといっても、キューピッド役を務めてくれるキヨがいるのだ。この明治堂の女主人は、癇癪もちのこの教育者を田舎の屋敷にさっと連れだし、それからフェリーに乗せて宮島の姉妹たちの家に案内した。日本には太古からの洗練された文化があることを、フローラ・ホルトがよもや疑っていたとしても、いつもの尊大な態度は、この島の集落の苔生した小道を歩くうちに霧散していった。夏休みが終わって学校が始まっても、魔法はかかったままだった。生徒たちは先生の変化に気がついた。ミセス・ホルトの変貌ぶりにはハリーも仰天した。「なんと日本人のコミュニティに自分から馴染もうとしていたよ」[9]。

その年、カツジはハリーとピアスを、グリーンリバーの土手で二世の少年たちのために開かれる二週間の救世軍野外キャンプに送りだした。田舎のキャンプ場で少年たちは掘っ建て小屋をつくり、日本の伝統的な風呂をこしらえた。風呂窯は五〇ガロンのドラム缶。食事はもっぱら米が中心だ。参加した少年の大半はシアトルの日本人街から来ていて、一階が両親の店になっている木造や煉瓦造りの長屋式建物の二階で暮らしている。この夏の行事のために、彼らの両親は一年かけて金を貯めた。ホワイトリバー・バレーの農家の子どもたちは、両親に野良仕事の手が必要なのでキャンプには来なかった。オーバーンから来たハリーとピアスは例外だった。友だちのレイ・オバザワはシアトルから来ていたが、ぴかぴか光るビュイックに乗ってカツジとキヌが訪ねてきたときには肝を潰した。「あの人たちの財布には金がありましたよ」[*10]。

このときまで、ハリーはもっぱら白人の友だちとつき合い、仲間の二世たちを避けていた。ところが野外キャンプに来て、自分と同様に二つの文化に巧みに対応している仲間と一緒にいると、ひどく居心地がいいことに気がついた。新しく見つけた趣味のビヤホンを奏でているときも、テント仲間のために飯を焚いているときにも感じた、この自分のコミュニティのなかにいる気楽さを、ハリーはこの先忘れることはなかった。

一九三一年になると、一九二一年と二三年に可決されたワシントン州の排日法の影響から深刻な打撃にみまわれた。この法律の発効前に締結された貸借契約の大半が、この年に無効となったため、二世の子どもたちの所有として残された土地は、たったの九二七・五エーカーになった。このわずかばかりの土地ですら、相続人不在で州の帰属になるか、訴訟に発展したものもある。何十年も大事に育ててきた土地で作物の栽培を続けていけそうなのは、一世の農家のほんの一割にすぎなかった[*11]。

カツジもこの影響を免れなかった。打撃を受けた農家は新規に保険を買わなくなったが、カツジは相変わらず自分の金を出してそれまでの保険はかけ続けてやった。苦境にあえぐ多くの農夫たちが、この地で暮らし家族を養うために小作人になった。彼らには肥料が必要だったので、それもカツジが提供した。収穫のさいには利益の一部を支払うとの顧客の言葉を信じ、増え続ける未払いの保険料領収書の宛名に彼らの名前を加えていった。

その年の初め、商工会議所とオーバーン日本人会は日本から二人の教師を招待した。この文化をまたいだ支援に、カツジは胸踊らせたにちがいない。ところが二人を迎えにいったとき、シアトル港の周辺に突如現れたスラム街を見てショックを受けた。瓦礫だらけのじめじめとした空き地に、ホームレスの男たちが、釘の飛び出たベニヤ板、かび臭いダンボール、壊れた果物用木箱など、手に入るものを片っ端から釘で打ちつけ、ひと間の掘っ建て小屋をたてて暮らしていた。教師も、招待した側も、このスラム街を見ないよう顔を背けたが、下水の臭いが容赦なく鼻腔を襲った。

日本でもホームレスの数は増えていた。この国は当局が「暗い谷間」と呼ぶ深刻な不況に落ち込んでいた。国じゅうが陰鬱な空気に包まれ、政府は足並み揃えて戦争に突き進むべく資源を結集しはじめていた。太平洋をまたいだ相互理解の窓は、いまや閉じられつつあった。

新たな学年を迎えるころに、遠い満州で戦争が勃発した。一九三一年九月一八日の夜、血気に逸る陸軍将校の一団が、上官による暗黙の了解のもと、首都の奉天近くの南満州鉄道の線路に爆弾を仕掛けたのだ。この鉄道は日本政府の管轄下にあったため、この爆破事件は日本軍による満州侵攻の口実になった。この偽装された挑発行為がきっかけで、日本は「十五年戦争」に突入することになる。貴重な兵站港のある広島は、戦時体制下に置かれることになった。カツジの如才ない国際交流は、こうして突如、終わりを迎えた。

日本の好戦的態度は、ハリーにはあまり印象に残っていない。まだ一一歳だったし、自分がアメリカ人であることをこれっぽちも疑わず、外交問題に関心を持つにはまだ幼すぎた。けれど大恐慌の気配は感じていた。それは学校の机の向こうに、玄関の先に広がりつつあった。ハリーには最初の登校日に誰が新しい靴を履いてくるか、チェックする習慣があった。クラスメートのなかには、靴の中に段ボールを敷いて穴を塞いでいる子もいた。母親のたった一枚のだぶだぶのワンピース以外に着る服がなくて、学校に来なくなった少女もいた。学校では貧困家庭の生徒に、牛乳と三セントのポテトブランケット（グレービーソースを添えたマッシュポテト）を出すようになった。[*12]

そうこうするうちに、シアトル最大の日系銀行パシフィック・コマーシャル・バンクが倒産した。ある一世はこう振り返る。「翌日から日本人商店のキャッシュ・レジスターのチーンという音が数日出なかったほどでした。火が消えたようになり生活に困る人もいました」。続いて空家が増えたと別の一世は言う。「櫛の歯の抜けるように空家ができて、次第にさびれてしまった」。[*13]

平床（へいしょう）トラックのローンを返し、ガソリンを購入し、種や肥料を買うための金がなければ、農家はいよいよ苦境に陥る。なかにはあきらめて、畑の野菜を腐るがままに放置する者もいた。商売気のある者は、まだ救えそうな野菜や果物をかき集めてピクルスやジャムをこしらえた。カツジと顧客たちは裏口で相談し合った。絆や信頼はまだ残っていた。握手やお辞儀、約束手形、あとから山盛りのハツカダイコン。そうしてカツジは頼りの愛車ビュイックのもとに戻ってくる。芋類で家賃は払えなくても、キヌが茹でたり煮たりはできた。友だちに会いにハリーが家から飛びだすときに、階段下に支払いの足しにと置かれた収穫物の入った麻袋を見かけることも増えてきた。[*14]

一九三二年になると、オーバーンはついに恐慌でよろめきだした。多くの住民が仕事を失った。シアトルとのあいだを往復する貨物列車は、何百人ものホーボー（仕事を求めて渡り歩くホームレス労働者）や失業者であふれ返った。彼らは寝袋をかつぎ、口伝ての情報を頼りに、あるいはたんに飛び乗った列車が向かった先で、働き口を探すのだ。なかには半端仕事を求めてオーバーンで列車を降りる者もいた。

ハリーは自分の世界にますますのめり込むようになっていた。行き先も告げずによく家を飛びだしては、スース・クリークに向かった。それから線路を見下ろす針葉樹の林にそっと身を潜めて、ノーザン・パシフィック鉄道の貨物列車の、それとわかるリズミカルな車輪の響きが聞こえてくるのをじっと待つ。そうして汽車の揺らめく明かりが目に入ったら、正確なタイミングで列車の屋上ハッチめざして跳び乗るのだ。[*15]

猛スピードで進む列車の屋上ハッチを開けてそこからぎりぎりまで身を乗り出し、ホーボーたちが伸ばしてくれた手を必死につかんでなんとか有蓋貨車の床にまで降りる。煤まみれの貨車の中で、ホーボーたちはハリーのために場所をあけ、仲間うちの省略言葉を教えてくれる。男たちの話にハリーは夢中で耳を傾けた。ホーボーたちが互いに助け合う暗黙の鉄則に惹かれ、過酷な世界を生きるさまに魅せられた。ときには町はずれで焚き火をする男たちを探しあて、マリガンシチュー（肉や野菜などのごった煮）をご馳走になることもあった。[*16]

ハリーは無茶をやり、まじめで素直な二世ならまずやらないことをした。オーバーンに閉じ込められていたし、それに多少は父親の関心も引きたくて、こうした冒険をやらずにおれなかったのだ。自分のアイデンティティと格闘し、なんとか自立したいと願うハリーは、まさに思春期に差しかかった若きアメリカンボーイだった。

カツジが知ったら叱りつけたかもしれない、そうなったら、おそらくまた逃げだしたことだろう。だが父親には、放浪したがる息子の気持ちもわかっていた。一九〇〇年、カツジがハリーよりちょっぴり年上の、まだ一四歳だったころ、鉄道の仕事は広島の郊外にある祇園での、どんづまりの貧乏暮らしから抜けだす唯一の道だった。初めてパスポートを申請したときは、鉄道の仕事をするつもりだと書いていた。そのうちに、単純労働者でいるのがいかに過酷なことかを知り、多くの一世の男たちが気力を失っていくのを目の当たりにした。それは息子たちにはやらせたくない最たる仕事だった。*[17]

ところが一九三二年の当時、カツジには自分の経験をハリーに語ってきかせる余裕がなかった。破綻しかけた経済のことで頭がいっぱいだったのだ。この年、失業率は二五パーセントに跳ねあがり、GDPは一三パーセントと衝撃的な下落を見せた。全銀行の四分の一が閉鎖され、九〇〇〇万人が預金を失った。勤勉なアメリカ人たちが慢性的な失業状態に置かれ、ますます家を失っていく。国じゅうに突如、何百もの「フーバービル」が出現した。フーバー大統領の名をとった、掘っ立て小屋の立ちならぶスラム街だ。シアトル港の周辺に並ぶ掘っ建て小屋は、数百軒に膨れあがった。このスラム街を一掃すべく警察が二度にわたって一帯を焼き払ったが、住人はふたたび戻ってきて小屋を建て直した。新しい市長はしかたなく、シアトルのフーバービルはしばらくそのままにしておくことにした。

不動産業が急激に落ち込むさまを、カツジはなすすべもなく見つめていた。一世が不動産を購入したり土地を借りたりするさいに手を貸して得ていた利益は、もはやなくなったも同然だった。それでもオーバーンで、カツジは「フーバー大統領の再選を支持する不動産業者団体の支部長」に選ばれた。ひょっとしたら、リーダーシップをとるのが好きだったのかもしれない。あるいは、日本から毎年最大一〇〇人の移民を認める一九二九年の移民法に署名したことで、フーバーを買っていたのかもしれない。ほんのわずかな人数だが、ゼロよりましだ。連邦議会が一九二四年の排日移民法を通した結果、突如、日本からの移民の道が絶たれ、以来、こうした屈辱的な立場に日本は置かれていたのだ。当時アメリカではとくに話題にもならなかったが、これがきっかけで東京では反米を唱える大規模な運動が起きていた。[*18]

恐慌は大統領選挙の行方をも左右した。一一月八日、カッジと幼いフランクは、大統領の顔をあしらったピンバッジをウールのオーバーにつけて、シアトルの投票所に立っていた。華氏四八度、摂氏なら約九度を記録したその日は、どんよりとした曇り空で、外はかなり冷え込んでいた。カッジは寒気を覚え、だいぶ咳をしていたが、幼い息子を心配させるようなことは何も言わなかった。この場にいる名誉を感じとったフランクは、父親の手をぎゅっと握りしめていた。[*19]

票の集計が終わってみると、フランクリン・D・ローズベルトが地滑り的に勝利し、四二の州を獲得し、そのうちワシントン州での得票率は五七パーセントを超えた。この国で生まれた何十万ものアメリカ市民を含めた日系アメリカ人に対し、のちにローズベルトがしたことを思えば、カッジの選択には先見の明があったのかもしれない。だが歴史がどこに向かうのか、当時はまだ誰にもわからなかった。

五八歳のハーバート・C・フーバーは大差で負けて、四六歳のカッジ・ハリー・フクハラもまた、いまにも倒れそうだった。フーバーは長生きし、かわらず権力と富を手にしたが、カッジ・フクハラには、やり直しはきかなかった。

## 5　象牙色の骨と鉛色の灰

ローズベルトの当選にたとえ動揺しても、カッジは顔には出さなかった。けれどそのころには、日一日と口数が減っていた。やつれて顔色も悪く、風邪をこじらせ、とうとう肺炎になった。「父はもともと体が丈夫なほうではなかったから」とハリーは振り返る。そもそもオーバーンに移ってきた理由は、空気がきれいなためでもあった。それでも仕事中毒で、公共精神にあふれ、五人の子どもを抱え、機会も狭まっていたカッジには、病気になっている暇などなかった。恐慌の最中(さなか)では、なおさらのことだった。*1

それどころかカッジはふだんどおりに仕事をこなし、シアトルのメインストリートにあるH・K・フクハラ社のオフィスと、オーバーンにあるもう一つのオフィスのあいだを行ったり来たりしていた。一二月になると、しつこい熱と乾いた咳に悩まされ、咳をするたびに顔をゆがめた。

一家が楽しみにしていた大晦日まであと三日というときに、カッジはオーバーンのオーウェン・テイラー・ホスピタルに入院した。医師がカッジの胸に聴診器を当てると、胸膜炎のあきらかな兆候である耳障りな摩擦音が聞こえてきた。これは肺の表面と胸壁をおおう胸膜という組織が炎症を起こす、けして珍しくない病気で、肺炎が原因で発症することもある。幸い多くの患者がじゅうぶんな休養をとれば回復する。将来、ペニシリンという特効薬が何よりの治療法になるのだが、この薬は当時イギリスの研究所ですでに発見されていたものの、世界的に大量生産されるのはまだ一〇年近く先のことだった。このころの医師にできることといえば、胸腔に溜まった浸出液や粘液や膿（うみ）を、必要に応じて排出することだけだった。だが治療が効かない場合、この病気は命とりになるおそれもあった。[*2]

年の瀬になるころには横になって安静にしていても、症状が和らぐことはなかった。グリーンリバーが記録的な高さまであふれたとき、カツジの肺も水浸しになっていた。明くる年の一月二六日、医師は溜まった膿や液体を取り除く手術をした。だがその処置は失敗し、カツジはシアトルで評判のスウェーディッシュ・ホスピタルに運ばれた。静まり返った病室でカツジの体はみるみるうちに衰弱し、顔色も肌もろうのように白くなった。苦しげな咳も、なおいっそうひどくなっていた。

三月にはさらに試練が待ち受けていた。カツジが息をするのも難儀しているころ、世界は徐々に深刻極まる対立へと向かっていた。三月四日、雪の降る暗くどんよりしたその日、フランクリン・デラノ・ローズベルトが宣誓し、アメリカ合衆国大統領に就任した――その後ローズベルトは慣例を破って大統領の四期目にまで入ることになるのだが。その月の終わりには、日本は満州侵略と傀儡国家「満州国」の創設に対する問責非難に抗議して、国際連盟を脱退することになる。ちょうどそのころ、外科医は肺への圧迫を軽減するため、カツジの肋骨の一部を切除することにした。三ヶ月以内に行ったこの二度目の手術も、期待むなしく失敗に終わった。

一方、思春期真っ只中のハリーは、とうとう面倒を起こしてしまった。友人たちとつるんで、とある工場に侵入したところを、警察署長に捕まったのだ。ラドウィッグ署長は非行少年たちをそれぞれの両親に引き渡したが、ハリーだけが一人残された。署長は警察の車にハリーをすわらせ、何時間もかけて説教した。あとから署長が母親にこの一件を伝えるかもしれないとひやひやしたが、母親はたとえ知っていても口には出さず、ハリーも自分からは言わなかった。

ラドウィグ署長の対応は、親切心からのものだった。カツジの深刻な病状を知っていたラドウィグ夫妻は、キヌにこれ以上心労をかけたくないと思ったのだ。ラドウィグ夫人は昔ながらのレシピの効き目を祈りつつ、カツジのためにチキンスープをつくってくれた。

四月四日、医師はさらにカツジの肋骨の一部を切除した。これが最後の頼みの綱だった。カツジは酸素テントに入れられ、個人看護師が付き添った。呼びかけにも反応せず、肺が虚脱しはじめ、容態がみるみる悪化していった。

父親がそれほどまでに深刻な状態にあることを、キヌは子どもたちに言わなかった。夫が持ちなおす望みを捨てていなかったし、子どもたちに心配をかけたくなかった。それにまだ理解できる年頃でもないと感じていた。キヌが友人のビトウ夫妻に連絡すると、すぐに夫妻が駆けつけてくれた。母親がしょっちゅう家を空けることには子どもたちも気づいてはいたが、それ以上のことはほとんど何も知らずにいた。

四月の初めにハリーは数週間ぶりに父親の見舞いに行ったが、病室には入れなかった。ドア越しに、ベッドをすっぽり覆った透明なテントのなかで、父親の胸が盛りあがったり凹んだりするのが見えた。酸素を送る装置の機械音が響くなか、父親はぜいぜいと苦しげな息をしていた。

その翌日の四月八日、カツジはとうとう昏睡状態に陥った。土曜日の午前中で、ハリーとピアスとフランクはオーバーン仏教会の日本人学校に行っていた。ラドウィグ夫人が二階につかつかとのぼってくると、すぐにハリーたちを呼んでほしいと校長に頼んだ。これまでこの学校の授業を中断した者などいなかったし、ましてハクジンのご婦人となると前代未聞のことだった。ラドウィグ夫人は急いでハリーたちを父親の病室に連れていった。部屋は照明が暗くおとされ、アンモニアと粘液の入り混じった匂いがした。テントで覆われた父親を、キヌ、ヴィクター、メアリー、そしてビトウ夫妻が囲んでいる。カツジは意識がなく、呼吸も絶え絶えで、小さく萎んだ体をくるむ毛布が上下に波打っている。

キヌは子どもたちに、このときのための心の準備をさせていなかった。けれど一家の友人は、遠慮せずにはっきり言った。「病院の中にいなさいね」。そうハリーにささやいた。「もうすぐお父さんは逝ってしまうのだから[*3]」。

ハリーはその場にいることに耐えられなかった。「逃げだしちゃったのさ」。廊下にいたビトウ家の息子の一人に駆け寄ると、一緒に外に飛びだした。それからどれくらい経ったろう。午後の陽光のはかない温もりも消えるころ、冷えきった体の少年たちは、ようやく病棟に戻ってきた。そのころには、すでにカツジは息を引きとっていた[*4]。

自分は取り返しのつかないことをしたとすぐにわかった。家族のなかで自分だけが、父親の亡くなるその瞬間(とき)にいなかったのだ。言いわけのしようもなかった。母親に目をやると、青ざめて、よそよそしくて、心ここにあらずといった顔で――およそいつもの母親らしくなかった。「叱ってくれたほうが、まだましだったよ」。キヌは何も言わなかった。ハリーは恥ずかしくて、いっそどこかに隠れてしまいたかった。後ろめたい気持ちと悲しみに打ちひしがれ、ハリーは皆から離れて、一人ぽつんと立っていた[*5]。

四月一三日の葬儀の日、ホワイトリバー・バレーは春爛漫、リンゴ畑にも満開の花が咲いていた。けれどホワイトリバー仏教会は陰鬱な空気に沈んでいた。会場には屏風が飾られ、黒い漆塗りの壇上に金色の祭壇がしつらえてあり、燻(くゆ)る線香の煙がビャクダンやショウノウの香りと混じり合う。正面に羽目板が張られ、小ぶりの鐘塔を擁するこの建物は、外から見れば、どこにでもある質素なプロテスタント教会のようだが、一歩中に入れば、まさしく日本の寺院そのものだった。ハクジンの参列者から見れば異国情緒にあふれていても、一世にしてみれば慣れ親しんだ心安らぐ場所なのだ。

僧侶のアオキ師が日本語で三枚の経典を唱えた。日本人社会の指導者的存在で、カツジの友人だった四人の一世が、母国語の日本語でそれぞれに弔辞を読んだ。『オーバーン・グローブ・リパブリカン』紙のオーナーで商工会議所の理事を務めるハリー・レスリーが、最後に英語で挨拶した。この弔辞の内容を会葬者の大半は十分理解できたわけではなかったが、人種の壁を越えた日本人の同僚に対するその尊敬の念は、はっきりと伝わった。葬儀のあとに同紙はこう報じた。「アメリカ人と日本人を問わず、多くの仲間が誠実な真の友を失ったと感じている」*6。

式が終わると、二〇〇人を超える参列者が写真撮影のために並び、カメラのフレームにどうにかこうにかおさまった。場所によっては六列にも連なる一世たちの後ろには、数十基もの花輪が並んでいる。フローラ・ホルト校長を含むハクジンの参列者の一団が、脇に固まって立っている。黒の喪章をつけたピアスとフランクが、たくさんのユリやバラで飾られたカツジの棺の前のほうに立ち、続いてハリー、メアリー、キヌ、ヴィクターが並んだ。子どもたちは暗い顔でじっと前を見据えている。キヌはヴェールになかば隠れた顔を棺に寄せ、その瞳に濃い影が差している。

火葬場でカツジの亡骸は焼かれ、象牙色の骨と鉛色の灰になった。夫の遺骨の入った陶器の骨壷を抱いて四一歳のキヌは家に帰ってきた。大恐慌の只中に、在留外国人、そして、五人の「アメリカ人」の子どもを抱えるシングルマザーとなったキヌに、もう頼りになる連れ合いはいなかった。

さしあたって心配なのは、お金の問題だった。葬式費用は参列者のコウデン（香典）、とりわけカツジが会長を務めていた県人会の香典でなんとかなった。とはいえカツジには、入院してからの数ヶ月間いっさい収入がなかった。どこから手をつければいいのか見当もつかない。たいていの日本人夫婦がそうであるように、キヌも夫も互いの領分をきっちり分けていたのだ。

キヌは真ん中の息子を頼りにした。ハリーを連れてオーバーンにあるカツジのオフィスに出かけていき、部屋じゅう引っ掻きまわして帳簿を見つけると、片っ端から目を通した。カツジはニューヨーク生命保険会社とノースウェスタン共済生命保険会社の腕の立つセールスマンだったが、会計士ではなかった。持ち前の記憶力を頼みにし、細かいことは頭の引き出しにしまっていた。カツジの書いたメモは整理されておらず、大ざっぱで、英語と日本語が入り混じっている。キヌとハリーにはちんぷんかんぷんだったが、なんとか選り分けて処分した。手もとには未払いの約束手形の山が残ったが、おそらくこれとて全体の一部にすぎないだろう。

一家の財政は厳しかった。一九二六年以降、カツジが貸した金は返済されていなかった。貯金はたったの六五ドルと七四セント。そして自宅の毎月の家賃は二五ドル。時間も金銭的な余裕もなく切詰まっていたキヌは、ほかの手段に当たってみるほかなくなった。*7

キヌにはカツジの保険金を受けとる資格があったが、病気になって保険料が払えなくなると、夫は保険金を半分に減額していた。残されたフクハラ家の六人のうち稼ぎ手は一人もいない。一八歳のヴィクターはまだハイスクールで悪戦苦闘していたし、国じゅうで一五〇〇万人が失業しているいまとなっては、二世が稼げる職に就ける見込みはどう見てもなさそうだった。しかもカツジは資産について遺言も残していなかった。

カツジが亡くなって三週間後、オーバーン商工会議所会頭I・B・ニッカボッカの法律事務所が、カツジの資産を遺言検認裁判所に提出した。ともに商工会議所の仕事をしていてカツジと親しくなった銀行家のW・A・マクリーンが鑑定人を引き受けてくれた。必要上、マクリーンは家のなかを調べてまわり、もろもろの家財道具を「そこそこの収入で質素に暮らす家庭によくある」ものだと品定めした。*8

キヌにとってどう見てもプライバシーの侵害としか思えないことをマクリーンがしているあいだ、キヌは気の遠くなるような責任の重さと格闘していた。日本に戻ることが、ふと頭をよぎった。日本なら物価もはるかに安いし、故郷の家族が心の支えになってくれるだろう。ところがこれにはハリーとメアリーが断固、異を唱えた。いまのところはキヌも無理強いはしなかった。なるべくふだんどおりの生活を続けようと心がけ、ハリーとピアス、そして今度はフランクも一緒に二週間の野外キャンプに送りだした。恐慌が始まった当初、夫が派手に金を使ったように、この人生のどん底の、悲しみの極みのときに、キヌもまた同じことをした。

ところがキャンプから戻ってきたハリーは、母親の変化に気がついた。まだ夏はのんびりと続いていたが、メアリーと激しく言い争うとき以外もともと静かで穏やかな母親がやけにぴりぴりしている。ある日のこと、キヌが二人だけで田舎にピクニックに行かないかと誘ってきた。うちがお金を貸している数軒の農家に途中で寄らなければならないけれど、自分は運転ができないから、ハリーに連れていって欲しいというのだ。

　ハリーはこの誘いに飛びついた。母親がヴィクターではなく自分を頼りにしてくれたのが嬉しかった。僕が役に立つことを証明できるぞ。父親の死んだ日に逃げだして以来、やっと名誉挽回のチャンスが来たのだ。

　キヌがハリーを誘ったのは、ヴィクターより頼りになりそうというわけではなくて、とりあえずいちばん英語が話せるからだった。けれど、この名案にもちょっとした問題があった。ハリーは運転の仕方を知らないのだ。もちろんキヌもだが。カッジは愛車の一九二七年のビュイックに、誰にも指一本さわらせなかった。

　一家のためにハリーが運転するのを大目に見てくれないかと、キヌはラドウィグ署長に頼み込んだ。ファースト・メソジスト教会の牧師でもあるラドウィグ署長は、アメリカ政府と全能の神の両者に仕えていた。ハリーの身の安全と魂をあずかるラドウィグは、キヌの頼みをできれば断りたかったが、しぶしぶながら受け入れた。「本来ならけしからんことだが、ほかにしかたがないからな」とハリーに釘をさした。「だから、やってごらん。だがくれぐれも用心するんだぞ！」[*9]

「教習もなし、免許もなし」のこの夏、ハリーは大喜びで堂々と法を無視した。オーバーンの郊外や隣のケントの町をめざし、メインストリートに車をふらふら走らせた。こんなに自分の思いのままにできる体験は初めてで、なんだか自分が強くなった気がした。六人乗りのセダンはスピードをあげ、道の窪みにひょこひょこはずみながら、ひらけた目抜き通りを、エンジン音を響かせ進んでいく。フェルトで出来たクローシェ帽をかぶり直し、よろけながら車から降りてきた母親が、やけにぐったりしていたのにも、ハリーは気づかなかった。最高に楽しい旅だった。おまけに、目的地にちゃんと辿りつけたのだから。[*10]

ここから先は、キヌ一人の仕事だった。ハリーのつたない日本語ではままならない。勇気をふるって、キヌは農家の玄関に向かった。前からの知り合いなら、夫のように裏口のドアを叩いただろうが、キヌにとっては初対面の人たちだ。なかにはカツジの友人で葬儀に来てくれた人もいたかもしれないが、彼らに融通できる金はなかった。未払い金の、たった半分でいいから返してほしいと頼んでも、ばちはあたらないはずだ。

ところが、話を切りだせないこともままあった。収穫の時期だと、家に誰もいないことも多いのだ。ハリーとキヌが三度立ち寄って、ようやく一家の主人と話ができるなんてこともあった。

運転席にすわったまま、ハリーは会話に耳を尖らせ、ダッシュボード越しに様子をうかがった。真っ黒に日灼けし、皺の深く刻まれた顔の男たちが、よれよれの帽子を脱いで、色の抜けたオーバーオールの身を折り曲げ、深々と頭を下げている。慌ててハリーの母親も頭を下げる。農夫たちは体をもぞもぞさせ、磨り減った長靴で地面をほじくり、いっこうに目を合わせようとしない。母親も、地面に視線を落としている。風に揺られるシーソーのように、こちらが頭を下げると、今度はあちらが頭を下げる。

午前の寒々とした訪問が終わると、ハリーは日陰を見つけて車を停めた。キヌが毛布を広げ、ピクニック用のバスケットからピーナツバターのサンドイッチと自家製のルートビアの瓶を取りだし、ハリーに渡した。見知らぬ人間にお金を請求するのは、しんどい仕事だ。ハリーは母親の話を黙って聞いていたが、事の重大さはわからなかった。短い休憩のあと、キヌは膝からパンくずを払い落とすと、また二人して巡回訪問を再開した。[*11]

兄が運転できると知って驚いたフランクは、自分もついていきたくてしかたなかった。ハリーと車のなかで待っているだけでいいからとしつこくせがむので、母親もとうとう折れた。母親が農家を訪ねるあいだ、兄弟は車にすわって待っていた。まぶしく晴れた日に、後部座席にぬくぬくとおさまるフランクは、「父さんがいなくてもそんなに寂しくなかったよ」とあとから認める。母親が手ぶらで戻ってくることはめったになかった。しょっちゅうカゴいっぱいのニンジンや大量のエンドウマメ、数玉のレタスを農夫たちから感謝のしるしにもらってきた。けれど貸した金については、元金も利子も、相変わらず未払いのままだった。[*12]

ごくごくたまに、キヌは金を受けとって車にもどってきたが、それが全体のたった一割のときですら、足どりははずんでいた。ほっとした笑みを浮かべ、座席の端をぎゅっとつかんで、次のドライブに身構える。フランクは、猛スピードでカーブを曲がるときに野菜が転がり落ちないよう両手でしっかりと抱えている。ハリーはにやりと笑うと、イグニッションキーをまわす。ぶるんぶるんとエンジンが機嫌よく鳴りだした。[*13]

ほどなく一家のごく親しい友人たちが家に三々五々集まってきた。「オジャマシマス」。その声にキヌは弱々しく微笑んだが、それは本心からの笑みだった。彼らの存在はありがたい。女友だちはさっそく台所を乗っとり、キヌのために彼女の故郷広島の薄味の郷土料理をこしらえ、そのあいだにキヌは夫の親友たちとテーブルを囲んで相談した。もう体面など気にしてもしかたない。自分の置かれた状況を鑑定してもらおうと、キヌは何度もめくってよれよれになった請求書の束をダイニングテーブルに積みあげた。

金銭問題を解決するには広島に戻るしかない。いよいよキヌはそう思いはじめた。けれど、この案にハリーは真っ向から反発した。一家の経済的な見通しなど、少年の頭にはなかった。「一三歳のころは、そんな心配なんかしないものさ」。まだ米だってガソリンだって母さんは買えるじゃないか。ジーンズのズボンが穴だらけでもかまわないさ。[*14]

メアリーもハリーに同調した。オーバーンがしだいに好きになってきたし、この四年のあいだに学校でも二年生から一一年生に進級できた。それに何よりアメリカでは、パーマをかけて、口紅や頬紅をつけ、流行のドレスを着た女性たちが陽気にはしゃぎまわっている。ゲタ（下駄）でからころ歩く日本の女性より、はるかに自由を謳歌していた。一九二〇年に選挙権を勝ちとると、アメリカの女性たちは自分の意見を声に出して言うようになった。日本の女性は、中には大胆な柄の着物を着る人もいるけれど、いまだに投票権を持てないし、自分の思うような人生を送られずにいる。ここにきてメアリーは、自分の居場所がどこかわかる程度には、日米の文化を理解していた。それに、ついこのあいだ日本から連れ戻された気がするのに、また日本に戻れだなんて、この母親もよく言えたものだ。[*15]

母親の足を引っぱっているのは自分だとハリーは思っていた。「母にとって問題は僕だけだった」。だがキヌを引き止めていた原因は、ハリーではなかった。マクリーンとほか二人の鑑定人が資産関連の必要書類を裁判所に提出するのが秋までかかりそうなのだ。そしてそのときまでに借金を全額返す必要があった。マクリーンは当初見積もった資産五五〇〇ドルを二二一六ドル七四セントに引き下げた。フクハラ家の資産とは、鍋やフライパンまですべてひっくるめたものだったので、どのみちそう長くはここに居られそうになかったが。[*16]

夏が終わるころには、キヌは未払い金の回収をあきらめ、勘定を清算した。あとの処理は弁護士がやってくれることになった。第二の祖国となったこの国を、二二年経ったいま、立ち去る心境には複雑なものがあるけれど、とはいえこれから故郷に帰るのだ。八月九日、東京では来たる戦いに備えて最初の大規模な防空演習が行われていたことを、この一家の誰も知るよしもなかった。

キヌが荷造りを始めたので、とうとうハリーは奥の手に出た。ハリーいわく「さすがに母さんも僕を置いてはいけないからね」。子どもたちにあれこれ言われて疲れ果て、おまけに帰郷の支度でうわの空だったキヌは、ついに態度を和らげた。「気に入らなかったら戻っていいだろ」。そうしつこく迫って、ハリーは母親に約束させた。メアリーも同じ約束を取りつけた。こうしてひとまずなだめられ、二人は友だちや先生に別れを告げることにした。ちょっと行ってくるだけで、ずっと住むわけじゃないからと、ハリーは皆に請け合った。きっとすぐに戻ってくるから。[*17]

一九三三年一一月一五日の午後、キヌ、メアリー、ハリー、ピアス、フランクの一家はスミス湾のスロープを歩き、日本郵船の豪華客船「氷川丸」に乗り込んだ。キヌは三等船室の切符を一人につき六〇ドルで購入した。ピアスとフランクはそれぞれ三〇ドルの子ども料金ですんだ。ヴィクターはカツジの親戚のもとに預けられ、シアトルで身を立てるか、追って帰郷することになった。ヴィクターはアメリカに少しも馴染んでいなかったのだが、二重国籍を持つため戻れば間違いなく日本の軍隊に召集されるだろう。三〇年前の父親と同様に、海外にいれば徴兵を回避できる。[*18]

船に積まれた貨物には、キヌのモナーク社のピアノ、宮島から持参した琴、カツジの集めたヴィクトリア調の家具、種々雑多なスチーマートランクが数個、フランクの真っ赤なラジオフライヤーのワゴン、それから畑でとれたばかりのさしあたりは新鮮なセロリの木箱が入っていた。農家からもらったこの土産は日本の親戚が見たら珍しがって、その匂いに思わず鼻をつまむことだろう。仏教会の僧侶が一人と、親しい一世の友人たちが桟橋に集まった。これが見納めだとばかり群衆が押し合いへし合い手すりから身を乗りだすなか、キヌは転ばぬよう用心しながら、骨と灰になった夫を守ろうと、濃い色の風呂敷に包んだ象牙色の骨壺をぎゅっと抱きしめた。

ハリーとピアスだけは、まだ一度も日本に行ったことがなかった。ハリーより二歳下のピアスはまだ子どもだったので、文句も言わず母親の言うとおりに従った。けれどハリーにしてみれば、思春期の傷心や大人になって味わう失望とはまだ無縁のこの気ままな少年時代に、故郷から無理やり引きはがされるなんて、あまりに残酷で、身勝手で、理不尽なことに思えた。オーバーンは、ハリーにとってかけがえのない聖地だった。あれこれ思い返せば、ごくごくありふれたことですら、すでに清らかな思い出のなかできらきらと輝いている。小さな町の窮屈さに反発したことも、平等に扱われないことへの不安も、すっかり記憶から消し飛んでいた。

物思いに沈みながらフクハラ一家がめいめい甲板に立っていると、汽笛が鳴って、赤と白の縞模様の煙突が煙を吐き、スクリュープロペラがまわりだした。日本に向けて出航した氷川丸の船尾には、旭日旗がちぎれんばかりにはためいていた。

# II　二つの国を漂う

# 6 日の出る国

シアトルから横浜までの船旅は二週間かかった。船はバンクーバーで停泊し、国際日付変更線を越えて、毎時二一マイルの速度で太平洋を四二〇〇海里航海した。航路はミッドウェーのはるか上、アリューシャン列島の少し下を通り、乗客は靄のかかった水平線をひたすらぼんやり見つめるほかなかった。一一月の鈍色の海に、一万一〇〇〇トンの豪華客船が縦に横にと激しく揺すられる。

暇さえあればハリーとフランクは甲板下の三等船室を抜けだして、上の階にある三等客用の遊歩甲板に出た――新鮮な空気、広々とした空間、それと、なるたけめまいのしない場所を探し求めて。二人は上着をはおった背を丸め、ウールの襟を立てた。

自分たちの部屋に降りてくると、上下左右の揺れをもろに体に感じる。寝室は二段ベッドが四台並んだ八人部屋で、ひどく窮屈だった。空気もよどんで、かび臭い。たった一つだけ空いている小さな丸窓から見える銀色の荒れた海原も、たいして慰めにはならなかった。船に酔っても、子どもたちが逃げだせる場所はまず見あたらない。真っ青な顔に、喉までつき上がる酸っぱい胃液をこらえながら、自分は根っからの陸者なのだとハリーはあきらめた。

一等客はといえば、氷川丸を「太平洋の女王」と呼んでいた。パリのインテリアデザイナーによるアール・デコ様式の優美な内装に、ヨーロッパのシェフによる一〇品コースのフランス料理。ほんの一年半前には、絹のゆったりした室内用上着(スモーキングジャケット)をはおったチャップリンが、錬鉄製の中央階段を降りて、一段奥まった天井にステンドグラスをあしらったダイニングルームに悠々と入っていったのだ。*1

かたやフクハラ一家は、三等船室で食事をとった。一家全員合わせた船賃は、一等船客一名分の船賃二五〇ドルより安かった。さらにキヌは日本食といういちばん安あがりな食事を選んだが、がっかりした者はいなかった。ちゃんとした日本料理で、量もたっぷりあって、とにかく美味しかったのだ。一家の状況をミスター・チャップリンのそれと比べるどころか、キヌの目安は日本の平均的な生活水準にあった。当時日本では一〇〇〇円あれば家が建ったが、キヌは家族の切符に九三六円もはたいていた。片道の船賃が家一軒分に相当するわけだが、それでも広島でなら、残った金でちゃんと暮らしがたつはずだ。破産が怖くてびくびく過ごしていたオーバーンでの日々は、一海里ごとにキヌの脳裏から消えていった。*2

一世たちがカイコダナ(蚕棚)と呼んだ窮屈な三等船室は、探検すればするほどハリーをわくわくさせた。部屋にひしめく二世の少年たちは皆、広島にいたメアリーやヴィクターのように、学校に通うため日本に渡り、親戚のもとで暮らすことになっている。「子どもだけで同じ部屋にいて、部屋じゅうひっくり返るほどの騒ぎ」にハリーも目を丸くした。みんな元気いっぱい、愉快な連中だった。ハリーと同様、太平洋岸北西部を故郷と呼んでいる。自分は一人ぼっちじゃないとわかって、ハリーもしだいに気持ちがほぐれてきた。*3

一一月二八日、氷川丸は予定どおり翌朝七時に横浜港に着くだろうとの話だった。ところが午後になると、船が遅れはじめた。強風につかまり、港に入るのが危なくなった。霰(あられ)混じりの嵐が去ると、氷川丸は港から数マイル離れた沖で旋回し、入港許可の合図を待った。乗客は上陸をいまかいまかと待ちわびながら、いまだ荒れた海上で不安な一夜を過ごした。甲板を風がびゅうびゅう吹きすさび、波が船を激しく揺すり、三等船室の乗客たちを思うがままに弄ぶ。船酔いになるとしたら、まさにこの星のない闇夜にちがいない。*4

ところが夜半過ぎに、海はぴたりとおさまった。夜明け間近の六時半、氷川丸が横浜港をめざして進んでいると、ぐったりとした乗客の眼前に、それはそれは見事な光景が広がった。太陽の光に煌(きら)めく雲の光輪を背景に、雪を冠した富士山が赤々と照り輝いている。朝の壮麗な富士の山をひと目でも拝めたのは、キヌにとっては縁起のよいことだった。ひねくれたティーンエイジャーのハリーですら、日本人や一世たちの魂の拠りどころである富士山が、想像していたよりはるかに美しいことを認めざるをえなかった。*5

氷川丸は港の大桟橋に錨を下ろした。階段を降りた瞬間に、フクハラ一家はいわゆる「アメリカ帰り」になった。「アメリカ帰り」とは、それが正しいかどうかは別として、しばしば金持ちで贅沢だと思われている。たしかに言えるのは、「アメリカ帰り」は民族的には日本人でも、物腰や生活様式、習慣や考え方が違っているということだ。そもそもメアリーもキヌも着物を着ていないし、メアリーなどは着物に袖を通そうとすらしない。

フクハラ一家は、なるほど外国人の目から日本を見ていた。どこもかしこも人だらけ、誰もが押し合いへし合いしている。ドックを歩く男たちは、地味な着物にフェルトや麦わらのカウボーイが被るような帽子といったちぐはぐな格好だし、淡色の着物姿の女たちは、イチゴみたいに真っ赤なほっぺたの赤ん坊を紐で背中にくくりつけ、真鍮ボタンのついた詰襟の軍服まがいの制服を着た学生たちは、黒いマントを得意げに羽織っている。季節外れのあたたかな陽気から一転して寒空になったので、大勢の人が風邪を互いにうつさぬようにと、白や黒のガーゼのマスクをつけている。

とはいえ、ぽかんと見とれている暇はなかった。荷物を運ぶ小型トラックの運転手が警笛をけたたましく鳴らし、自転車がふらつきながら通りすぎ、頭がおかしくなりそうな喧騒に、ときおり歯切れのいい会話が混じる。すぐ前の山下公園が目に入ると、ハリーの顔がぱっと輝いた。ごぼごぼ泡立つ円形の噴水に、通りの向こうに見える西洋風の「ホテル・ニューグランド」。なんだか懐かしい眺めだなあ。けど何はさておき、いまはトイレを探さなくっちゃ。それもぜったい水洗トイレを！

キヌの兄弟の一人が迎えに来ていて、東京まで一時間で着くという列車に一家を乗せてくれた。列車の窓にぴたりと顔をくっつけて少年たちが外を眺めていると、国際色豊かなこの一帯の、堂々とした煉瓦造りのビル群がしだいに遠のき、かわりにトタンや鉄板屋根の平屋や二階建ての木造家屋が延々と軒を連ねている。カンジ（漢字）で書かれた看板を読めるのは、キヌとメアリーだけだった。東京という大都市はむやみやたらに広がって、貧乏くさくて退屈で、ここが世界屈指の重要都市であることを匂わすものなどまず見当たらない。次の日の朝、一家は東京を発つと広島に向かった。[*6]

おばのキヨが一家のために明治堂の近くに家を借りてくれていた。腰を落ち着ける場所が決まるまで、当座はここで暮らせることになった。障子や畳のある伝統的な木造家屋。キヌはここが気にいって、ようやくほっとしたように見えた。

馬鹿な間違いばかりしたのは、ふだんは呑み込みの早いハリーだった。ゲンカン（玄関）を入ったとたんに「クツヲヌギナサイ」とキヌに怒られ、しゅんとなった。日本に来ていくらも経たないうちから、ハリーは自分の不満を吐きだせる相手がいないと感じていた。フランクとピアスはいつだって母親にくっついているし、メアリーも顔は不機嫌そうでもやけに自信満々にふるまっている。ハリーはこれまで味わったことのない孤独感に襲われた。前の暮らしとの違いはよく見るまでもなく明らかだった。この家にはなんたって電話もないのだ。電話をひく余裕のある家は、近所でも一、二軒だけだった。しかも相手につながるまでに二〇分もかかるし、電話機は贅沢品だと眉をひそめられている。[*7]

そのうえ家の中でも外でも、体の芯まで冷えるのだ。冬場は手がかじかむほど寒いし、おまけにかび臭くてじめじめする。オーバーンにいるときは、目を覚ますと家のなかはすでにぽかぽかと温かかった。早起きした母親が、薪と石炭のストーブに火をくべているからだ。ところがここ広島の陶器でできた丸いヒバチ（火鉢）は、そばに寄らないとちっともあったかくない。タタミの床はつま先が冷えるし、ふとんにもぐっても隙間風にぶるっと震える。しかもトイレには震えおののいた。細長い鉢の真ん中に、暗くて、深くて、鼻のひん曲がりそうな凄まじい臭いのする穴がぽっかり空いているのだから。

人生で初めてハリーは、すっかり調子が狂った気がした。来る前から日本のことが好きではなかったが、もはや何があろうと考えは変わらなかった。ハリーはオーバーンやシアトルの友人たちに手紙を書くことにした。広島に着いて二週間ほど過ぎて、ノブフサ・ビトウからもう手紙が届いた。手紙によれば、グリーンリバーが氾濫したし、今年降った初雪はすでに融けたし、バスケットボールのチームが観衆を集めているらしい。[*8]

オーバーンのメインストリートがクリスマスの電球や装飾で華やぐころ、広島もまた提灯の明かりに照らされていた。一二月の末に裕仁天皇と良子皇后の長男で第五子にあたる明仁皇太子が生まれ、皇位継承者の誕生を祝う催しが日本全国で執り行われた。広島にいたフクハラ一家も、兵隊が行進し、提灯が揺らめき、旭日旗がはためく夜の行列を見物した。皇紀という日本の紀年法があって、それによると、今上天皇は紀元前六六〇年から連綿と続く皇統における第一二四代に当たるとされている。アメリカ大統領の任期がどれだけ短いか知っていたフランクは、不思議でしかたなかった。「天皇や皇太子といったものが僕には物珍しかったのさ[*9]」。

この祝典はフクハラ一家の目には奇異なものに映ったかもしれないが、国際的な紛争に巻き込まれた都市では、天皇崇拝は当然のように受け入れられていた。一九三一年に日本が奉天事件を画策し、傀儡政権である満州国を樹立して以来、すでに日本は満州で交戦状態に入っていた。広島の宇品港は、満州に向かう軍隊の主要な兵站基地かつ積出港の役目を果たしていた。かつては漆塗りの傘、海苔や牡蠣、レモンや柿といった生産物が主だった広島の経済は、ここにきてますます陸海軍の金を頼みにするようになっていた。広島城内や周辺には軍隊が駐屯していた。夜更けに目抜き通りを轟然と進む車両の音が聞こえると、市内の住民には戦車や大砲がまたも遠方の紛争地帯に運ばれていくのがわかった。

フクハラ一家は、この地に慣れようと努力した。クリスマスが来たものの、いささか期待はずれに終わった。一年でいちばん陽気なこの時期ですら、シントウ（神道）や仏教の国である日本の祝日の祝い方は、アメリカ流のきらきらした底抜けに明るい祝い方とは似ても似つかぬものだった。ハリーの友人である広島出身の二世は、のちにこう書いてよこした。「故郷で祝ったような素晴らしいホリ

キヌと一緒のハリー、ピアス、フランクの兄弟（左から）。1930年代半ばに広島で。ハリーとピアスは2世を喜んで受け入れていた私立学校に通っていた。フランクは、卒業後は士官学校をめざすエリート中学（旧制）に進もうとする、伝統的な道をたどっていた。（提供ハリー・フクハラ）

デーが恋しくないかい？　この日の出る国のどこにも、あんな派手なお祭り騒ぎは見つかるまい。東京でもクリスマスは祝うようだが、僕に言わせればまったく面白くもなんともないよ。あの懐かしいアメリカのクリスマスをよこしてくれよ」[*10]。

そのうえ年の瀬には、フランクが胸膜炎にかかってしまった。冷たくて憂鬱な冬のあいだ、フランクは布団のなかで咳き込み、おろおろする母親をぼんやりと眺めていた。キヌはフランクに粥と薄い麦茶を与え、つきっきりで看病した。「母さんは僕が死んでしまうんじゃないかと心配していた」。どうせ死んじゃうなら、せめてホットドックをほおばってコカコーラをごくごくと飲んでから死にたいなあ、とフランクは思った[*11]。

キヌは地元の小学校にハリーとピアスを入学させた。日本語が上達するまでは下の学年にいなくてはいけないとキヌは二人に言って聞かせた。九学年だったハリーと六学年だったピアスは、オーバーンにいたときのメアリーとヴィクターみたいに、二学年にまで学年が落ちた。

登校初日からハリーは反抗的だった。規則では制服を着用し、坊主頭にしなければならないのだが、ハリーは言うことを聞かずにウールの三揃いのスーツを着ていった。二年生たちは、この背の高い新入りを代理の教師と勘違いして、いっせいにぺこりと頭を下げた。そこでハリーもお辞儀を返すと、こそこそと教室の後ろの席についた。「みんなの話す言葉がしゃべれなかったんだ」とのちにハリーは振り返る。*12

キヌはその日の学校での様子を聞きたがった。「今日は何を習うたの?」「何も」とハリー。「まったく頭にくるよ。ちっとも面白いことなんかないし」。オーバーンでのハリーの日本語学習が、ものの見事に失敗したのを思いだし、キヌは戦う前に白旗をあげた。「無駄じゃわね」とひとこと言うと、自宅でハリーに日本語を教えてくれる、英語の話せる家庭教師をさっさと見つけてきた。こうして日本でのハリーの小学校生活は、早々と終了した。*13

メアリーもまた悩んでいた。たしかに表向きは高等小学校を卒業したことになっていても、それは四年前にキヨおばが校長に賄賂を渡したからで、一七歳のメアリーは中断したところからまたやり直す必要があった。級友たちはとうの昔にいなくなっていて、しかもメアリーは日本語がますます書けなくなっていた。「どうしていいかさっぱりわかんなかったわ!」とメアリーはのちに嘆いた。*14

ショウジ(障子)のすきまから冷たい風がすうすう入る部屋で、コタツ(炬燵)に入ったハリーは夢中でペンをとり、オーバーンの友人やクラスメートや教師にせっせと手紙を書きつづけた。アメリカにいる文通相手が困ることのないようにと、返信用の宛先を日本語で書いたラベルを母親が用意してくれた。なかには住所を逆さに貼ってくる友人もいた。それでも届いた封筒は何枚もの便箋でぱんぱんに膨れ、ときには写真もぺたぺたと貼ってあった。こうして山のような手紙をやりとりできたおかげで、この世界の自分の本当の居場所は広島のはるか彼方にあることが確かめられて、ハリーはなんとか気持ちを持ちこたえることができた。

まもなく一家は白島（はくしま）にある別の家に引っ越した。ここは官僚や将校の家族が住む閑静な高級住宅街で、近所におばのキヨも住んでいる。すぐ西には、市内を分岐して抜けながら広島湾に注ぐ太田川が流れ、南に少し歩けば、広島城の天守閣が周囲の景色から一段と高く空にそびえている。

ここでハリーは二世の隣人を発見した。角を曲がった先に住むマツモトという日本人の一家で、ロサンゼルスから来た二世の親戚の少年を三人預かっている。カズ・ナガタと、カズのいとこにあたるミツとマスのマツモト兄弟の三人組は、メアリーやヴィクターなどの数千人の子どもたちと同様に、教育を受けるべく広島に送られてきた。水辺に吸い寄せられるトンボみたいに、ハリーの足は彼らの家のゲンカン（玄関）にふらふらと向かった。あっというまに少年たちは大の仲良しになり、ひいては生涯の友になった。マツモト家は個人の家というよりも、まるで監督者のいない寄宿学校の寮といった雰囲気だった。「あの家に入ると会話はぜんぶ英語でした」と少年たちのいとこのチエコは言う。少年たちがよく笑い、よくしゃべるのにチエコは驚いた。ハリーはマツモト家のことを、靴を履いたまま玄関を入っていける広島で数少ない家だったと、この先もずっと懐かしく思いだす。[*15]

一九三四年の春になると、ハリーと友人たちは山陽商業学校の制服を着ることになった。このかなり規模の大きな商業学校に、家庭教師が顔を利かせてハリーを入れてくれたのだ。山陽商業学校は私立の学校なので、キヌはハリーのことを地元の役所に届けなくてすんだ。もしも公立の学校に入ったならば、役所から日本の国籍を取得するよう要請されていただろう。おいおいキヌは、ハリー以外の子どもたち全員の書類を提出することになるのだが。

山陽商業学校には各クラスに一〇人から一五人もの二世がいて、彼らは日本の生徒よりいくつか年上のことも多かった。すでにアメリカでハイスクールを卒業している者もいた。日本人の英語教師が二世の生徒たちに日本語を教えた。学業の遅れを考慮してもらい、生徒たちは最初に筆記試験ではなく口述試験を受けた。二世に配慮した教育の需要がますます高まってきたために、学校はしだいに規模を拡大し、高額の授業料をとるようになった。ハリーは家庭教師に教わってはいたが、最初のころは「ちんぷんかんぷんだったな」。それでも成績は徐々に上がっていった。ハリーは広島にもしだいに慣れてきていたが、観念してここにずっと住むかと聞かれたら、やっぱりそれはお断りだった。[*16]

山陽商業学校のような国際感覚のある学校ですら、生徒たちは天皇崇拝の思想にどっぷり浸かっていた。校庭に入るときと出るときに、ハリーとピアスは、特別に設けられた小さな奉安殿（ホウアンデン）におさまる御真影（ゴシンエイ）（天皇と皇后の写真）の前で頭を下げる。質素な講堂にも御真影は飾られ、講堂に入るときと出るときに写真に向かってお辞儀する。国の祝祭日には校長先生が教育勅語を大声で読みあげる。文書を高く掲げて一礼すると、「我カ臣民克（よ）ク忠ニ」つまり臣民は天皇のためにその身を捧げる覚悟を持つべしと唱える。生徒たちは皆、深々と頭（こうべ）を垂れ、うやうやしく耳を傾ける。メアリーの通う女学校でも、フランクの通う小学校でも、同じ儀式が行われていた。

ハリーは軍隊についてもさほど気に留めていなかった。友だちと英語でぺちゃくちゃ話しているときに周囲からじろじろ見られ、眉をひそめられても気にしなかった。自分たちの大げさな身振り手振りやはっきりした物言いを、無礼で節度がないと思われてもへっちゃらだった。二世が疑いの目で見られようと、どこ吹く風だ。個人主義を崇拝する文化で育ったハリーは、礼儀作法やしきたりなどに洟も引っ掛けなかった。

ある爽やかな夏の夜、ハリーは友人たちと小学校裏の道沿いに並んだ屋台の前をぶらついていた。祭りの露店がいくつも出ていて、ちょっとした食べ物を売っている。ヤキトリ（焼き鳥）やヤキイモ（焼き芋）の匂いに誘われて、大勢の人が集まっていた。バケツで泳ぐ真っ赤な金魚が小銭と引き換えに掬われるのを待っていて、色とりどりの水風船がビニールプールでひょこひょこ跳ね、射的場ではブリキのアヒルたちがくるくるまわり、撃てるものなら撃ってごらんと誘っている。不気味なタイコ（太鼓）の響きさえなければ、シアトル郊外のレドンドビーチに並ぶ天蓋付きの屋台村にいるかのようだ。*[17]

ハリーたちは焼き鳥にかじりつき、ラムネをぐびぐび飲んだ。そのうちふと、地元の不良集団が目にとまった。リーダーはハリーの近所に住むシゲル・マツウラという名の暴れん坊だ。少年たちは互いをちろちろ見やりながら距離を保っていたが、いきなりマツウラがハリーに飛びかかると、拳固を一発食らわした。負けじとばかりハリーも殴り返した。さらに強烈なパンチが何発か交わされ、ひとまず喧嘩はおさまった。肩で風を切りながら、マツウラは仲間と暗がりの人混みに姿を消した。突然のことにひどく面食らったハリーは、友人たちを追い払うよう手を振ると、腫れた頬の手当てをしに、一人とぼとぼと家路についた。*[18]

何が起きたのか、さっぱりわからなかった。マツウラが喧嘩をふっかけてきたのは、僕が二世だからだろうか。あいつの父親だって同じ二世じゃないか。そりゃ自分よりだいぶ年は上だし、もともとハワイ出身だけど。マッウラは日本で生まれ育っていたが、ハリーは勝手に同じルーツをもつ仲間のように感じていた。僕に怒りをぶつけてきたのは、パイナップルやサトウキビの農場で働いていたあいつの父親が、貧しさゆえに無念の帰郷をしたせいなのか。あいつの目に、僕はいかにもにわか成金の「アメリカ帰り」に見えたのだろうか。それとも自分の縄張りをおかした二世に、ただ腹を立てただけなのか。[19]

ひどく胸がざわついた。その場でのショックは薄れても、いきなり暴力を振るわれたことだけは忘れようにも忘れられなかった。それでも、アメリカのことを思いだすとハリーの心は慰められた。「日本に来て最初の一年は、ずっと帰ることばっかり考えていたよ」[20]。

月日が経つにつれて、ますますマツモト家という飛び地が、日本で暮らす息苦しさ——人混みや閉鎖的な空間、団結の強制や厳しい期待——からの逃げ場になった。夜の八時か九時ごろまで、少年たちはジンラミーやブリッジをして遊んだ。ハリーはポータブル蓄音機で七八回転のレコードをかけ、「峠の我が家」に耳を傾けた。[21]

まもなくキヌは、一家揃ってまた別の借家に引っ越した。カッジの保険金で満足な暮らしは送れたが、キヌは家を建てる金を貯めたかった。引っ越しのたびに、ハリーは自分がオーバーンからますます遠ざかっていくような気がしたが、ハリーの元担任の先生が手紙をくれたとき、その距離はついに埋めようもなくなったと感じた。気軽な近況報告の中で、ルース・ウッズ先生はこう書いてよこした。「(床屋の)オニール一家があなたたちの住んでいた家を買いましたよ」[22]。

一方、ヴィクターはというと、あれからすぐに家族を追ってアメリカから戻り、山陽商業学校をすでに卒業し、さらに二年の経理課程を記録的な速さで、しかもクラス一番の成績で修了した。ところが、二つの国で人生を中断され、ようやく軌道に乗りはじめたと思った矢先に、ヴィクターは軍に召集された。一九三五年の一一月、第一予備軍に正式に配属され、一二月一日に応召するよう命じられた。このときヴィクターは二一歳だった。*[23]

ヴィクターが召集を受けたことでハリーは慌てた。一一月二六日、当時一五歳のハリーはコタツのなかで足を投げだし、神戸のアメリカ領事館に手紙を書いた。感謝祭の翌日には、領事のケネス・C・クレンツから返事が届いた。

日本の国籍をいかなる場合に失うかについては自分には忠告できないが、アメリカの市民権についての法律は明確である、とクレンツは書いてよこした。「日本の軍籍に入った生得のアメリカ市民権を持つ者は、日本の天皇に忠誠を誓った場合、もしくは具体的な行為によってアメリカの市民権を放棄した場合には、市民権を失うことになります」。ただし、日本に住んでいるだけでアメリカ人が市民権を剥奪されることはないと領事は保証してくれた。*[24]

日本で山陽商業学校の経理課程を卒業したあとのヴィクター。日中戦争下であった。1935年にヴィクターも帝国陸軍に召集された。（提供ハリー・フクハラ）

この手紙の文面はありがたかった。ヴィクターのアメリカ市民権はたしかに危ういが、自分にはまだ時間がある。手紙を封筒に戻すと、このことは自分の胸にしまっておいた。わざわざ母さんに心配をかけることもないし、弟たちに警告しておく必要もいまのところなさそうだ。

この手紙のおかげでハリーは心中穏やかでいられた。というのもハリーの学校の授業は日本帝国陸軍の軍務にのっとり行われていたからだ。外交史家ウルリック・ストラウスが書いているように、日本は諸外国の中でも「類を見ず」、中等教育で現役将校の指導による軍事教練を必修としていた。ハリーは陸軍の中佐や准尉、曹長の下で訓練を受けていた。れっきとしたアメリカ市民のハリーが、日本式の予備役将校訓練を四年間受けることになったのだが、それでもこれは日本の軍隊に入って兵役に服すこととはわけが違った。*25

ハリーは軍服を着て、ゲートルを脛（すね）に巻いた。旧式のライフル、廃棄された銃剣、軽機関銃のモデルガンなど、そのとき手に入るものを使って、週に数回ほぼ一年じゅう訓練を受けた。さまざまな技能の中でもハリーが習ったのは、ライフルの充填と手入れ、正確に隊列を組んでの行進、地図の解読、野営の仕方。一度にいくつもの命令に従うことも学んだ。訓練が終わると校庭の地面に転がる薬莢を拾い集めた。とはいえ、ほかの二世たちと同じくハリーも効率と便利さを追求するアメリカ式で、四方八方に散らばる薬莢を網でいっきに掬ったが、日本人の生徒たちは律儀に一つずつ拾っていた。*26

日本はすでに中国と戦火を交えていたが、この訓練が標的とするのは、日本の拡張主義的目標にとっての最大の脅威とみなされるアメリカ合衆国だった。教官たちはアメリカを日本帝国の「最重要の敵」としていた。世界の政治情勢にうすうす気づいていたハリーは、事態が変わるのをただ祈るほかなかった。「ちょっとばかり居心地が悪かったよ」とハリーは肩をすくめる。*27

これが初めてのことではなかったが、ハリーは合衆国に忠誠を誓いながらも学校の規則や命令にはしたがった。日記のなかでも、日本で武器を手にするアメリカ人としての葛藤に苦しむそぶりは見せなかったが、それは一つに全身全霊で訓練に打ち込んでいたわけではなかったからだ。「一日じゅう鉄砲をかついでひどくくたびれた」と書いている。登校する義務がある土曜には、授業を四時間受けて、「そのあと行進してまわった」。頭を使わないこの訓練を、たんに「授業の一環」にすぎないと考えることにした。将校たちの熱の入った言葉も、とくに心に響かなかった。訓練とはまた別のことが頭にあった。アメリカに戻るつもりだったし、放課後の生活はとりあえずまだ耐えられるものだった。ある日など、午前中に埃まみれの訓練を終えたあと、一〇〇人が集まる感謝祭のパーティが待っていた。たしか「広島日系クラブ」の晩餐会で、男女混合のこの団体はハリーを磁力のようにに引きつけた。[*28]

ハリーは自宅でキヌの監督のもと、もしくはカトリック系の女学校の部屋でアメリカ人教師の同席のもと、ダンスパーティを開くようになった。ハリーが蓄音機とビニールレコード、そしてＤＪのフランク――ほかにいなかったので――を調達した。初めのうち生徒たちは恥ずかしがったが、すぐに笑顔になってカップルをつくった。フランクが蓄音機をまわして音楽が流れると、ボビーソックス（折り返して履く足首までの長さのソックス）の足を畳の床に滑らせて、皆でワルツやフォックストロットを踊った。外ではいかにも日本の若者らしく互いに距離をとり、目を合わせることもめったにないが、部屋のなかでは手を取り合い、ぴたりとくっつき、「ブルームーン」に合わせて体を揺らした。[*29]

こうしてハリーはなんとか平静を保っていられると思っていた。ところが一九三六年に陸軍の青年将校たちが政府高官を襲ったクーデター未遂事件である二・二六事件が起きると、世の中はいよいよ緊張と不安を孕（はら）んだものになった。内閣は混乱に陥り、陸軍の高圧的な姿勢が年を追うごとに政府や国民を締めつけ、厳しい統制や不寛容な態度がいや増していた。

ある日のこと、ハリーは制服姿で山陽商業学校の仲間数人と市内電車に乗り、ほかの乗客に立ち聞きされないよう英語で会話をしていた。公共の場で英語を使わないよう学校で注意されてはいたもののの、これまでとくに問題はなかった。ところが、たまたま同じ電車に乗り合わせたケンペイ(憲兵)が、いきなり車掌に「電車を止めろ!」と叫んだ。ケンペイタイ(憲兵隊)は思想警察とみなされ、日頃から人々に怖がられている。軋(きし)り音(ね)を立てて市内電車が止まると、憲兵はハリーたちに向かって、いますぐ降りろと命令した。「お前たちは日本人か?」ハリーたちが気をつけの姿勢で並ぶと、憲兵が怒鳴った。

「ハイ、日本人です」とハリーたちが答える。

「話していたのは、どこの言葉だ?」憲兵が大声を張りあげる。

「英語です」

「英語を練習していたというのか?」

「ハイ」

「バカヤロウ!」憲兵は、ハリーたちを一人ずつ順番に平手で叩いた。「うそをつけ! お前たちは二世だろうが」。さらに叱責を続けたあと、憲兵はハリーたちの違反行為を学校に報告した。「日本人にとって敵はアメリカで、僕らはアメリカそのものだったんだ」とハリーはのちに振り返る。その日から、ハリーは人前で英語を話すのをぴたりとやめた。*30

アメリカに戻ろう。ハリーはいよいよ心に誓った。一方、メアリーの気持ちも少しも揺るがなかった。時が経っても母親に対する怒りがおさまることはなく、母親に捨てられたという思いを拭えなかった。「メアリーと母さんは、年がら年じゅう喧嘩していたよ」とハリーは言う。「母さんと姉さんは、たしかに仲が良かったとは思えないね」とフランクも同意する。ハリーはキヌのことを、人前では「オカアサン」と丁寧に呼び、日記では「ママ」と親しげに呼んでいた。けれどメアリーはひどく頭にきていたので、どちらも口にしなかった。「無理だったの。どうしても何かが邪魔していたのよ」。自分の母親をメアリーはどんなふうにも呼ばなかった。[*31]

たった一人の娘の猛烈な怒りを前に、キヌは途方にくれた。自分のせいでメアリーはこんなふうになってしまったのか。これまで誰からも、あんな態度をとられたことなどなかったのに。近所に住むチエコを「ちーちゃん」と愛称で呼ぶと、あの子の顔がぱっと明るくなる。なのにメアリーときたら、私がどれだけあの子を愛しているのか、どうしてわかってくれないのか。

メアリーにわかっていたのは、自分がとにかく自立したいということだけだった。広島からも、キヌからも遠く離れた場所で。一九三六年の三月に晴れて女学校を卒業すると、メアリーはついにここから逃げだす作戦を立てはじめた。とはいえ娘に負けず劣らず頑固なキヌにも、また別の計画があった。

キヌとキヨは、メアリーにギョウギミナライ（行儀見習い）をさせようと決めていた。二十歳（はたち）になれば年増とみなされる時代に、メアリーは花も盛りの一九歳になっていた。きちんとした女学校を卒業し、華やかな「モガ（モダンガール）」の魅力をそなえ、そこそこ裕福な家の出で、おばのキヨの広い人脈もあるメアリーなら、理想的な花嫁候補になるはずだ。花嫁修業を終えたらすぐにでも、メアリーに申し分のない婿を見つけてやろうとキヌとキヨは相談していた。

メアリーの二十歳（はたち）の誕生日まであと半年を切ったころ、キヌは娘を近隣の呉市に行かせる手はずをつけた。ここには日本屈指の重要な海軍基地があり、まもなく巨大な戦艦「大和」がこの地で建造されることになる。この市に押し寄せる海軍兵学校の候補生たちのように、メアリーもまたここで「新兵訓練所」に送られるのだ。メアリーの厳しい訓練は、キヌの姉との婚姻により親戚関係になった現職市長の家で行われることに決まった。
この話を聞いたメアリーは猛烈に怒ったが、キヌは頑として譲らなかった。メアリーはここらで社交上のたしなみ、すなわち日本舞踊、生け花、お茶といったもろもろの作法を身につけるべきである。こうした作法を学ばせるのに、母親が娘をどこかよそにやるのはよくあることだ。それに自分の家で教えれば、またしても喧嘩になりかねない。心配することは何もない、と母親は請け合った。メアリーが理想的な花嫁候補になるまで修業は続くことになるだろう。
メアリーの場合、花嫁修業は通常の倍の期間、つまり一年かそれ以上かかるかもしれない。自分に選択の余地がないのはメアリーにもわかっていた。それでも母親に精いっぱいの抵抗を試みた。地味な着物に着替えて下駄を履くかわりに、脚をむきだしにしたワンピース姿で外に出て、市長の奥さまに挨拶に行った。キヌにしてみれば、それは礼服で出席すべき宴会に、いきなり水着姿であらわれるようなものだ。[*32]
すぐさまキヌはメアリーに、次は絶対にこれを着るようにと値のはる正装用の絹の着物を買ってやった。フランクが着物を届けにいくと、メアリーは弟に鬱憤をぶちまけた。朝は五時に起こされ、きつくて動きにくい綿の着物を着て家じゅう磨きあげねばならないことにも腹が立つが、最悪なのは夜の給仕の務めだった。市長はほぼ一日おきに客を夕食に招待する。新品の着物をまとえば、おとなしくて奥ゆかしくて従順な女性に見えるかもしれないが、メアリーはこの家の厳しい要求の数々に身の震えるほど怒っていた。襖や障子を開け閉めするときは膝をついて片手でし、正確な角度でお辞儀をし、漆塗りのお盆を決められたとおりに並べ、ほかの女中といっせいに揃って味噌汁の椀の蓋をあけなければならないのだ。それに何より嫌なのは、冷たい酒を陶器の小さなお猪口に注ぐときに、手が震えるのを皆にじっと見られることだった。[33]

「もう耐えられなかったのよ」。なんて単調で、心身ともに疲れる屈辱的な仕事だろう。二週間も経たないうちにメアリーは辞めた。おばの一人から金を借り、呉から家に帰る切符を買った。[34]

「あんた！　逃げだしてきたんか？」　キヌとキヨは血相を変えた。「そう、逃げてきちゃった」。メアリーは今度こそアメリカに戻ろうと決めていた。蟋蟀（コオロギ）が鳴きしきる炎暑の夏の夜（よ）に、母と娘はどちらも一歩も譲らなかった。メアリーがワシントン州まで船で戻ることを母親は承知しなかった。若い娘の一人旅は心配だ。気に入らなければ戻っていいと言ってくれたから日本で三年も辛抱したのに、その約束を破るなんてあんまりだ、とメアリーはキヌをなじった。[35]

秋になり二〇歳の誕生日が近づくにつれ、メアリーは自暴自棄な気分になった。ある晩、母親を脅かしてやろうと睡眠薬を飲んだ。「とにかくもう限界だったのよ」。メアリーはのちにそう語る。キヌが慌てて呼んできた医者は、メアリーを診察すると、すっかり回復するだろうと言ってくれた。ほっと胸をなでおろすも、この一件にひどくショックを受けた母親は、とうとう折れた。「行ってもええわ……」。ただし条件が二つある。「誰かと結婚すること、ほいであんたの婿はうちらが選ぶこと」。これで話はついた。[36]

すでに午前も一時をまわっていたが、メアリーはその場で四、五人の親しい身内に電話をかけた。まずはいとこのタズコ、それから呉に住む別のいとこにも。呉では昼夜を問わず海軍基地で戦艦を建造する音が響いていた。「もしもし、ヒサエだけど」。日本語の名前をメアリーは名乗った。「さよならを言いたくて電話したの。あたし、アメリカに行くわ」「え？　いまなんて言（ゆ）うたん？」　次々と眠たそうな声が返ってくる。ほとんど誰もが言葉に窮したが、タズコだけは、この頑固ないとこがついにここを出ていくときが来たのだと理解した。[37]
メアリーとキヌは列車で広島駅に向かった。それから七時間かけて神戸に着いた。ここからメアリーはシアトル行きの汽船に乗るのだ。興奮した乗客たちの波にもみくちゃにされながら、見送るキヌはすすり泣き、メアリーにやっぱり行かないでとすがったが、メアリーは聞く耳を持たなかった。甲板に上がると、メアリーは両手に紙テープを集めて宙に勢いよく放り投げた。この瞬間を、長いこと夢見ていたのだ。きっと勝利の喜びに胸躍らせるにちがいない、この瞬間を。ところがドックに立つ母親を見下ろすと、その顔は涙で汚れ、ひどく寂しげで、メアリーにはただただ切ない思いばかりが残った。[38]

家に戻ったキヌは、メアリーが自分の着物をそっくり置いていったことを知る。若い未婚の女性が着るフリソデ（振袖）を、キヌは手にとり胸に抱きしめた。「おばさんはまだ娘さんに夢を持っていたんです」。当時近所に住んでいた若い女性のマサコ・カネイシ（結婚してササキ姓）が語る。艶やかな着物をたたんで厚手の和紙（文庫紙）にくるむと、キヌは桐の箪笥に大切にしまった。それからというもの、キヌはどちらも母親のいないチエコとマサコを自分の娘のように思い、何かと面倒を見るようになった。[39]
それに息子たちの世話でも相変わらず忙しかった。その年の秋、キヌが喜んだことに、おもに二世から成る強豪バスケットチームに控えのガードとしてハリーが加わることになったのだ。二世は総じて年齢がいくらか高かったが、それは海外で暮らしていて進級が遅れたからだ。平均身長が約一六〇センチメートルしかない日本人選手より、食事と年齢のせいで彼らは一五センチも背が高かった。ハリーも一七〇センチと高いほうだ。二世チームは速攻を仕掛け、相手の日本人チームよりたくさん走って試合を牛耳った。そしてプレイするあちこちで、町の話題をさらった。見た目は日本人でも、違う言葉を話し、大声をあげ、派手な身振り手振りでコートじゅうを駆けまわる。物静かで感情を表に出さない日本人選手とはえらい違いだ。二世チームはとうとう大学の並みいるチームを打ち負かし、広島県大会で優勝し、となりの四国に渡り、さらには南日本を代表して東京の明治神宮へと勝ち進んだ。華々しい連勝記録は、そこで終わった。

土曜日ごとの試合はおぞましい軍事教練の息抜きにはなったが、それでもハリーは自分の進む道を決めていた。一九三八年に晴れて山陽商業学校を卒業したら、メアリーに続いて自分もオーバーンに戻るのだ。向こうの友だちに会いたくてたまらなかった。姉と同じく、こうと決めたら一歩も引かないハリーは、一年前からさっそく準備にとりかかった。

オーバーンのジュニア・ハイスクールの校長と結婚した元担任の女性教師にハリーは手紙を書いた。ミセス・ラザフォードはハリーが気持ちを整理するのを手伝ってくれた。「たしかに家族と別れるのがどんなに大変かはわかります」と先生は書いてよこした。「それでも、誰にでもそれぞれ自分の人生があると認めることは必要です」。手紙のやりとりはその後も続く。一九三七年の五月、ハリーのオーバーン時代の級友であるエルギンとファーギーとヘレンが卒業式のガウンに身を包むころ、ミセス・ラザフォードはふたたびハリーを励ました。「あなたは日本の家族や周囲の人たちの期待や希望と、自分自身の希望との板ばさみになっているのです。でもねハリー、自分が本当にしたいと思っていることをするのですよ。あなたは自分の人生を生きなくてはならないし、誰もあなたのかわりにあなたの人生を生きることなどできないのですから。あなたの幸せを心から願っています[*40]」。

とはいえ日本では、幸福の追求は戦時態勢の二の次だった。一九三七年七月七日の夜、日本軍と中国軍が北京に近い盧溝橋付近で衝突し、戦闘状態に陥った。一九三一年に日本が満州を侵略して以来、一触即発状態が続いていた日中間の戦いが、ついにその火蓋を切ったのだ。

中国の前線に向かう多くの兵士が広島に集結しだしたことから、兵士を収容する兵舎が足りなくなった。あぶれた兵士たちは数日から一週間、近隣の民家に泊めてもらうよう割り振られた。キヌの家は広かったので奉仕せざるをえなかった。費用のかわりにわずかな食料手当を支給され、命令に従うよう要請された。

そういうわけで、アメリカ人の子ども五人の母親であるこの寡婦が、帝国陸海軍の兵士たちの面倒も見ることになった。下宿人が泊まっているあいだ、キヌは息子たちのほか、さらに三人から五人の腹をすかせた若者のために食事をつくり、風呂をわかし、息子たち全員を二階の部屋に押し込んだ。階下で見ず知らずの他人がゆったりと過ごせるよう、一家は二階で身を寄せ合い、布団を分け合って眠った。それでも誰一人文句を言うものはいなかった。国民はおのれの務めを果たすことを求められた。それでもキヌは、帰還兵を乗せた船のことがどうにも気がかりだった。中国から戻ってくる多くの兵士たちが、不衛生な塹壕のなかで赤痢にかかり衰弱していたからだ[*41]。

フランクは広島城のすぐ北にある白島(はくしま)小学校に入学した。生徒たちは週に一度、宇品まで行進し、中国の前線に送られる部隊を整列して見送った。兵士たちが足並み揃えて意気揚々と近づいてくると、見送りに来た数百人もの人々と一緒に、フランクたちも日の丸の小旗をちぎれるほど振って「バンザイ！」と叫んだ。

中国に渡る兵士のなかに、あのハリーの天敵、シゲル・マツウラの顔もあった。問題ばかり起こす一〇代のどら息子に手を焼いた父親が、中学を卒業するまであと一年もある一八歳の息子を軍に入隊させたのだ。人で賑わうあの祭りの夜の喧嘩以来、ハリーとマツウラは互いに警戒の目を向けていた。あの不良がいなくなると聞いたハリーは、心の底からほっとした。やれやれ、これでもうあいつとどこかで鉢合わせする心配もなくなるな。*[42]

一九三七年八月、北京が日本軍に陥落すると同時に、広島からの大移動が始まった。日本人の男たちは帝国海軍の船に乗り込み中国に向かい、二世たちは日本郵船の汽船に駆け込みアメリカに向かった。日系クラブの会員だったルース・ヤマダは、こう書いてきた。「短いお付き合いでしたが、あなたとはお友だちになれたと思っています」。この手紙をハリーが受けとったときには、ルースはすでに故郷への帰路の途中だった。戦時に慣れない文化のなかで育まれたこうした友情は、心ひらいた真摯なものではあったけれど、それが長続きのしないものだということは互いになんとなく察していた。*[43]

アメリカにいる二世の友人たちはハリーのことを心配してくれていた。オレゴンから手紙をよこした日系クラブの友人メアリー・オキノは、こう訊いてきた。「そういえば広島県の二世の男子が何人か中国で戦っていると聞きましたが、ほんとうですか?」その二頁あとに、こうつけ加えていた。「もう日本から誰もこちちに来られないと聞きましたが、ほんとうですか? とくに男の人は大人も子どももダメだって」。自分のアメリカでの市民権が剥奪されることはないと合衆国領事からお墨付きをもらっていなければ、ハリーはこの手紙を読んで縮みあがっていただろう。*[44]

中国で戦争が勃発し、日本軍の侵攻をめぐってアメリカとの対立がいよいよ深刻化してくると、卒業したらすぐに帰国するというハリーの計画は緊急性を帯びてきた。日本軍に召集されるのはごめんだが、対立が拡大すれば軍はさらに多くの男子を徴集することになるだろう。それでなくても自分のいるべき場所はアメリカなのだ。とはいえ、次々に届く手紙は反日感情が太平洋の向こう側で高まっていることを警告していた。一九三七年一二月、日本海軍が南京郊外の揚子江に停泊中の砲艦パナイ号を撃沈すると、いよいよ日米関係は悪化した。オーバーンにいるハリーの二世の友人カズ・コージヨーは、こう書いてきた。「こちらでは誰もが新聞を読み、しょっちゅう戦争のことばかり話している。劇場に行けば、戦争のニュース映画をやっている。アメリカの国民が日本を敵視しているのは間違いないよ。「パナイ」の一件があってから、白人たちには「あの汚いジャップ」とか、その手のことしか頭にないのだから[*45]」。

一九三八年の初頭、ついにキヌは広島の中心から四キロメートルほど離れた高須に注文建築の家を建てて一家で引っ越した。郊外にあるこの新興の住宅地は、かつて広島の富裕層が屋敷を建てたところで、いまものんびりと牧歌的な雰囲気をたたえている。広々とした前庭があって、裏庭には柿や枇杷（びわ）、柘榴（ざくろ）や無花果（いちじく）の樹々の植わったこの家は、カツジの集めたヴィクトリア調の家具やキヌの薪と石炭の鋳鉄製ストーブ、そしてハリーがずっと前から欲しがっていた水洗トイレがおさまるよう設計されていた。この家の建築費のなんと三分の一がトイレにかかったという噂もあった。この界隈の人たちは夜明け前に屎尿（しにょう）を汲む荷馬車の音に耳を澄ますが、キヌの家だけは裏に汚水浄化槽があるのだった。[*46]

キヌが広島に根をおろす一方、ハリーはここを去る準備を着々と進めていた。日本の兵隊のような坊主頭でなくアメリカの友人たちのような見た目にしたくて、ハリーは髪を伸ばしはじめた。髪型にまつわる規則の免除を学校に嘆願してくれるよう母親に頼み込んだ。自分の出発も近いことを友人たちに手紙で知らせ、そこには父親の資産管財人W・A・マクリーンも入っていた。盛大な送別会にもいくつか出席した。そして一九三八年の三月三日、講堂をつかつか歩いて校長に一礼し、卒業証書を受けとった。山陽商業学校を卒業する二世のなかでもハリーは若いほうだった。自分は約束を守ったのだから、次は母親が守る番だ。[*47]

キヌは悲しみをこらえるのに必死だった。ハリーだけでなく、ヴィクターまでがいなくなってしまうのだ。陸軍に召集されたヴィクターは、半年以内に中国に向かうことになった。兵士を見送る沿道の人垣をよく見ると、この愛国心に燃える聴衆がちっとも嬉しそうでないことにキヌはいやでも気がついた。旗を振るために連れてこられた生徒たちは、そうするよりほかなかったし、母親たちは、泣いてはならぬと忠告されていた。誰もが世間のしきたりにしかたなく従っていた。召集を受けるのは名誉なことだと政府は繰り返し説いていた。

息子の誰かが宇品へ、そしてそこからいずことも知れぬ危険な場所へと行進していくのを胸のつぶれる思いで見つめる日が来ることを、キヌは恐れた。「タテマエセイカツ（建前生活）」とは本心とは無縁のものだ。公の場で発せられる「お国のために命を散らすべし」との掛け声は、寝ても覚めても子どもの無事を案ずる親の思いを汲もうとすらしなかった。[*48]

ヴィクターがここを発つ前に、できるかぎり顔を見に行こうと決めたキヌとキヨは、日曜日の面会時間に合わせて、基地にいるヴィクターに会いにでかけた。ヴィクターの好物であるうなぎの蒲焼と野菜の入ったマキズシ（巻き寿司）をこしらえて、こっそり差し入れた。いつにも増して口数の少ないヴィクターを見て、息子がいじめられているのではないかとキヌは心配になった。ある日ハリーが母親の面会についていくと、ヴィクターが不意に任務だと呼ばれた。それから一時間して戻ってくると、顔にあざをつくっていた。何があったかけして言おうとしなかったが、あとから家族は、二世だという理由でヴィクターがしょっちゅう殴られていることを知った。いじめはしだいに露骨に行われるようになった。「あいつらときたら、家族の目の前で兄さんを殴ったんだ」とハリーは振り返る。訓練のためと称して自軍の兵士に暴力を向けると悪評の立っていた軍隊では、二世というだけでじゅうぶん殴る理由になった。*49

三月には、世界はいよいよ戦争へと向かう様相を見せてきた。一九三八年三月一二日、ドイツ軍はオーストリアに侵攻し、翌日にはこの国を併合した。中国で紛争のさなかにあり、国内では軍部に牛耳られていた日本もまた、戦争への構えを見せていた。四月一日、政府は国家総動員法を発令し、産業、資本、労働力、物資を掌握した。やがてこの法律によって、政府は国民生活のほぼあらゆる面に触手をのばすことが可能になった。

この先に待つ船旅に舞いあがっていたハリーは、こうした情勢にほとんど気づいていなかった。四月の初め、桜の花びらが広島の川沿いの土手を薄紅色に染めるころ、ハリーはスチーマートランクに荷物を詰めた。幸運を招くレーニア山の葉書も混じった父親の絵葉書のコレクション、自分の日記数

アメリカに向かって出発しようとするハリー。1938年。いとこのトシナオとキミコ、おばのキヨ、母のキヌ、弟のピアスとフランクが、そろって広島駅まで見送りに出かけた（右から2人目がハリー。あとは左から）。これが、ここに写っているみなが集うた最後の写真となった。（提供ハリー・フクハラ）

冊、暇つぶしに数学の課題も入れておいた。オーバーンの先生や友人たちから届いた手紙の束は、赤い畝織（うねお）りのリボンでくくっておいた。それは故郷から自分を呼んでいる、あたたかくて懐かしい声の数々だった。

　出発の日、一家はハリーを見送りに広島駅までついてきて、真昼の明るい陽の下で並んで写真をとった。おばのキヨはハリーの年下のいとこに当たるトシナオとキミコを連れてきた。全員が日本の服装だったが、ハリーだけは違っていた。少年たちは軍服ふうの制服、女たちは昔ながらの縞の着物、五歳のキミコはスモックを着ている。三揃いのスーツでしゃれたハリーが中折れ帽を手に、にっこりと笑っている。キヌはやつれた顔で、まとめ髪からほつれ毛が垂れている。ハリーの肩まで背の届いた伸び盛りのフランクがこの兄のすぐ脇に立ち、二人の袖が触れ合っている。いつもなら兄といればご機嫌なフランクも、このときばかりは表情が固かった。これがみなが集う最後のときになることを、このとき写真におさまった誰一人知らずにいた。

一八歳の青年ハリーが階段をのぼって客車の中に姿を消すと、フランクはまばたきして涙をこらえた。フランクは一三歳。ハリーが広島に来たときと同じ年齢になっていた。父親が亡くなってからのこの五年間、フランクにとってハリーは兄であり、父親でもあった。いまほどそう感じるときはなかった。*50

# 7　悲しい帰郷

ハリーは三等船室にいた二世の少年たちとすぐに友だちになり、この船旅を楽しんだ。一人は見覚えのある顔だった。話をするうちに、五年前に最初に氷川丸で来たときに一緒だった少年だとわかった。ポーカーやばか騒ぎに興じるあいまに、ハリーはバンクーバーまで行くという話し上手な年配の一世の女性とも言葉を交わした。二〇年前に写真花嫁としてアメリカに渡ったときのことを、女性は日本語で懐かしそうに話してくれた。日本にいて本人と会わないまま結婚した新郎の写真をしっかりと握っていたの。夫婦は港でお互いを探したものよ。人混みの中の顔という顔を白黒写真と見比べて。迷子になって途方にくれないよう、自分のことを英語であれこれ書きつけたカードを首から紐でぶらさげて。

話を聞くうちに、一九一一年の夏に初めて海を渡った一八歳の母親の姿がハリーの瞼（まぶた）に浮かんできた。漆黒の髪を団子にまとめた愛くるしい少女が、華奢な体に紺色の木綿の着物をきっちり着て、白百合のような手で、擦り切れた写真を大事そうに持っている。愛する人たちをすべて宮島に残し、母親はいちばん上等の着物を柳のトランクに詰めて、布でくるんだ琴を抱えてやって来たのだ。*1

ハリーには、山高帽に明るいウールのスーツで決めた父親が、船の真下で行ったり来たりし、自分の妻となる人の花嫁写真を何度も見返す様子も想像できた。キヌは、近年になって没落した裕福な一家の下から二番目の娘だった。一家は大火事に見舞われ、由緒ある質屋稼業を閉じざるをえず、唯一焼け残った先祖代々の財産は、井戸に投げ込んだ刀数本だけだった。一家の長男は親から継ぐものがろくにないので、意を決して最初にアメリカに渡り、のちに一家は孝行者で皆に愛される年少の娘も送りだすことにした。

カツジもまた由緒はあるが多難な一族の出身だった。一七世代にわたって一族が所有していた土地をカツジの父親は次々と売りはらい、札束をはたいて人力車に乗ったり相撲見物に興じたりした。長男だけに相続権がある世界で次男だったカツジは、継母にほったらかされ、ときには友だちから施しを受けるまでに困窮した。豆腐売りの自転車がチリンチリンと鐘を鳴らして祇園に来ると、近所の人がカツジにそっと豆腐を一丁分けてくれた。そうしてタンパク質をとって飢えをしのいでも窮状は変わらず、あと数週間で初等教育を終えようとする一四歳のカツジには、将来がまったく見えなかった。けれど波打つ太田川を越えた、瀬戸内海の向こうの、太平洋の大海原のはるか遠くで、アメリカが手招きしていた。[*2]

自分の母親は典型的な日本の主婦で、父親は野心あふれる地域のリーダーだとハリーはずっと思っていた。とはいえ、思い起こせば父だって母だって、昔は若くて心細い思いもしたのだ。それでも当時はさほど珍しくなかった知らぬ者同士の結婚が、結果として不屈な夫婦をこしらえた。二人は異国の地で数知れぬ困難に立ち向かった。両親への尊敬の気持ちが増すにつれて、自分は一人ぼっちではないのだとハリーにはだんだんと思えてくるのだった。

スミス湾で船を降りるとメアリーが待っていた。前より少し老けた感じもするけれど、垢抜けていかにも落ち着いて見えた。髪にパーマをかけ、眉を抜いて整えている。とはいえ、アメリカの新鮮な空気のほかにもメアリーの堂々とした物腰には理由(わけ)があった。薬指にぴかぴか光る金の指輪。メアリーは興奮した口ぶりで、日本語でまくしたてた。ハリーが太平洋を渡っているあいだにメアリーは結婚したのだ。正式にジェリー・オシモの妻となり、夫はハリーより一八歳年上の一世だという。

広島を電撃的に旅立ってから一年半のうちに、メアリーはだいぶしっかりし、経済的にも自立していた。それでも初めのころの暮らしはひどく心もとないものだった。最初に住み込みのメイドとして働いたときは、月七ドルしかもらえなかった。家じゅうを掃除し、皿を洗い、洗濯をし、食事の支度をした。この低賃金の労働にはあきれかえった。中途半端に終わった花嫁修業のときですら、「こんな仕事はしたこともなかったわ」。それからほどなく、もっとよい働き口が見つかった。生花を飾る仕事で、花嫁修業中は毛嫌いしていたイケバナの腕が「重宝されたのよ」。今度は最初の給料の倍を稼いだ。*3

ホテルのロビーで花を飾っているときに、ボーイング社の社長の運転手を務めるジェリーと出会った。ジェリーはメアリーを高級レストランに連れていき、観劇や派手な買い物をさせてちやほやした。一六〇センチとメアリーより一センチちょっとしか背も高くないし、頭頂部も後退していたが、ジェリーといると自分が守られている気がした。「あの人はあたしの番犬だったの」。ジェリーの一家はメアリーの父親の故郷である祇園の出身で、オシモ家はそこで代々農業をしていた。メアリーの母親も、

メアリーのウエディングドレス姿。1938年、シアトルで。夫の家族はメアリーの父カツジと広島で同郷だった。（ジーン・フルヤ提供）

同郷と聞いて喜んで、さっそく習わしどおり身元調べをしたところ、まあ文句はない家だとわかり、この結婚を認めたのだった。[*4]

結婚の記念にと、メアリーとジェリーは写真館を訪れた。メアリーは、菊と牡丹がこぼれる目出たい花車の柄をあしらった、伝統的な婚礼用の着物であるウチカケ（打掛）をまとい、閉じた扇子を手に持った。それから次に、いかにも上品なアメリカの花嫁といったふうに、長い裾を引いた純白のウェディングドレスに着替え、レースのヴェールをかぶって手袋をつけ、こぼれんばかりの豪奢なバラのブーケを手に持った。タキシード姿の夫と並んだメアリーは、息を呑むほどに美しかった。

甘い新婚生活を、二人はエドモンズにある雇用主の広大な所有地内の馬車置き場（キャリッジハウス）で送っていたが、そこは車四台分のガレージの二階で、かなりの広さがあった。ハリーがじゅうぶん泊まれる余裕があったので、新婚家庭にハリーは数日邪魔することになった。メアリーがジョンソン家の女中として働いて料理や掃除をするあいだ、ジェリーはP・G・ジョンソン氏のお抱え運転手として実入りのよい責任ある仕事をしていた。自分の着物をそっくり日本に置いてきたことを相変わらず微塵も後悔していない様子だが、それでもメアリーは、他人に奉公する日々から抜けだせずにいた。

いくら独立心旺盛でも、メアリーは――これが初めてではなかったが――自分ではどうにもならない状況に翻弄されていた。女中とは、二世の女性に門戸の開かれた数少ない職業で、彼女たちはよく働き、噂話を嫌い、従順だと思われていた。ジョンソン家でメアリーは九人分の食事をつくり、一階を掃除し、アイロンをかけ、晩餐会の給仕をした。気取ってパーマをかけ、きらきら光る指輪をしていても、しょせんメアリーの生活は、広島で捨ててきたのとさほど変わらぬ不自由な暮らしに見えた。*5

一方、ハリーは、失った時間を一刻も早く埋め合わせしたかった。急いでオーバーンに向かうと、さっそくヘレン・ホールに会いにいった。ハイスクール時代に夢中だった子で、いまは名門ワシントン大学の女子学生だ。彼女が「あなたの旧友より」と手紙に書いてよこした広島の少年は、たしかにたんなる旧友というにすぎなくなっていた。ヘレンは親しげに応対してくれたが、ハリーとの特別なつながりも、すでに懐かしい思い出でしかなかった。*6

ハリーは次に親友エルギン・ビドルの家のドアを叩いた。五年ぶりに再会したビドル夫人は、ちょっと中に入って話でもしていって、と家に入れてくれた。エルギンはいま家にいなくて、カレッジの一学年をあと少しで終えるところだと夫人が教えてくれた。ビドル夫人は以前、手紙でこんなふうに大仰に書いてくれていた。「ああハリー、あなたがまた私たちのところに戻ってきてくれたらどんなにうれしいでしょう。いい子にしていたら、きっとまたすぐに帰ってこられますよ」。日も暮れてきたがハリーは立ち去りかねた。たとえエルギンがいなくても、以前のように夕食に誘われるのを心待ちにしていた。ところが心底驚いたことに、ビドル夫人は最後まで声をかけてはくれなかった。*7

オーバーンの日々は陽気にまわり続け、自分だけがコートの外に取り残されていた気がした。僕が見逃したのは、フットボール・シーズンの秋が五回、とりわけクォーターバックのエルギンが勝利の全力疾走を決めた試合。それからグリーンリバーの洪水でサーモンがあふれる冬が五回。僕がいたらピチピチ跳ねる魚を近所のファーギーと取りまくったのに。それから高校のフォークダンスパーティの春が三回に、スーツの襟に花をさして出かける四月の最上級生のダンスパーティ。それから六月に出られたはずの僕の卒業式。僕の大切な友だちはどんどん大人になって、ハイスクールを卒業して、この街を出ていった。僕を懐かしく思ってはくれても、居心地のよい故郷にいたみんなは、遠く離れた僕が彼らを恋しがったほど、僕を恋しがってはいなかったのだ。[*8]

そしてほかにも、暗がりに潜む何かがあった——ひそかにつきまとう差別。ハクジンの友だちの家に遊びにいくと、たまに親たちがそわそわし、居心地の悪い思いをしたことも、かわいいハクジンの女の子との戯れが、いつも交際まで発展しなかったことも、ハリーはさほど気にしていなかった。ハクジンの友だちと親しくつき合っていたために、二世の大半がとっくに気づいていることを見逃していたのだ。

ハリーの友人のエイミー・クスミは、ホール一家と親しくしていた。「本当に感じのよい姉妹で、家族もとても信心深い人たちでした」とエイミーは振り返る。「いつも私たちに教会に来るよう勧めてくれて、だからあの人たちの教会であるフリー・メソジスト教会に日本人の友だち数人と通うようになったのです。私はまるで三歳の子どもみたいでした。私たちは一マイル以上も歩くのに、あの人たちは一緒に行かないかと一度も声をかけてくれませんでした。それってちょっと冷たいですよね」。エイミーの家族は、同じ礼拝の場で同じ神に祈ってはいても、おそらく自分たちの民族性が原因で、教会に行くときに一緒に車に乗っていくよう声をかけられないのだと理解した。[*9]

ハリーが友だちになった帰米のウォルト・タナカは、カリフォルニアの中学校で屈辱的な体験をした。ある日、教師が遠足でクラスの生徒をバスに乗せ、スイミングプールに連れていってくれた。ウォルトはハクジンの級友たちと一緒に二五セントでタオルを買って、中に入ろうとした。すると「脇にどいてなさい」と係員に言われた。しかたなく言うとおりにすると、クラスのみんなが戻ってくるまで、それから三時間も待たされた。その間ずっと、弾ける歓声や笑い声、水しぶきの音を聞いていた。そのとき初めて、二世の級友たちが最初から遠足を欠席した理由がわかった。[*10]
「僕が汚いっていうのか?」そう係員に詰め寄りたかった。遠足が終わってバスに乗り込んだ担任教師は、ひと言も声をかけてはくれなかった。[*11]

ふだんの会話のはしばしに出てくる、こうした不愉快な体験に、ハリーも気づかないわけではなかった。たしかに気づいてはいた。それでも、これまで体験してきた混じり気のない友情だけを見ていたかった。遠く離れていたときに受けとった手紙はどれも、自分は差別とは無縁で、誰からも傷つけられる心配はないことの確かな証拠だ、そう端から決め込んでいた。待ち望んでいた再会に失望させられたのも、予想のつくことだったはずと理解できていなかった。二世がハクジンの同級生と友だちになっても、ハイスクールを卒業したあとに疎遠になるのはよくあることだった。ハクジンの生徒たちはカレッジに進むが、二世は自分の居場所を探さなくてはならないのだ。それでもこの時点では、ハリーはまだオーバーンに見切りをつける気にはなれずにいた。

大恐慌のあおりを受けて機会はいっそう篩いにかけられた。一九三八年、断続的な回復と、理想に走るニューディール政策がついに行き詰まった。その年、四〇〇万人を超える失業者が発生し、株式市場が暴落した。二世はかつてないほど労働力として望まれなくなり、西海岸の日本人街に逃げ込んだが、どこも能力を活かせぬ仕事で無茶して働く者たちのあふれる労働者階級の街だった。そこに、ハリーもまた足取り重く向かっていった。

父親の旧友ミスター・シタマエが経営する、シアトルの日本人街の中心にあるノーザン・パシフィック・ホテルにハリーは移り住んだ。ここは日本人コミュニティ向けの高級ホテルに数えられる。それから近くのジャクソン・カフェで、食事と引き換えにウェイターと皿洗いを務め、山盛りの白いご飯に西洋料理をかけて食べた。仕事の合間には映画館の暗がりに滑り込み、映画を一本観てはひと眠りした。けれど、どんなにつましく暮らしたところでいつも金が足りなかった。

ホテルの部屋代をついに払えなくなったハリーは、移民の労働者に部屋を又貸しし、スケジュールを組んで交代で眠った。映画館の座席以外にも仮眠できる場所を探した。車の中やホテルのロビー、バスや鉄道駅。留置場にひと晩泊めてほしいと頼み込んだこともある。すると独房に閉じ込められたが、朝には察しのよい警察署長が解放してくれた。戻って八週間も経たないうちに、ハリーはこの日本人街を出たくてたまらなくなった。狭苦しい部屋の窮屈さ、前の日のスープや三度使った油のむっとする匂い、酔っ払った労働者連中が吐きまくる泣き言や悪態。それでもハリーはまだアメリカンドリームを夢見ていた。カレッジに行って、ホワイトカラーの職に就いて、自分の家を持つのだと。オーバーンからの手紙の束も詰めた大切な黒のスチーマートランクをシタマエ家に預けると、ハリーはふたたびオーバーンに向かった。

父親のオーバーン商工会時代の仲間W・A・マクリーンを、ハリーは訪ねてみることにした。マクリーン一家は喜んでハリーをひと晩泊めてくれて、ミスター・マクリーンがピュージェット・サウンド・カレッジまで車で連れていってくれた。自分で授業料を用意できればマクリーン家で暮らしてもいいという。そうすればカレッジを出るという父親の悲願も叶えられる。一家の寛大な申し出はありがたかったが、とうてい望めないことだった。留置場を寝床にするような青年に、学費にする金などあろうはずもない。

収穫の時期になると、ハリーの進路ははっきりした。カレッジはしばしおあずけだ。六月から八月までの三ヶ月、ホワイトリバー・バレーやベルビューの農園で、ハリーはイチゴとエンドウマメを摘んでまわった。ハリーの一日は朝七時から始まり、それから一二時間後の日没とともに終了する。日が沈んだことすらハリーは気づかなかった。エンドウマメをつまみ食いし、イチゴで軽く腹ごしらえするほかは休みなく働いた。指先が真っ赤なイチゴの色に染まった。一日が終わるころにはふらふらで、まっすぐ立っていられなかった。日もとっぷりと暮れるころ、汚れて汗まみれで疲労困憊のハリーは、農家の物置に敷かれた藁のマットレスに突っ伏した。所狭しと転がるへたばった同宿の一世たちと同じく、悪臭をぷんぷんさせながら。父親が若い頃の体験を一度も口にしなかったことをいまになって理解した。ホーボーに憧れるのは、ちゃんとしたベッドで、柔らかなシーツにくるまって寝ているときだけの話だ。泥のように眠りに落ちたハリーが目を覚ますと、熟しすぎた果実の甘ったるい香りが鼻をつく。根気仕事の一日がまた始まるのだ。

毎週日曜には休みをとって、シアトルにいる両親の友人を訪ね、そこで出してくれる和風の料理を、大好きなタクアンを見逃さずにむさぼるように食べた。前にも増して骨と皮ばかりに痩せたハリーは、一八歳の青年らしくいくら食べても足りないほど腹をすかせていた。

仕事がなくなると、また別の埃にまみれた農場までヒッチハイクし、そこで生花やキュウリを収穫し、温室のトマトをもぎ、求められる仕事はなんでもした。それも一日一ドルのためで、それでも運よく仕事が続けば月三〇ドルになる。一緒に働くのは皺だらけの顔の一世や褐色の肌のフィリピン人、青っ白い二世たちだ。二世は学校に戻る前に人生初の重労働を体験していた。すでに夢をあきらめた年長者と同様に、ハリーのアメリカでの冒険は、恐慌の只中のひと夏のあいだに青果の木箱の重みでひしゃげていった。

オーバーンに戻って初めての夏が終わるころ、ハリーにはとうとう住むところも、行くあてもなくなった。アラスカの缶詰工場に行こうかとすら思ったが、労働組合がストライキを決行中で、やれる仕事もなかった。太平洋岸の北西部では夏が早く終わるので、ハリーは南に「漂流」することにした。オレンジの農場で人手を欲しがっているかもしれない。それよりロサンゼルスのほうがいいかな？グラーベンスタイン種のリンゴが黄と赤に染まる前に、ハリーはこの「天使の都」をめざした。姉さんと、スチーマートランクと、それから平和で幸福だった昔のオーバーンへの想いをあとに残して。[*12]

太平洋岸北西部の曇り空と湿っぽい寒さは、南に向かうにつれて影をひそめた。一九三八年九月、ハリーは眩しい陽射しとTシャツがぴったりの気候に降り立った。ロサンゼルスは人でごった返し、活気と希望にあふれている。人口は一〇〇万人を超え、アメリカで五番目に大きな都会になっていた。進取の気性に富むロサンゼルスは、拡張したばかりの大競技場で夏のオリンピックを開催し、瀟洒な大通り沿いに信号機を導入し、いち早くテレビ局を開設し、エンドウマメの畑をこの市で最初のドライブイン・シアターに変身させた。根っからの方向音痴で、着いた当初はひどくまごついたハリーがしだいに土地に明るくなったころ、チャーリー・チャップリンはビバリーヒルズの自宅で、『独裁者』の風刺の効いた台本を書いていた。

甘い声のビング・クロスビーが歌う「ポケットいっぱいの夢」がビルボードのヒットチャートを急上昇し一位になった。これはハリーのテーマソングのようでもあったし、それはハリーだけではなかった。当時ロサンゼルスには三万五〇〇〇人の日系アメリカ人がいて、その大半はリトルトーキョーに住んでいた。ハリーがよく知っている者もわずかにいた。広島時代の友だちのカズ・ナガタとマツモト兄弟が家族とともにここに移り住んでいる。彼らはハリーが季節労働者ではないことを知っていた。ハリーが本当はどんな人間かを。彼らと同じ、ちゃんとした家に生まれたアメリカ人で、たまたま帰米になって、ついこのあいだまで広島にいた青年なのだと。ハリーは、まずはしばしカズのもとに身を寄せて、自分がどういう人間だったかを思いだした。

ナガタ家に続いてマツモト家もハリーをあたたかく迎えてくれた。けれど、いまになってようやくハリーは気がついた。たいがいの帰米にとってアメリカでふたたび暮らすには家族の支えが必要なのだ。彼らの友情は偽りのないものだったが、新婚のメアリーを除けばハリーにはアメリカに身内がいなかった。自分の伝手は思っていたより心もとないものだったのだ。

カズもマツモト兄弟も広島では裕福なほうだと思われていたが、アメリカで一族の羽振りが良かったのは一世の事業で、しかもその成功は長時間の重労働とわずかな利ざやで手にしたものだった。彼らにはあと一人雇う余裕はなかった。ハリーは自分でなんとかするほかなく、八時間労働の仕事を急いで二つかけもちした。まず農産物市場で働いて、さらに夜警の仕事もしたが、その合間に一時間しか休めなかった。父親の友人でチャップリンの助手をしているトライチ・コーノ（高野虎市）が、同じ広島出身のこの市場のオーナーにハリーを紹介してくれたのだ。ハリーは一世と二世の庭師や青果商が暮らす下宿屋に移り、週に一日休みをとった。

青物屋で働くハリー。1938年、ロサンゼルスで。ずっと短い期間での仕事ばかりだったので、ハリーはこの仕事が続くことを願っていたが、クリスマスの後に解雇されてしまう。（提供ハリー・フクハラ）

あいにく、どちらの仕事も長くは続かなかった。が、とうとう感謝祭が来る前に、グレンデールとハリウッドの境にあるハイペリオン街のスリースター青果市場で仕事が見つかった。そのオーナーは祇園出身で、マネージャーはハリーと同じ下宿屋に住む帰米だった。二世や一世と同様に長時間働いたが、ハリーに不満はなかった。収穫の終わりの来ない仕事にようやくありつけたのだ。今度こそ長続きしそうだった。

スリースター青果市場から通りを挟んだ向かいにウォルト・ディズニー・スタジオがあった。当時、映画『バンビ』を製作中のアニメーターたちが、デッサンに本物の生きた動物を必要としたので、スタジオはさながら動物園のようだった。毎日ハリーは、捨てた葉っぱや野菜の皮、傷んだ根菜などの野菜くずが入ったバケツを、ディズニーアニメの型破りのキャラクターとして今後永遠に生きるだろう動物たちのもとに運んでいく。ディズニー・スタジオからハリー宛に届いたクリスマスカードには、ウォルト・ディズニー本人のくるんと丸まった几帳面なサインがしてあった。これはハリーがロサンゼルスで受けとった数少ないカードの一枚だった。*13

ところがクリスマスが終わってすぐに、ハリーは解雇された。ハリーのせいではない。商売が不景気になり、人手が要らなくなったのだ。こんな調子でやっていたら「職を転々とするはめになっていただろうな」。旅の途中で出会った年寄りの一世の言葉が頭から消えなかった。三年のうちに稼ぎまくり、ひと旗あげて故郷に戻ることを夢見た男は、「わしみたいになるんじゃないぞ」と忠告した。そのことを思いだし、ハリーははっと目が覚めた。道は一つしかない。やっぱりカレッジに行くのだ。[*14]だが学費を払うのは、そう簡単になんとかなるものではなかった。不安定な暮らしがしだいにハリーを蝕み、ときおり短気を起こすこともあった。ロサンゼルスに来てから顔見知りになったハリーの父方の親戚は、ダンスパーティでハリーを偶然見かけたときのことを覚えている。ハリーは誰かと喧嘩になって、ぼこぼこに殴られていた。ロサンゼルスには二世の不良グループがいくつかあったが、ハリーはどこにも属していなかった。それでもいとこのボブは、ハリーがもとは人当たりのよい自由気ままな青年であるとはつゆ知らず、ハリーのことを「乱暴者(タフガイ)」だと思っていた。研いだナイフのようにハリーはぴりぴりしていた。[*15]

まもなくハリーは新聞に広告を出し、「ハウスボーイ」と呼ばれる「家事使用人」を買って出た。部屋と食事とわずかばかりの報酬と引き換えに家事労働と子守を引き受けますと持ちかけたのだ。一月になると連絡が来た。近くのグレンデールに住むミッチャム家が、月一五ドルで男の子二人の世話をしてくれる者を探しているという。ハリーはこのチャンスに飛びついた。一九〇〇年に一四歳の父親が移民として歩んだ道を、自分も辿ることになるのかとふと思ったが、その心配は胸の奥深くにしまい込んだ。それよりも、カレッジに行って成功する夢がふたたびちらちらと瞬きだした。[*16]

ミッチャム家の人たちはハリーの境遇を「思いやり」、ひと月に二回、日曜日を休みにし、夜間学校に通わせてくれた。ハリーはグレンデール・ジュニア・カレッジの定時制に登録し、ビジネスを学んだ。それからヒッチハイクで学校に通うのはどう考えても無理だとわかったので、ミスター・ミッチャムに頼み込み、月一〇ドル分を前借りして中古のA型フォード購入の費用一三五ドルに当てた。[*17]

借りた分を給料から差し引くと、ほとんど残らなくてもかまわなかった。たまにガソリンを買う金がなくなるか、一度に五〇セント分の三ガロンしか買えなくて、やっぱりヒッチハイクするしかないときも、へこたれなかった。ときにはタイヤがパンクしたまま走ったり、曲がったリムをなすすべもなくがたがた鳴らして、学校まで行ったりした。父親がぴかぴか光るビュイック・セダンをこよなく愛していたのと負けないくらいハリーもこのポンコツ車を愛していた。ただメンテナンスにかける金がなかっただけだ。

つい半年前、この天使の都にハリーが着いて以来、日本は中国で危うい軍事衝突を続けていた。世界がそれに注目していた。この年の九月、ハリーがロサンゼルスに来たその月に、国際連盟は日本を公然と侵略国と呼び、中国政府への支援を訴えた。だが国際的な非難を無視して日本帝国の軍隊はさらに中国に出兵した。日本が婉曲的に「支那事変」と呼んだものが勢いを増し、ついには泥沼状態に陥った。その影響はとうとうハリーの家族にもおよび、ハリーは母親からの手紙で、宇品港から中国に向かった兵士のなかに心優しい兄のヴィクターがいたことを知る。

半年のあいだハリーはミッチャム家で暮らしたが、あるとき丘の上の家からハリーのことを見ていたマウント家のフロッシーとクライド夫妻が、ハリーに仕事を頼みたいと言ってきた。マウント家が約束してくれた給料はひと月三五ドル。いまより二〇ドルも高い。ほかに雑用をこなせば、その分も給料に足してくれるという。そのうえ夫妻は、もっと高い教育を受けたいというハリーの計画に賛成してくれた。この申し出をハリーは断りきれず、ミッチャム家の人たちもわかってくれた。一九四〇年の夏、錆びたフォードで短い尾根道をがたごとのぼり、マウント家の日陰になった車寄せに停めて、ハリーは夫妻のあたたかな懐に飛び込んだ。

一年半のあいだ、ハリーはこの家で暮らした。ここを去ったのは、みずから選んだことではなかった。一九四二年にロサンゼルス、さらには西海岸全体を、自分の意志で去った者はごくわずかだった。真珠湾攻撃があった後だったのだ。

# 8　広島にかかる靄（もや）

一九三八年の秋、一八歳のハリーがディズニー小屋の動物たちに野菜くずを運んでいたころ、一四歳のフランクは広島の高等小学校の最終学年になっていた。フランクの日本語はほぼ完璧だった。キヌは息子の頭の良さにいたく感心し、市内で名高い男子の中等教育機関である広島県立広島第一中学校の難関試験を受けてみるよう勧めてみた。フランクはみごと試験に合格し、キヌを大いに喜ばせた。[*1]

　このニュースは隣近所や親戚じゅうに広まった。番号での序列化に馴染んだこの社会で、イッチュウ（一中）には重みがあった。市内の生徒の誰もが入りたいと願う憧れの学校で、その名声の高さゆえ、明治天皇が畏れ多くもご来臨されたほどだった。「あそこに行く子はみんな頭がよかったんですよ」とマサコは言う。一中の生徒は茶色の靴に目立つ白のゲートルを巻いているからすぐにわかった。小学校の卒業式総代や次席を務めることも多いこの一中の生徒たちに、世間は尊敬の眼差しを向けていた。[*2]

　一九三九年四月の初め、フランクは一中に正式に入学した。口ひげをたくわえ、眼鏡をかけた、真剣な面持ちの天皇の写真が講堂を清め、その忠実な臣民たちを監督している。天照大神の血をひく現人神(あらひとがみ)とされるこの統治者は、「裕仁(ひろひと)」という自身の名前ではなく、つねに「天皇陛下」と呼ばれていた。小柄で顎の小さい平凡な容姿の男性で、その政治的権力も疑わしいことはとくに問題ではなく、それどころか、そうした考えをひそかに抱いただけでも大逆であるとみなされた。閣僚を除いて、この現人神が話すのを聞いた者はいなかった。

キリツ(起立)! という校長の号令で、フランク・カットシ・フクハラはぱっと立ちあがった。坊主頭に、顔は真剣そのものだ。レイ(礼)! フランクは新入生たちと揃っていっせいに頭を下げる。チャクセキ(着席)! 校長がもったいをつけた声で叫ぶと、フランクは背筋をぴんとのばして座り、次に何が起きるのかと身構えた。

校長が壇上で演説を始め、生徒とその家族に向けて一中の由緒ある歴史を説ききかせた。生徒たちはこの学校の校訓である「質実剛健」「礼節気品」を目標としなければならない。この儒教の考えは筋が通っていて、他人に害を与えず、謙虚な心にあふれているとフランクは感じた。[*3]

聴衆の中に、輝くような笑顔のキヌがいた。この末っ子の未来は誰よりもたしかなものに思えた。ピアスはハリーの母校である山陽商業学校に入学し、もちろんここも申し分のない学校だけれど、なんといっても一中はエリート校だ。キヌは上の子どもたち三人の身を案じていた。ヴィクターは軍隊に入って海外に送られ、メアリーはシアトルで結婚し、ハリーはロサンゼルスで食うや食わずの日々を送っている。けれどフランクは自分のそばにいて頭角を現わしている。あの子は日本にすっかり馴染んでいるようだ。頭もいいし、身体的にも恵まれている。このめでたい日に決意と誓いに燃えたフランクもまた、しみじみそう思っていたかもしれない。

キヌはフランクに医者になってほしいと思い、フランクもまんざらではなかった。一中は一流の国立の大学の権威ある医学部に入るという、次の目標を叶える足がかりになるだろう。フランクの年ごろのとき、キヌは一中の比較的近くにある県立広島第一高等女学校に入りたいと思っていたが、一家には娘の学費を出すほどの余裕がなかった。このとき四六歳になっていたキヌは、息子を通して自分の夢が叶ったことに満足していた。

牡丹の花咲く五月が来るころには、フランクは新しい環境に慣れていた。当初の不安も薄れ、一中ならではの厳しい学業と競争心旺盛なスポーツの授業にもついていける自信があった。ところがある日、最上級の五年生が新入生全員を放課後の講堂に呼びだした。そこでセッキョウ（説教）をするのだという。

広々とした講堂に、怯え震える新入生たちがどうにか直立不動の姿勢を保ちながら整列した。閉めた扉の向こうで、ときおり教師が廊下をぱたぱた歩く音がする。自信満々で、人を小馬鹿にしたふうな最上級生の一団が新入生の眼前に立ち、じろじろと睨めつけた。新入生たちはひたすら床を見つめている。上級生が一人前に出ると、深く息を吸ってから説教を始めた。それからこの上級生ほか数人が一学年の生徒をフランクも入れて一〇人から一五人ほど選びだし、皆と離れた場所に立たせた。上級生一人がいきなり大声で怒鳴りだし、そのあまりの剣幕に、この瞬間がフランクの記憶に生涯刻まれることになる。

「わしに挨拶せんかったじゃろ！」上級生が叫んだ。バシッ！――平手で頬を叩く音が、がらんとした構内に響き渡った。不意を突かれた新入生の顔が真っ赤に染まり、叩かれた跡が頬にしばらく残った。[*4]

一人、また一人と新入生は横面をビンタされ、拳で殴られた。フランクの番が来ると、上級生の金切り声が響いた「ナマイキジャ！（生意気じゃ！）」スローモーションのように、これから殴ろうと上級生が腕を後ろに引くのが見えた。飛んできた拳が顎をしたたか打った瞬間、ひるんだりよろけたりしないようフランクは両足をぐっと踏ん張った。手を口にもってゆかないようこらえたが、口のなかで血の味がした。さらに上級生たちはもう一巡した。続けて一〇回以上ビンタされないときは、フランクは五回も一〇回も拳で殴られた。上級生はほぼ休むことなく、二時間ぶっ通しで年下の少年たちを辱め、これでもかと痛めつけた。[*5]

上級生らは烈火のごとく怒っていた。壁に貼った校則にちゃんと書いてあっただろうが。それでもわからなかったのか？　一中の生徒は制服を脱いではならない。一中の生徒は白の肌着しか着てはならない。一中の生徒は腕時計をしてはならない。万年筆も手袋も持ち歩いてはならない。オーバーを着てはならない。一中の生徒はレストランや映画館に足繁く出入りしてはならない。軽薄な習慣にふけるなど、怠惰で、贅沢好きで、自己鍛錬の足りない証拠だ。そう上級生が絶叫した。こうした弱さには当然、罰を与える必要があり、自分たちにはその義務があるのだ。そう上級生は言い切った。[*6]

先生はどこにいるのだろう？　フランクはふと思った。開いた窓や廊下から、この騒ぎが聞こえないのだろうか。どうして誰かが扉を開けて覗き込んで、何かあったのかと聞いて、この暴力を止めてくれないのか。

この殴打は月に一度か二度あったが、たいてい月曜と決まっていて、週の初めから新入生たちはあざだらけになった。ときには二〇人から三〇人もの上級生が新入生一人を取り囲んだ。一年生全体が標的になる日は、フランクも嫌でもそこに含まれた。「おい、フクハラ！」フランクが一歩前に出る。上級生たちが求めているのは、絶対的な、無条件の、いっさい口答えしない服従だ。そしてたいていの場合、彼らの思いどおりになる。果てしなく続くかに見えるこの集会のたびに、フランクは深呼吸を一つしてから身構えて、なんであれ自分がしたことやしなかったことのせいでふらふらになるまでひたすらぶちのめされるのを待った。

学校が終わるとフランクは、和洋折衷の心安らぐ我が家に逃げ込んだ。ときたまわずかな友人を家に呼んだが、そのなかに一中で同じクラスのヒロシ・オグラがいた。友人の家に入って、エドワード調のコートと帽子掛けの脇を通り、モナーク社のピアノが置かれた居間に入ったとたん、ヒロシはあれっと思った。なかには西洋風にしようと籐のテーブルやレースをかけた椅子、螺鈿細工の長椅子といった、いかにも異国風らしきものを片っ端からごちゃごちゃ飾る家もあるが、そのちぐはぐな眺めは洗練された客間というより、まるで家具のショールームだ。けれどフクハラ家では、日本とアメリカのものが上手にミックスされていた。ミセス・フクハラがにっこり笑って少年たちを出迎えた。着物ではなくワンピース姿だ。その瞬間、ヒロシはこのフクハラ家の少年が少し変わって見えるわけがわかった。ミセス・フクハラは上品な女性に見えるが、彼女も息子も「バタくさい」のだ。[*7]

「バタくさい」とは、バターや乳製品をたっぷり使った料理を食べると世間で思われている西洋人を比喩的に言い表した言葉である。軽蔑的な表現で、油っぽいという含みがあった。まるで外国人は毛穴から油が滲みでているとでもいうふうに。ヒロシに悪気はなかった。なにせヒロシも二世なのだ。オレゴン州ポートランドの出身で、ヘンリーという名で呼ばれるほうが好きだったが、一中でその名は使えない。フクハラ家の少年も自分と同じなのだ。学校には、ほかにも二世の生徒がわずかにいたが、誰も自分から進んで打ち明けようとはしなかった。フランクは同級生数人が同じ絆をもつことを知らないまま卒業したくらいである。

フランクが喜んだことに、ヒロシは自分の過去を明かしてくれた。このときから、二人だけのときは互いに「フランク」「ヘンリー」と呼び合った。キヌの美味しいカレーライスを食べながら、二人はトランプでジンラミーをし、声をあげて笑い、すっかり仲良くなった。息子に気の合った友だちが見つかって、フランクの母親が喜んでいるのがヘンリーにもわかった。

フランクはしだいに自分の振る舞いに注意しはじめ、服装にも気をつけて、人前では日本語しか話さず、高須にいるときですらアメリカの名前を使うのをやめた。ところがある日、ハリーのお下がりの青いTシャツを着て家の庭でくつろいでいると、それまで近所に住んでいるとは知らなかった一中の最上級生が、家の前を通りかかった。「日本でそがいな青いの着ちゃいけん!」上級生がいきなり大声で叫んだ。フランクは一瞬、凍りついた。「見られていたのがわかったからね*8」。

フランクには当然のごとく罰が待っていた。恒例の説教にすごすごと出ていくと、近所の上級生が率先してフランクの名をあげ、前に立たせた。「こっぴどくやられたよ」。フランクは叱責され、ビンタされ、ぶん殴られた。目の周りのあざが消えたあとも、このときの心の傷はずっと残った。

今回殴打されたきっかけが近所で生じたことに、フランクは愕然とした。みな愛想のよい人たちに見えたのに。この界隈は一中のある都会から離れて緑したたる景色が広がっている。蓮根の花咲く畑や青々とした田んぼが住宅地を縁どり、無花果の畑とこぽこぽ流れる小川に囲まれたこの一帯を、神社が一社、高みから見下ろしている。高須はフランクの愛する裏庭で、ここにいれば安心なはずだったのに。

フランクが二世であることは高須で公然の秘密だったし、ほかにもアメリカにルーツをもつ家族はいた。それでもキヌをよく訪ねてきた郵便局員のトシコ・フクダは、のちにこう語っている。「上の息子さんたちはちょっと違っていましたね。日本語を話すのかしらと思ったくらいです。あの子たちはフランクよりもずっとアメリカ的でした」。ほかの兄弟ほどアメリカ的でなかったとしても、フランクは文句なしに日本人というわけでもなかった。フクダの目からすれば、フクハラ一家は民族的には日本人でも、アメリカ暮らしのせいで根っこのところで変わっていた。そこに魅力を感じたそうだ。だが外国人を忌避する戦時の風潮のなか、この微妙な違いゆえに一家は日本で生まれ育った国民ほどにはまっとうでない、いわば外国人と言ってもいいくらいの存在に見られていた。[*9]

軍国主義の足音が近づく前から、キヌには狭い土地に人が過密状態で暮らす日本では「壁に耳あり」とわかっていた。「ヒトリイエバ　サンニンキク（一人言えば三人聞く）」のだ。そのためふだんから自分の意見は胸にしまっていた。けれど家事が片付いた夜、モスグリーン調の居間でアメリカ製のソファにフランクと腰掛け、麦茶を入れると、ほっとしてつい本音が漏れた。キヌはハリーに会いたくてしかたなかった。ハリーが出ていったときは驚いたし、ひどくがっかりしたけれど、いまは心配でたまらない。あのときたった一人でアメリカに戻らせるのは気がかりだったが、「若いときの苦労は買ってでもせよ」と言うだろ、そうしつこく言い張るので根負けしたのだ。それでもあの子はもうじゅうぶんすぎるほど苦労している。父親の未払いの約束手形をハリーが貸金取立の代行業者に預けて、一家は業者が集めた分の五割を受け取ることができたのだが、ハリーはそれに一銭も手をつけようとしなかった。あの子の人生はここにきて苦難続きだから、せめてあのお金を手もとに持っていて欲しかったのに。[*10]

フランクはうなずいた。いまではフランクが母の相談相手なのだ。かつてオーバーンで木漏れ日のなかピクニックしたときにハリーがその役を務めたように。キヌはフランクに一中のことをあまり訊いてこなかった。息子は学校で申し分のない教育を受けていると、すっかり信じ込んでいた。母親に異を唱える気になれず、フランクは学校での悩みを胸の奥にしまっていた。うんうんと相槌をうち、ハリーにまつわる母親の思い出話を聞きながら、フランクもまた、兄のいない淋しさを痛いほど感じていた。

一中から士官学校に進んだ級友のなかには、フランクがこの時代の風潮をいかに知らなかったかと驚く者もいる。たしかに説教は大っぴらないじめにちがいないが、卒業生の半数が士官学校に進んで将校になるこうした一流の学校では、とくにめずらしくもないことだった。このやり方に問題があると彼らは思っていなかった。「質実剛健」というこの学校の校訓は、軍隊が重んじる価値と一致していた。一中は「ブシドウ（武士道）」の精神を重視したが、これは日本の軍隊の養成には必須のものだ。しょせん説教とは、武士道が重んじる強靭な精神と肉体、誠実、献身、勇気を養うためのものではないか。一中はある意味、優れた組織だった。あらゆることが、要は説教ですら、なり行き任せどころか教職員によって暗黙のうちに認められていた。それに同調しないのは、世間知らずな者のすることなのだ。[*11]

二世が自分たちの素性を隠して級友をうまく騙せたと思っていたなら、それは彼らの間違いだった。フランクは初っ端から目立っていた。見た目は日本人でも、日本人のような振る舞いはしなかった。

ほとんどの日本人は自分の意見をはっきりとは言わないが、フランクは思ったままを口にした。ほとんどの生徒は教師の言うことに口を挟まず黙って聞くが、フランクは言い返した。フランクには、どこかがさつで反抗的なところがあって、それが周囲をどきりとさせ、敬意を強要する上級生のおそらく癇に障ったのだろう。

フランクの不運は英語の授業中にやってきた。「チューリップ（tulip）と発音しなさい」と英語教師が命じた。生徒たちはtとuの組み合わせにつまずいて、さらにlを巻き舌にして「ツールィップ（tsu-ri-pu）」と発音した。ところがフランクは、いかにもネイティブらしく流暢に発音した。「どこで習ったのか？」教師が尋ねた。一方、廊下の先の教室では、ヘンリー・オグラが英語の単語をわざと間違って発音し、イギリス英語のアクセントも混ぜ込んで素性を疑われないようつくろっていた。フランクはヘンリーをお手本にすることもできただろうに。[*12]

目の周りを黒くして頬を腫らして帰ってきたときは、母親を避けて二階の自室に駆けあがった。夕食の席で、ふだんは明るい末っ子がなぜか顔をそむけている。どうかしたのかとキヌがたずねると、フランクは頭痛がするとぼそぼそ答えた。噛むのに苦労しながらも、少し前の試練をおくびにも出さず、ちょっと食欲がないけど心配はいらないと言いわけした。いつもはお腹がぺこぺこだけれど、今夜はそれほどでもないのだと。母親に顔を見られ、血相変えて心配されないよう、フランクは「ゴチソウサマデシタ」と言うとそそくさと席を立った。キヌは口をつぐみ、それ以上は訊かなかった。

キヌは主婦として家族に食事を用意するのが自分の仕事だと思っていた。とはいえ戦時の経済は悪化の一途をたどっていた。武器や弾薬、補給のために大量の物資が転用され、銃後の国民は消費を切り詰め、家でも商店でも空っぽの棚に慣れ、物が足りずとも我慢するよう強いられた。フランクが一中に入ったころには、人々は顔を合わせれば「タリン、タリン（足りん、足りん）」とため息まじりに言い合った。この言葉が世間に広まったとたん、今度は「ゼイタクワ　テキダ（贅沢は敵だ）」という標語にとってかわった。これは人々の考え方や行動の仕方を強制するものにほかならない。政府はポスターを貼り、横断幕を掲げ、国民はこの言葉を胸に刻んだ。

キヌは着物をたたみ、絹のワンピースを箪笥の奥にしまい込んだ。隣近所の人たちが政府の勧告に徐々に耳を傾け、質素なブラウスと木綿のモンペを着るようになった。田んぼに適した土地に野菜を植え、果物のなる木の世話をする。農家の青年たちは田畑の作付けも放ったまま戦地に行進していった。

フランクは気持ちを奮い立たせて辛抱した。それでも一中で学年が上がるにつれて、強大な軍事機構にますます絡めとられていった。この学校を受験したとき、フランクとキヌはその兆候を見逃していた。日本が中国に出兵したとき、キヌはまだアメリカにいたし、一中の使命も徐々に変わっていった。二〇年も日本を離れていたキヌは、暗黙の了解に気づく鋭い勘を失くしていたのかもしれない。それにフランクの物の見方は間違いなくアメリカ人のものだった。フランクの目に教師は傍観者として映っても、教師からすれば、年少の生徒を訓練させることで上級生に責任感をつけさせているのだと考えていたかもしれない。広島の世相に一歩出遅れたフクハラ家は、ほかの人々が受け入れた軍国主義的な生活様式を送る心構えができていなかったのだ。

フランクが本人いわく「軍の幼稚園みたいなハイスクール」に入学したからには、その軍隊的な教育に耐える必要があった。一九二〇年代の初めから、軍の将校が日本の中学校に教師として配属されるようになっていた。将校は校庭の中央に備えた演壇に立ち、ゆうに一〇〇〇人を超える生徒が集団で行う軍事教練の指揮をとった。教師の中に現役の准尉や佐官までいることは、一中の自慢だった。校内に軍人が入ってくることにベテランの教師がたとえ疑念を抱いたとしても、そもそも教師の多くが軍隊式訓練の産物であった。小学校の教師になる勉強をする者ですら、師範学校で軍事教練を受け、簡素な兵舎のような建物で生活し、厳格な規律に従うことが求められた。[*13]

生徒たちのほうも、軍の理想とするものを受け入れた。武勇の精神を無上のものと崇めるお決まりの寓話を聞いて育った彼らは、医師や大学教授になることをもはや夢見ていなかった。かわりに鉄兜をかぶった戦車操縦士やスカーフを巻いたパイロットになる自分を想像した。即物的な計算も働いた。マサコは一中のことをよく知っていた。「父親が軍人なら、一般より安い費用で子どもを入学させることができました」とマサコは言う。「その後は士官学校にも行けるのです[*14]」。

フランクへのいじめはそれから三年ものあいだ続き、その後の一年間はぴたりと止むことになる。そして五年に進級し、ついに一中の最終学年になると、今度はいじめる側にまわることを要求されるのだ。同級生と一緒に士官学校に進めば同じことがまた繰り返されるだろう。そして最終的に、従順な一中の卒業生は、下級生をいじめ抜いた経験を敵に対するむき出しの暴力へと転化させるのだ。

この暴力は、フランクを心の底から震えあがらせた。「セッキョウ（説教）は僕の人生をすっかり変えてしまった」とのちにフランクは語る。あの瞬間からフランクはとことん「学校が嫌いになった」が、「さっさと退学したかったけど、母さんを心配させたくなかった」。説教を受けるたびに苦しんだ。「精神的なショック」に打ちのめされ、口数も減った。「消極的」で「臆病」で、ただ黙って殴られているだけの自分にも腹が立った。入学当初は一中に胸膨らませ、意欲あふれる生徒だったのに、重苦しい講堂から外に出ると、フランクいわく「荒れて」怒りっぽくなった。個性を出して目をつけられたのも、そもそも自分の撒いた種なのだ。フランクはいじめを憎み、情けない自分の姿に毒づいた*15。

母さんもピアスも僕が何か変だと気づいているのではないか。「けれど誰も訊いてこないから、僕も誰にも話さなかった」。アメリカでハリーが苦労していることをキヌがフランクに向かって嘆いたとき、「若いときの苦労は買ってでもせよ」というからねと言いながらも、その格言が弟のフランクにもあてはまることに、この母親は気づけなかった*16。

フランクの頭にあったのは、ただただオーバーンに戻って、なかにたっぷりバターを塗ったホットドッグにかぶりつき、コカコーラをがぶ飲みし、アメリカンチェリーをほおばって裏庭にぺっぺっとタネを飛ばせたらなあ、とそんなことだけだった。にわか雨が去ったあとの常緑樹の香りを思い浮かべた。突然、フランクはいますぐに帰りたくなった。オーバーンには説教なんかないはずだ。破れかぶれになったフランクは、なんとか逃げ道を見つけてやるぞと心に誓った。

日本で学校を卒業したら、アメリカに戻る以外に道はない。ここに残っていたら、すぐにも徴兵されるだろう。小学校で何度も開かれた出世兵士の行進に、そのあとのことも知らずこれまでさんざん旗を振ってきた。戦地に向けて発ってから一年も経つと、兵士はしばしば英霊として戻ってきた。かつて行進した同じ道のりを、今度は遺骨となって葬列に運ばれるのだ。誰もが、小学生ですらも、兵士たちは死ぬ運命にあると知っていた。日本の教育は国民に、勝っても負けても天皇とお国のために身を捧げる覚悟をさせた。それに従わないなど考えられないことだった。降参するという選択肢はなかった。生きて虜囚の辱めを受けるよりも名誉の死を遂げるほうがましなのだ。

当面フランクは一中にいるほかなかったが、あまり目立つわけにはいかなかった。成績が良すぎると士官学校に推薦されて、そうなったら辞退はできない。級友たちが卒業し、士官学校に進むのを見ると考え込んだ。僕はカメレオンみたいに自分を変えて、学校ではごくごく平凡に教練を受けていよう。アメリカ人らしい快活さは家の中だけにしまっておくのだ。この危なっかしい綱渡りにはめまいがした。一中でフランクは縮こまり、身振り手振りも控え目にし、無表情で口に封をし、いつもうつむいたまま足早に歩いた。生まれた国が心に刻まれた少年にとって、それには並外れた努力がいった。

ところが、一年生のときに陸上トラックを走っていると、思わぬ道がフランクの前に開けてきた。もとから運動は得意なほうだった。アメリカにいたころは、霧に濡れたレーニア山に父親と登り、グリーンリバーの土手沿いを走ってハリーを追いかけた。日本に来てからは、厳しいドウジョウ（道場）で何時間もケンドウ（剣道）の稽古に励み、試合にも出た。フランクは足が速くて運動神経がよかった。土のトラックを飛ぶように走り、一〇〇メートル走と二〇〇メートル走のどちらも広島県の大会で一等賞をとるまでになった。隠れた才能が見つかったことで、フランクはふたたび息を吹き返した。

その数年前にフランクは、一九三六年に開かれたベルリン・オリンピックで黒人のジェシー・オーエンスの勝利の走りを伝えるラジオ放送を、息を呑んで聞いていた。オーエンスは一〇〇メートル走と二〇〇メートル走も含めて金メダルを四個も獲得した。この同胞のアメリカ人をフランクは応援していた。ひょっとしたら自分もランナーになれるかもしれないぞ。一中は陸上競技で華々しい伝統を誇っている。卒業生のミキオ・オダ（織田幹雄）は一九二八年のアムステルダム・オリンピックのときに三段跳びで日本人初の金メダルに輝いた。コーチのタカヨシ・ヨシオカ（吉岡隆徳）も一〇〇メートル走の有名な選手で「暁の超特急」と呼ばれ、オリンピックに出たこともある。そうかこの手があったのかとフランクは嬉しくなった。運動で秀でれば徴兵を猶予してもらえる可能性がある。不断の決意で練習を続ければ、それこそ逃げ切れるかもしれないぞ。

一九四〇年の四月、二年生になったばかりのフランクは、この作戦に一心に取り組んだ。一中は、生徒が学校から五キロメートル以内に住んでいる場合、徒歩で通学することになっていて、それより遠方の場合は学校から五キロメートルの地点まで電車に乗ることが許されていた。高須は五キロよりやや遠かったが、どのみち学校までは徒歩で通った。しかも週に六日、毎日片道は走ることにした。大好きな宮澤賢治の詩のように、「雨ニモマケズ、風ニモマケズ……」走り続けた。

フランクは高須をゆっくり出ると、荷馬車のあいだをすり抜け、それから速度を上げて己斐橋(こいばし)を渡る。市中に入ると、自転車や木炭バス――ガソリンは戦争遂行のために吸い上げられてしまっていた――を避(よ)けながら、さらに福島川、天満川(てんまがわ)、本川、元安川(もとやすがわ)にかかった四つの橋を渡る。細く延びた元安川の北にある、広島の珠玉の建築物、緑銅のドームを冠した広島県産業奨励館をフランクはちらりと見た。その先にあるのは独特のT字型をした相生橋だ。市内電車の線路を避けながら、フランクは南に向かう。戦時の標語を書いた四階分の長さの横断幕で飾られた市役所のすぐ裏に、一中はあった。さらに南に行くと、街のはずれに宇品港があり、港にひしめく海軍の輸送船が紅顔の兵士を呑み込んでは傷病兵を吐きだしている。

一中の正門を入ると、フランクは背筋をしゃきっとのばした。ここから先は気を抜けない。ポケットにうっかり手を突っ込んではだめだ。そんなことをしたら罰として同級生たちの前で服を脱がされる。ぼうっと歩いていてもいけない。フランクは校庭を足早に横切り、天皇と皇后の写真と教育勅語を納めた奉安殿の前で立ち止まると、腰を折って深々とお辞儀をした。

一中は天皇崇拝に重きを置いていた。フランクがそこそこの成績を取りたければ、修身、国史、武道、体育、数学、理科といった科目に打ち込む必要があった。修身の教師は一八八二年に発布された軍人勅諭をチョークで黒板に書くと、生徒にそらで覚えさせた。その重要な一節は、「義は山よりも重く、死は羽よりも軽い」ことを軍人は忘れてはならぬと説いていた（「義は山嶽より重く死は鴻毛より軽しと心得よ」）。

一日が終わると、どんより濁った夕闇のなか——政府はネオン灯の使用を禁じていた——フランクは走って家に帰った。高須に着くころには、空腹で腹がきゅるきゅる鳴りだした。母親のこしらえる煮物は、このところ砂糖が足りず、ちっとも甘くない。一九四〇年一二月から砂糖は配給制になっていた。砂糖が制限されたことで、とりわけ明治堂は影響を被ったが、それでもキヨは軍との契約を取りつけ、なんとかこの場を乗り切っていた。キヌのほうは、根菜の味付けに醤油の量を増やした。商売をたたむ店が増えたため、買い物もますます骨の折れるものになっていた。キヌは健全な空腹と健全な疲労が末の息子を元気にさせたのだとおめでたくも思っていた。息子をこれまで苦しめていたものがなんであれ、どうやら消えてしまったように見えた。

実際に説教は手加減なしに続いていたが、フランクもなんとか折り合いをつけていた。一中で優先されることは何かを理解し、いじめの背景にある集団主義の精神をしぶしぶとでも受け入れ、殴られても根にもたず、ストレスを貯めないことにした。顔の腫れやあざや傷は時間が経てば治った。それでも、高潔な精神を新入生に叩き込んでいると信じる上級生たちを、フランクは軽蔑した。

二学年になると、怒りをぶつけるかのように一〇〇メートル走と二〇〇メートル走に没頭した。身長も伸びてきたが、まだハリーより数センチは低かった。フランクは裸足で走った。そのうちコーチのヨシオカと同じくらい速く走れるようになった。もちろん三五歳のコーチはすでに全盛期を過ぎてはいたが。フランクはいっそう努力し、コーチもそのことに気づいていた。

ある日、コーチのヨシオカがフランクを脇に引っぱっていってこう言った。おまえが懸命に練習しているのはわかっているし、そもそも一中はスプリンターの数が少ない。チームにはおまえが必要だ。ただし、単位を落として退学にでもなったら、当然ながら参加はさせられない。時節がら問題の科目にさほど重きは置かれておらず、以前より授業時間も減ってはいるが、それでもこれは履修科目に入っている。だからフクハラ、今すぐおまえは英文法を猛勉強しなければならないぞ。

フランクは仰天した。二世であることを必死で隠していたら、あんまりうまくいきすぎてオーバーンで覚えたことをあらかた忘れてしまっていたのだ。過去がばれない程度に英語をまた思いださなくてはならない。そこで日本の無味乾燥な英文法の教科書にかじりつき、身につけたアメリカ英語は頭の奥に押し込んで、フランクは走り続けた。

一九四一年一二月八日の月曜の朝、フランクは陸上競技会に出るために、いつもより早く起きた。午前七時には高須駅のホームに立っていた。試合前に体力を温存するため今朝だけは電車に乗ることに決めたのだ。「カワヌケッシン　カチヌクケッイ（買わぬ決心、勝ち抜く決意）」と政府の最新の標語が説くのをよそに、主婦たちがこぞって市場に向かっている。フランクはとにかく体を冷やさないことだけを考えた。柔軟体操をし、つま先立ちでぴょんぴょん跳ねているうちに電車が駅に入ってきた。

車輪の騒々しい軋り音に負けじとばかり背後から男が大声で叫ぶのが聞こえた――ハワイ攻撃に勝利したとかなんとか。フランクはさっと電車に跳び乗った。混乱しつつも、これは一大事だぞと思った。「なんだか胸がどきどきして、いったいこれからどうなるのか見当もつかなかった[*17]」。

競技会が終わって家に走って帰ると、日本が真珠湾を攻撃したことを母親もすでに知っていた。誰もがこの知らせを聞いていた。要所要所に設置された拡声器から軍艦マーチが大音量で鳴りだして、まだ朝いちばんのお茶も飲まないうちから人々の度肝を抜いた。「マモルモ　セメルモ　クロガネノ……」。この先何が起きるのか誰一人わからなかった[*18]。

明くる日、キヌが地元の『中国新聞』を開くと、大本営発表による太平洋各地での赫々たる戦果を伝える記事が目に飛び込んできた。「各方面」における「奇襲作戦」についての見出しだ。「早くもホノルル初空襲」。シンガポールも「爆撃浴す」とあり、ダバオ、ウェーキ、グアムも同様。シャンハイでは、イギリスの艦隊が「撃沈」され、アメリカの艦隊は「降服」した。「香港の攻撃開始」「マレー半島に奇襲上陸」。この衝撃的な展開はどれもすべて事実だった。

最初は表向きとくに変わった様子はなかった。高須では隣近所の人たちが臨時ニュースを聞こうとラジオの前に集まった。己斐の市場では、主婦たちが買い物のこつを伝授し合っている。砂糖のかわりに自家製の無花果のジャムを甘くするものはあるだろうか。台風に舞う凧のように物の値段がみるみる吊り上がる。いったいどうすればいいのだろう。もうすぐ正月が来るというのに。

まずはこの総力戦に新しい名前がつけられた。一九三一年に日本が満州に侵攻しはじめて以来、政府は満州と中国での小競り合いや戦闘をそれぞれ別個の事件と装ってきた。一九四一年一二月一二日、政府は日中間の紛争はもとよりアメリカとイギリスを相手にした戦争を「大東亜戦争」と呼ぶと宣言したが、これは神聖なる使命という含みをもった名称だった。

どんな名で呼ばれようとも、この一〇年来、日本が苦しい戦闘状態にあったのは事実だった。合衆国に住んだことのある「アメリカ帰り」の人々は、日本の行末に悲観的だった。「日本はアメリカと戦うべきじゃない」。若いころハワイ島で三年間働いた経験のあるマサコの父親はそう言った。アメリカ本土から遠く離れたのんびりとした島にいても、巨大なトラクターや耕運機、トラックなどの工業資源を実際にその目で見ると日本のものがひどくちっぽけに見えた。「あげな国と戦争なんてしちゃいけん！」とはいえ日本が攻撃を仕掛けたいまとなっては、マサコの父親もこの心もとない運命を受け入れるしかなかった。[19]

一九三三年にオアフ島から広島近郊の島に移り住んだ二世のゴフヨ・エンプクは、こう振り返った。「日本にとって、とても厳しい戦いになるだろうとわかっていました。ですが、警察に逮捕されるのが怖くて、誰ともそんな話はできませんでした」。[20]

一七歳のフランクにも先は読めた。これから軍はますます多くの兵士を必要とし、徴兵によって速やかに手広く集めようとするだろう。そこで誓いを新たにした。「このままおとなしくしていなくては」。陸上競技に秀でて、学業ではまずまずの成績をとって、つとめて平々凡々な生徒でいよう。[21]

この国を愛する気持ちはあっても、キヌは興奮したり取り乱したりはしたくなかった。自分の思いは口にせず、夜更けにうなされて起きる理由を誰かに明かすこともなかった。軍隊は息子たちを取りあげてしまうだろう。ヴィクターは中国とインドシナ半島から生きて帰ってこられたが、いずれまた召集される。一度負傷して、今回は幸い治ったけれど、あの子の運はまだ残っているのだろうか。次に召集を受けるのは、横浜で専門学校に通っているピアスになるだろう。病気がちなあの子が、はたして軍隊でやっていけるのか。末っ子のフランクも、軍靴を踏み鳴らし、いずれ兄たちに続いていくのだろう。それから遠く離れたアメリカにいる次男坊、あの自由気ままなアメリカンボーイのハリーはいったい今頃どうしているのやら。どの子の顔を思い浮かべても、キヌの胸は苦しくなるのだった。

# 9　ロサンゼルスでのパニック

「ジャップがハワイ爆撃で我が国と開戦」「米国艦隊を破壊すべく日本がハワイに奇襲攻撃」「一〇年にわたる危機が攻撃で最高潮に」「マニラから爆撃機が轟音とともに出撃」。これらのニュースは、六〇〇〇マイルほど離れた場所でキヌが読んでいた記事を、合わせ鏡に映したかのようだった。[*1]

ようやくハリーにも、新聞のこの一面記事が自分に関係があるとわかった。なかには民族的には日本人、つまり法律上は外国人である日系一世と、アメリカ市民である日系二世にまつわる記事もあった。両者を合わせたアメリカ西海岸の日系人社会は一二万人を超え、その三分の二は生まれながらにアメリカの市民権をもっていた。

真珠湾攻撃から数時間のうちに、中折帽をかぶったＦＢＩ（米連邦捜査局）の捜査官らが反政府分子の疑いのある日本人の「人狩り（マンハント）」に乗りだした。ロサンゼルスの南二五マイルにあるターミナル島では一世の漁師三〇〇人がただちに拘束され、「抑留対象者」に分類された。さらに二〇〇人の日本人が――一世か二世かは不明だったが――その日の午後にロサンゼルスで一斉に検挙された。その日の夜までに捜査官らは南カリフォルニアじゅうに散らばり、三〇〇人にのぼる容疑者リストを作成したとハリーは新聞で読んだ。FBIは翌日にはさらに三〇〇〇人もの逮捕を見込んでいた。[*2]

FBIによる一斉捜査と並行して、日本人に対する態度も悪化していた。一九三九年九月にナチス・ドイツがポーランドに侵攻して以来、世間の目は東方のヨーロッパに向いていたが、一九四一年も後半になると日本との緊張に警戒の色が増した。七月には日本軍が、東南アジアで足場をかためてこの地の天然資源を手にすべくフランス領インドシナを占拠した。アメリカはただちに国内の日本人の資産を凍結し、アジアにおける日本の拡張主義的野望を阻止しようと、石油貿易の全面禁止を実行した。だが新聞をとる金もなければ、銀行に口座を開くほどの蓄えもないハリーにとって、この世界的混迷もただ対岸の火事にしか思えなかった。

あとから思えば、二〇年足らずで世界が二度目の大戦に突入する前の、この最後ののどかな夏に、ハリーはもっと注意深くあるべきだったかもしれない。帰郷してすぐにオーバーンの友人たちが見せた対応にとまどったことを、もっとよく考えてみるべきだったかもしれない。ともあれ、まだ二一歳のハリーは前だけを見ていたかった。何かやりたくてうずうずしていて、くよくよ考える暇などなかった。

一九四一年の夏、ハリーは西海岸をA型フォードで走っていた。ひさびさに骨休めの休暇をとったのだ。シアトルの夏は、三年前の春に戻ったときはカレッジに行って留守だったオーバーンの旧友たちとの再開にはもってこいの季節だった。グレンデール・ジュニア・カレッジでハリーは二年の文系準学士課程を卒えたばかりで、この九月にはウッドベリー・カレッジに進むことになっている。目標には道半ばでも、いまなら友だちの前でばつの悪い思いもせずにすむ。友人の何人かはワシントン大学の最終学年になり、そろそろ進路を決めているころだろう。[*3]

ビドル家の玄関に立ったハリーは、あたたかい歓迎を受けるものとばかり思っていた。ノックをすると、ビドル夫人がドアをあけた。夫人は挨拶もそこそこに、エルギンはいま留守で、夏のあいだバイトに出かけていると早口で告げた。夫人の寒々とした対応は、最後に訪問したときと比べても、あきらかに何かが違っていた。一家はいまや赤の他人だった。ひどく面食らったハリーはあわててさよならを言うと、逃げるように愛車のA型フォードのもとに戻った。「あの人たちは僕の本当の家族みたいだったのに、中に入るよう声すらかけてくれなかったよ」[*4]。

あとからわかったのだが、エルギンの兄のビルが海軍に入隊し、夫人は息子が太平洋に送られるのではないかとびくびくしていた。フランス生まれのビドル夫人は、大半のアメリカ人よりもヨーロッパでの戦争に気を揉んでいた。一九四〇年六月一四日、ナチス・ドイツの軍隊はガチョウ足行進(グースステップ)でシャンゼリゼ通りを凱旋門まで行進し、フランスを占領したことをこれ見よがしに披露した。それから二ヶ月後の一九四〇年九月二七日、ベルリンで日本はドイツとイタリアとのあいだに挑戦的な三国同盟を締結した。ビドル夫人は枢軸国を忌み嫌い、息子のことを案じていた。神経が高ぶっていて、ハリーのことが敵に見えたのだ。

ショックを受けたハリーは翌日早々に旅行を切りあげ、ロサンゼルスの心許せるマウント家に、それからカズ・ナガタやミツとマスのマツモト兄弟のような居心地のよい広島出身の友のもとに戻った。それから二五年以上経つまで、愛する故郷の街にハリーが足を向けることはなかった。

真珠湾攻撃のあとも、ハリーはつとめて冷静でいようとした。日系社会で逮捕者が相次いでからまもなく、ハリーは赤十字国際委員会を通して、自分とメアリーは無事でいると母親に電報を打った。ところがどういうわけか母親から返事は来なかった。

ハリーは日々すべきことを変わらず続けた。庭師の仕事の合間にリトルトーキョーに車を走らせると、この界隈が急速に輝きを失っていることに驚いた。いつもならクリスマスと新年には買い物客でごった返すはずなのに、客もこの飛び地から逃げだしていた。以前は満員の客で賑わっていた食堂も、空っぽのテーブルが侘しげに並んでいる。一夜にして閉店セールも増えたが、それは店主がカリフォルニア州の内陸部や中西部（ハートランド）に移ることにしたからだ。そこでなら、新聞雑誌がいまや盛んに書きたてる強制退去とやらを免れるだろう。アメリカ人は「敵性外国人（エニミー・エイリアン）」との取引を避けるようになったが、この新しい言葉は日本からの合法的な移民たちを指すもので、まもなく日系二世もここに含まれることになった。日系人の銀行口座は凍結され、二世は自分の貯金を引きだすのにも出生証明書を見せなくてはならず、一世の口座はいまも手がつけられない状態だった。商売は干上がった。半世紀を生きながらえ、栄えてきたリトルトーキョーには、苦境に喘ぐ界隈の暗鬱な空気が漂っていた。

シャッターを次々と下ろす店の奥には、破壊された暮らしが窺（うかが）い知れた。二世の友人の多くが不安に駆られていた。はっきりした理由もなしに、父親や兄弟がＦＢＩに連行され監禁された。どこにいるのかも、いつ戻るのかもわからない。教会や学校、県人会など日系社会を牽引してきた組織はみるみるうちに衰退した。家族経営の商売は立ちゆかなくなった。市民権を拒否されていた一世は、自分たちの窮状に抗議する政治的な力を持たなかった。日系アメリカ人市民同盟（ＪＡＣＬ）が忠誠の誓いを立てても、聞く耳を持たれなかった。こんな不幸な目に遭うまで父親が生きていなくてよかったかもしれない。指導的立場にいたその経歴から、いち早く逮捕されていたことだろう。そうしたら母さんがひどく取り乱したにちがいない。

この年の大晦日、ロサンゼルスでは、いつもならどんちゃん騒ぎをする何千人もの人々が街なかから姿を消した。いくつもの年中行事が空襲を恐れて中止になった。「蛍の光」を日本語で朗々と歌いながら、イースト・ファースト・ストリートを練り歩くリトルトーキョーの住人たちの姿もない。かわりに彼らは仄暗い部屋の遮光カーテンの奥で、指ぬきほどの小さな盃を掲げて平和を祈る言葉をささやくと、静かにサケをすすった。かたや市内電車で少し行った先の豪奢なホテルでは、パーティ好きの白人たちが真夜中の祝杯にシャンパングラスを掲げ、日本帝国海軍の壊滅を願って「乾杯！」と派手にグラスを鳴らしていた。*5

一九四二年一月一日、ハリーは二二歳になった。それからまもなくハリーは地元の徴兵局を訪れた。入隊の列に並ぶ大勢の男たちに加わりたかったのだが、身体検査で落とされた。一つは視力のせいで、小学生のころから目が悪かった。それに近所の家の雨樋を掃除していたときに屋根から落ちて背中も痛めていた。新たな年はあいにくなすべり出しになった。

自分は愛国心の強いアメリカ人だと思っているが、帰米という立場が疑いを招いているのはわかっていた。そこで軍服姿で写っている山陽商業学校時代の自分の写真を集めて、裏庭にある煉瓦造りの焼却炉に投げ込んだ。炎がぱちぱちはぜて、写真がくるっと丸まって真っ黒に変わった。

日系人へのくすぶりだした敵意を気にしないよう努めても、ことあるごとに思い知らされた。一時停止の標識の前で止まった車のドライバーが、ハリーを見つけると大声で人種差別的な悪態をついてくる。ある晩、教室で同じアジア系アメリカ人とおぼしきクラスメートのそばに近寄った。「あの娘なら、いくらかわかってくれると思ったんだ」。ところが、その娘と話をしたくて声をかけたら、彼女は目をキッとつりあげた。そして、真珠湾を攻撃するなんて日本人は最低だ、と言った。娘は朝鮮人で、父親や兄弟から日本人とは口を聞くなと言われていたのだ。一九一〇年に日本が朝鮮を併合し容赦ない扱いをしてきたのは事実だった。朝鮮の人たちは、日本やその他の場所で劣悪な条件のもと強制労働につかされていたこともあった。とはいえ、この場はアメリカ人同士が個人的に顔を合わせたにすぎないものだ。クラスメートから邪険にされて、ハリーの心は傷ついた。[*6]

「天使の都」ロサンゼルスの空気はしだいに悪くなっていた。食堂では日系人の客の入店を禁じる掲示を窓に掲げた。「当レストランはネズミとジャップに毒を盛ります」。右翼の過激派は「忘れるな、ジャップはジャップだ」と書いて、日本人の顔をしたネズミの絵を添えたステッカーを車のフロントガラスに貼った。こうした言葉やイメージは行動にも移された。ハリーが友人たちから聞いた話では、停めておいた車が追突されたり、家の窓が粉々に割られたりしたという。ハリーはこれを「嫌がらせの風潮」とあとから呼んだ。中国系住民は不当な扱いを受けないよう、「私は中国人です」と書いたワッペンをつけるようになった。[*7]

夜にウッドベリー・カレッジまで通いつづけるのにも身の危険を感じるようになってきた。自分だけは大丈夫という、若者らしい根拠のない自信のあったハリーですら、躊躇せずにおれなかった。それに急いで金を貯めなければならないという焦りもあった。先の見えないこの不穏な時期に、学校に行くなど瑣末なこと、見返りがあるかどうかもわからない自己満足の贅沢にすぎない気がしてきた。

学校を去ったときは、ただ夢を先延ばしにするだけだと自分に言い聞かせた。いつか近いうちにまた戻ってくるさ、と。

そうこうするあいだもイエロージャーナリズムは、狂気の反逆者によるスパイ活動の噂をまことしやかに伝えて世論を煽りたてた。太平洋で撃墜されて死んだ敵のパイロットらがアメリカのカレッジリングをしていたと噂された。この密告者たちが西海岸の近くまで日本の潜水艦を誘導していたのだ。ラグナ・ビーチ沖では日本の釣り船が一艘、陸に向けて光の合図を送っているのを見た者がいた。ロサンゼルスでは日本人たちが双眼鏡と地図を手にしているのが目撃された。県人会のピクニックでは参加者が日本の軍隊にどこに発砲すべきかを教える矢印のしるしを置いていた。二世が交通を妨害し、基地に向かう兵士たちを足止めしている。敵はいたるところにいる。敵はすぐそばにいる。敵はこの国で育った者たちなのだ。こうした破壊工作と称されるものは、結局はどれも根も葉もない噂にすぎないとわかったのだが、いちいち反論するにも告発件数があまりにも増え過ぎた。[*8]

分別のある者なら、こんなばかげた作り話を真に受けたりしないはずだとハリーは思った。二世が軍の通行を妨害しているなどとんでもない。それどころか、「君が必要だ！」とアンクルサムが指差すポスターの呼びかけにこたえて、数千人もの二世の若者が兵役に就こうと意気込み、徴兵局に列をつくっているのだ。

それでも新聞雑誌の、煽りに煽る愛国的キャンペーンは、時とともに勢いを増すばかりだった。一二月八日に『ロサンゼルス・タイムズ』紙は「狂犬への死刑宣告」という一面記事を掲載した。日系移民との経済競争の脅威が、日本による侵攻が迫っているとの話に変わった、今世紀初頭の「黄禍（イエローペリル）」論議を思わせるかのように、編集者らは「アリューシャン列島からパナマ運河まで」の太平洋沿岸を破壊工作の「危険区域」だと警告した。二世については、同紙はまだ判定をくだしてはいなかった。「一部あるいはひょっとしたら多くの者は、忠誠心を持つ二世、良きアメリカ人として生まれ教育された人々かもしれない」[*9]。

それから二ヶ月も経たないうちに、疑わしきは罰せずとのこの解釈は姿を消した。二月二日、コラムニストのW・H・アンダーソンは『ロサンゼルス・タイムズ』紙にこう書いた。「毒へビはどこで卵から孵ろうとしょせん毒へビだ。よって日本人の両親から生まれた日系アメリカ人は、成長すればアメリカ人ではなく日本人になるのだ」。そこで「連中の活動を制限し管理する」ことを提案した。この言い回しにハリーは思わず身震いした[*10]。

アジアでの展開が反日感情にさらに火に油を注いでいた。日本の陸海軍はイギリス、フランス、オランダ、アメリカの辺境の植民地を奪取していた。さらにマニラと香港を占領し、イギリス軍を「東洋のジブラルタル」と呼ばれるマレー半島南端のシンガポールまで追いつめた。この牙城もまた、じきに陥落することになる。

サンフランシスコのプレシディオ基地では、太平洋岸の防衛を任された陸軍西部防衛軍指令官のジョン・L・デウィット中将が、「黄禍(イエローペリル)」の陰謀説や一連の日本の軍事的勝利への露骨な恐怖、さらに西海岸に集中する敵性日本人に対して募る不信に駆られていた。まもなくデウィットは、裁量権を得た官僚の非情な仕事ぶりがいかにおぞましい事態を生みだしうるかを証明することになる。アメリカンドリームを追う自由な市民としてのハリーの日々は、もはや数えるほどになっていた。

記事や社説の真偽をつとめて公平に分析しようとするマウント夫妻ですら、日本の度重なる勝利がもたらす有害な影響と無縁ではいられなかった。「日本はいったいどうしちゃったの?」とハリーに訊いてきた。「僕にはわかりません」と答えたが、自分たちよりハリーのほうが日本の狙いをわかっているると夫妻が頭から決めていることには傷ついた。[*11]

バレンタインデーの日にデウィット中将は――同胞のアメリカ人への思いやりに著しく欠けていることを、身をもって示しながら――ヘンリー・スティムソン陸軍長官に宛てて次のような覚書を送った。「日本人という人種は敵性人種であり、アメリカで生まれ、アメリカの市民権をもつ多くの日系二世および三世は「アメリカ化」してはきたものの、人種の血統は少しも薄まってはいません」。さらに誇大妄想と歪んだ理屈を披露して、こう続けた。「こんにちまで破壊工作が行われていないこと自体が、そうした行為が今後起きるだろうことの不穏で確たる兆候であるのです[*12]」。

それから五日後の一九四二年二月一九日、大統領のフランクリン・D・ローズベルトは大統領令九〇六六号に署名し、それによって陸軍の指揮官たちは、疑わしき集団――外国人も市民も同様に――をどの区域からも強制的に立ち退かせる権限を与えられた。のちにこの大統領令は、ローズベルト大統領の在任中の最も恥ずべき措置の一つとみなされることになるのだが、当時これに反対したフランシス・ビドル司法長官は大統領についてこう書いた。「この措置がどれほど深刻で、どれほどの含みがあるかを彼がさほど気にかけていたとは思えない」。思いどおりになるやデウィット中将は、二週間も経たないうちにさっそくアリゾナ、カリフォルニア、オレゴン、ワシントンの各州に立入禁止区域を指定し、これが集団強制退去ならびに長期抑留につながる一歩となった。[*13]

当初は、時すでに遅しと見えた。二月二五日の夜半過ぎ、午前二時から明け方までのあいだに、日本人がロサンゼルスを襲撃したらしいとの知らせが入り、デウィットの悪夢が現実のものになったかに思われた。空襲警報がけたたましく鳴り響き、サーチライトが交差し、暗闇に高射砲が撃たれた。息を呑む火力を見せつけるかのように一五〇〇発近く撃たれた高射砲の弾幕が、爆音とともにあたりを煙に包み、家や車に損傷を与えたが、摩訶不思議なことに敵の飛行機は一機たりとも落ちてこなかった。とはいえ犠牲者は発生し、住民二人が心臓発作で、三人が交通事故で死亡した。

数時間のうちに海軍長官のフランク・ノックスが、この空襲は「誤報」だったことを認めた。「ロサンゼルスの戦い」とのちに呼ばれることになるこの一件の引き金となったのは、偶然空を横切った、たった一個の気まぐれな気象観測気球だった。*14

それでもその翌日、ターミナル島で暮らす日系人全員が四八時間以内の立ち退きを命じられた。その月の初めに一世の漁師たちは、すでに司法省が管轄する強制収容所に送られていた。そして今度は彼らの家族が教会やコミュニティセンターに性急に集められ、最終的には収容所に送られることになるのだが、これは一八三〇年のインディアン強制移住法以来となる人種集団の大規模な強制退去となった。先の移住法では、アメリカ先住民が自分たちの土地を離れて辺鄙な居留地に向かう「トレイル・オブ・ティアーズ」(涙の道)と呼ばれる受難の旅がもたらされた。

ハリーはターミナル島をひと目見ようと車で向かった。この島にはこれまで三〇〇〇人の日系人が暮らし働いていた。カモメの鳴き声がやかましい土埃の舞う道に沿って羽目板造りの平屋の家が立ち並び、その傍に魚の缶詰工場が連なっている。一軒の家では奥がばたばたと騒がしく、木の床で家具を引きずる音や食器のガチャガチャ鳴る音、なにやら日本語で叫ぶ声が、ハリーの耳に聞こえてきた。人々は支度におおわらわだった。男が一人家具を引きずりながら表に出てきた。ハリーは男に手を貸し、二人は日本語で言葉を交わした。ふと思いついて、ハリーは自分がこの家具を引きとって誰かに売り、儲けた金を分けてあとから送りましょうかと訊いてみた。男のほうも、苦労して手に入れた品々を廃品回収業者にただ同然でやるよりも、そのほうが儲けになると考えた。そこでハリーが約束を守ってくれると信じて、自分の家財道具を託すことにした。

丘の上の広々とした家に平穏に暮らしていたマウント夫妻は、ハリーが抑留されるかもしれないと知って激怒した。人身保護令状の請求権、すなわち不法な監禁からの解放を求める権利を市民に認めないだなんて、それは憲法違反だと憤った。「自分の権利のために立ちあがりなさい」と夫妻はハリーに言った。ハリーの切羽詰まってきた状況に、何か打つ手はないかと、二人はあれこれ話し合った。ひょっとして、名前をどうにかすればいいのでは？ ハリーが自分の姓を夫妻のようなアングロサクソン系のものに変えれば疑われずにすむかもしれない。ハリーを思う夫妻の気持ちは揺るがなかった。ハリーはたんなる雇い人というよりも息子のような存在だった。クライドとフロッシーのマウント夫妻はハリーを正式に養子にしたいとまで言ってくれた。[*15]

夫妻の申し出に胸を打たれたハリーは、その案について考えてみた。けれどまずはとにかく母親に話を通さなくてはならない。日本では名前は古来の血統と結びついているものだ。養子縁組とはあくまで名前を絶やさないために行うもので、断じて名前を偽るためのものではない。たとえば後継ぎのいない裕福な家系では、外から息子として養子をとるか、婿養子をとって家を継がせることがある。だが、その場凌ぎにフクハラの姓を捨てたりなどしたら、ハリーが家族と疎遠になりかねないし、マウント家の名を騙ればハリーの家族を傷つけ裏切ることになるだろう。ハリーは寝室で机に向かい、母親に宛てて電報をしたためた。けれど奇妙なことに、今度もまた返事は来なかった。

しかし、名前を変えたところで結局、たいした違いはなかっただろう。人種の問題は血に関係するものだからだ。地元の役所にハリーが問い合わせてみると、日本人の血が少なくとも半分混じっている者は誰であろうと西海岸からこの先立ち退くことになるかもしれないと告げられた。「僕は一〇〇パーセント、アメリカ人だと言ってやったがね」。アメリカ人にもいろんな種類があって、たまたま僕は日系のアメリカ人というだけのことだ。アメリカは日本と戦争しているのだぞ、と職員は言い返した。「だから何ですか?」とハリーは食いさがった。それから養子の件についても話してみた。それでもやっぱり変わらなかった。ハリーはこんなふうに言われたのを覚えている。「ヒトラーという名にだって変えられるが、それでも君は出ていかなくてはならないよ」[16]。

ハリーはいまも軍隊に入りたいと思っていた。背中は完治していたので再挑戦してもいい。どこに送られるかはとくに考えていなかった。ただ兵役に就くのは当然のことだと思っていた。その場合も、やはり母親に話しておくべきだろう。そこで、もうこれで三度目になるのだが母親にふたたび電報を打って返事を待った。今度もまた、音沙汰はなかった。

そのあいだもマウント夫妻はハリーの窮状をなんとか救う道はないかと知恵をしぼった。そして「オハイオ州のコロンバスに行くのはどうかしら?」と訊いてきた。マウント夫人の姉妹がトチノキにちなんだバッカイ州という愛称を持つオハイオ州に住んでいて、そこにわずかだが日系移民とその子どもたちが暮らしているという。ハリーは夫人の家族のもとに身を寄せ、学校にまた通って、アメリカ人としての権利を失わずにいられるだろう。どうしてもこの国の内陸部に移動してもらわなくては困る、と夫妻は懇願した[17]。

そこで母親に四度目の電報を打った。が、今度もまた返事はなかった。このころには、戦争のせいで通信が断たれているのにちがいないと思うようになっていた。母さんがなんて言うか見当をつけなくてはならない。養子の話を聞いたら、おそらく眉をひそめるだろうし、兵隊になると聞いたら、ため息をつくだろう。けどオハイオ州に行くなら許してもらえないかな。中西部のこの場所を、母さんはカタカナで書かれた地図で探さなくてはならないだろうが。

ところが、この国の中西部(ハートランド)に移ろうかと思っていた矢先に、メアリーが半狂乱で電話をかけてきた。ロサンゼルスと同じくシアトルでも報道が過熱し、立ち退きの噂が広まっていたが、メアリーはもっと差し迫った問題を抱えていた。ここ数週間どうにか耐えてきたが、いよいよ身の危険を感じていた。すぐにハリーは姉にロサンゼルスまでの旅費を送った。よちよち歩きの娘ジーニーとスーツケース一個を抱えて、メアリーはマウント家の玄関にたどり着いた。

四年近く結婚生活を送ったあと、メアリーは離婚したがっていた。夫のジェリーはギャンブルに手を出し、大酒を飲み、メアリーと二歳のジーニーに暴力をふるい、果ては運転手の仕事を失っていた。賭ける金欲しさに妻の婚約指輪を四〇〇ドルで質に入れたが、これはこんにちの換算で六〇〇〇ドルに相当する。ジェリーが出ていったあとも馬車置き場(キャリッジハウス)に住むのをジョンソンさんは許してくれたが、すぐにも新しい運転手を見つけてくるにちがいない。それに一家のために働きながらジーニーの世話をするのは、どだい無理な話だった。まだ二六歳のメアリーは歯も何本か欠けていたが、それもジェリーが酔って暴れたせいだった。*18

マウント夫妻はメアリーをあたたかく迎えてくれて、メアリーも夫妻の優しさに胸を撫でおろしたが、ハリーは夫妻に迷惑をかけすぎていないかと心配だった。マウントさんの世話になるのは一時的、せいぜいひと月かそこらにしなくてはならない。メアリーがこの街に来たからには、オハイオ州に移る計画はひとまず取り止めにした。

強制退去を免れるために二世の友人たちが内陸部に移る支度をするころ、彼らが庭師を引き受けていた縄張りをハリーは急いで買いとった。三月半ばには、いずれ日系人の大規模な集団がロサンゼルスから一時的な抑留施設に移されると知った。「どうせ収容所に入れられるとわかっていたし、それも時間の問題だったけどね[*19]」。

少しでも多くの金を稼ぐ必要があったが、それも簡単ではなかった。ある日、ハリーがサンタモニカで芝刈りをしていると、目の前に警察の車が一台止まった。「日本による侵攻」が報告されたので捜査しに来たという。ハリーはぐるりと周囲を見まわした。誰にも気づかなかったし、日本人らしく見える人物と言えばただ一人、この僕だけだ。敵の戦車を見かけなかったかと警官が訊いてきた。警察に電話をかけてきた女性はパニック状態で、それらしきことを口にしたという。いいえ、その件についても僕はお役に立てそうにありません、とハリーは答えた。ただ、ついいましがた、道路清掃車が車道を掃除していきましたけれど。

三月二四日、西部防衛軍は日系人に午後八時から午前六時までの夜間外出禁止令と五マイル圏外の移動制限を命じたので、遠方の仕事場に出かけて時間内にグレンデールに戻ってこられるかどうかが怪しくなった。さらに始末に悪いのは、こうした保安対策が、およそ一万二〇〇〇人ものボランティア空襲監視員たちを、がぜん発奮させたことだった[*20]。

庭仕事や子守を頼んでくれていた人たちが、突如口を聞いてくれなくなった。自分が「好ましからざる人物」（ペルソナ・ノン・グラータ）になりつつある気がした。外出禁止令と競争して車でグレンデールに戻るハリーに、夜が重たくのしかかる。ある晩、隣人で空襲監視員をしている男が白いヘルメットをかぶり、赤と白の縞模様の三角章のついた腕章をはめて、表に立っていた。誰かがハリーのことを密告したにちがいなく、それで外で待っていたのだ。男はこっちに来いと手招きしてこう言った。「八時以降は外に出てはいけないんだぞ、ハリー」。「時間どおりに戻って来られなかったんです」とハリーは答えた。弁解のしようもなく、男にがみがみ怒鳴られた。もうこれっきりにしたほうが良さそうだった。*[21]

地元の警察署に突きだされるのは免れたが、運もそろそろ尽きかけていた。友人のショー・ノムラはたまたま監視の目にとまって起訴された。ある晩、家のウォークイン式の冷蔵室の温度が下がって冷蔵室が自動的に点灯すると、電球の明かりが漏れて外の塀に小さな影が映った。ショーは兄弟と父親ともども尋問を受けるべく地元の警察署に引っぱられた。ポケットの中の物をすべて出し、ベルトを外すよう言われ、男三人が独房一室に押し込められ、そこですわって待たされた。クエーカー教徒の友人たちがなんとか取りなしてくれて、三人はようやく解放された。灯火管制の命令に違反したかどで告発されたショーは、法廷で堂々と「無罪」を主張した。「口をつぐみなさい」と裁判官は叱責したが、結局訴訟は取り下げられた。どのみちその週のうちに彼らは強制退去させられる運命にあったからだ。*[22]

毎日のようにハリーは家に戻るとマウント夫妻とともにくつろいだ。書斎の暖炉の脇に三人で腰掛けて、その日あったことを整理した。夫妻はハリーの窮状を断じて軽くみることはなかったが、気の滅入る数々の体験を聞かされても、ハリーの心を落ち着かせるため、気にすることはないと慰めることもままあった。その出来事にどう見ても暗く厳しい面しかないときも、決して癇癪を起こしてはいけないと注意した。「一から一〇、それか一から二〇まで数えて、何かするにしても次の日の朝まで待ちなさいな」[23]。

気持ちを鎮めてくれるマウント夫妻がいてくれたのはありがたかったが、それでも夫妻にハリーの窮地が一〇〇パーセント救えるわけではなかった。一方、軍に入隊する望みもまだ捨て切れなかったが、その選択は三月三〇日に消し飛んだ。陸軍省はこの日、二世全員を4C、すなわち「敵性外国人」に分類し、よって祖国に奉仕する資格がないと明言した。「要は侮辱に侮辱を重ねたってわけだ」とハリーは振り返る[24]。

それでもハリーはまだ幸運だったかもしれない。すでに兵役に就いていた多くの二世の友人たちが、真珠湾攻撃のあとに除隊させられていた。残っている兵士もおおかた戦闘任務から外され、銃器を取り上げられた。「兵士から銃を取り上げるのは、腹ぺこの人間から箸を取り上げるようなものだ」とのちにハリーは語る[25]。

真珠湾攻撃の半年前に、ウォルト・タナカは家族に「盛大な壮行会」をしてもらって入隊した。基礎訓練を終え、カリフォルニア州のフォートオードで戦闘師団に配属されたが、真珠湾攻撃から一週間ほど経ったころ、突如、特別任務の仕事に変えられた。それから来る日も来る日もアスファルトをシャベルですくい、塹壕を掘り、川に入って覆いにする柳の枝を切り、コンクリートを流してトーチカをこしらえた。ウォルトと同じ兵舎で暮らし、一九四一年の初頭に兵役に就いたロイ・ウエハタは、真珠湾攻撃のあとに武器を差しだし、「自分は合衆国を守ると誓ったのに、その冷酷すぎる仕打ち」に驚き呆れた。さらに屈辱的なのは、重たくて、たいていぐっしょり濡れたごみを運び、大鎚で巨大な岩を割るよう命じられたことだ。二世兵士は能力が低いためではなく破壊工作を仕掛ける恐れから、軍隊の階級序列の底辺に落とされたのだ[26]。

ロサンゼルス郡は日系人の人口を計画的に減らしていった。四月の初めになると、西部防衛軍ならびに陸軍第四軍司令部の発布した市民立ち退き命令を誰もが見過ごすことなどできなくなった。この鉄面皮な通達は電柱に打ちつけられ、郵便局の掲示板に貼られ、煉瓦造りの裁判所や羽目板造りの仏教会、役所の窓にテープで留められた。立ち退き対象者は、数日から数週間のうちに市民管理局に登録することになっている。それから数日のうちに仮収容所（アセンブリー・センター）に移送されるという。人々はつとめて平静に振る舞おうとしていたが、それでもこの活字になった命令は、静かなパニックを引き起こした。とはいえハリーはできるかぎり見て見ぬふりをし、ひたすら生計の手段を探し求めた。

リトルトーキョーでは閉店セールが相次いだ。古着を鮮やかな色に染め直してくれるアサヒ染物工場では、工場主が次のようにしたためた。「閉店します。お客さまの仕事をオーエンズ・バレーまでは持っていけません」。オーエンズ・バレーとはマンザナー戦時転住センターのある場所で、ここに一万人の一世と二世が収容されることになっている。イセリ薬局では、日本製とアメリカ製の化粧品の並ぶ棚をサテンの布ですっぽり覆い、その上にテープで張り紙がしてあった。「これまでのご愛顧に大変感謝いたします。近いうちにまた皆さまのお役に立てることを願っています。またお会いするときまで皆さまに神のご加護がありますよう。ミスター・アンド・ミセス・K・イセリ」。一〇セントショップですら「閉店立ち退きセール」を行い、ダイム（一〇セント硬貨）からペニー（一セント硬貨）の単位に値を下げた。特売品を狙って買いにくる白人たちが歩道にひしめき、両手いっぱい袋を抱えて帰っていく。夜になると、空き店舗がしだいに増えるこの界隈で、ゴミがタンブルウィード（枯れて転がる草の塊）のようになって風にくるくる飛ばされていく。[*27]

五マイルの移動制限と日々拡大する立ち退き区域が、いよいよハリーとメアリーを追い詰めた。とうとうハリーは庭師の職場にたどり着けなくなった。こうなると、どちちが先に来るかもわからない。近所に短期間借りられる安い部屋がなくなるか、それともいきなり収容所に送られるはめになるか。強制退去を免れようとハリーとメアリーとジーニーは、カズ・ナガタのもとに身を寄せた。カズはハリーのオーバーン時代の友人、エイミー・クスミと結婚していた。その後、カズのいとこのマツモト兄弟のところに移ったが、兄弟もまた立ち退き区域内の店を閉めて出て行かねばならなくなった。そこでハリーは近くに別の場所を見つけたが、それも一時しのぎにすぎなかった。

退去者たちはこれまでに貯めた家財道具を整理し、とっておくか捨てるかしたが、その一部は売ることにした。ハリーはもっと仕事が欲しかったので、今度もまた、こうした所持品を自分がかわりに売りさばき、収益を分配する話を持ちかけた。宮島の母方が代々続けていた質屋家業を受け継いで、空き地の隅っこに店を広げた。この臨時の仕事と持ち前の才覚が、ハリーに一種の経験と自信をつけさせた。ハリーは日本語と英語のどちらも使って商品を売りさばき、人あしらいもうまかったが、これはまた別のときに別の場所で役に立つかもしれないぞと自分でも思った。

自分のオンボロ車と引き換えに小型トラックを手に入れると、ハリーはありとあらゆる中古品を集めてきた。年代物の冷蔵庫、庭の色あせたホース、埃だらけのガレージの奥で見つけたパンクしたタイヤ、へこんだ自動車、錆びたトラックなどなど。日本軍は、アメリカが頼みにしていたオランダ領東インド諸島にあるゴムの大農園を奪っていた。ここにきて希少品となったゴムは四月の終わりに配給制になっていた。ゴム製品をリサイクルすることで、ハリーは市民の義務を果たしつつ、なおかつちょっとした稼ぎも手にできた。追い払われたら、ほかの場所にまた店をひろげた。ここ数日間、ちっとも眠くはならないが、ただ腹がものすごくすいている。売る物が調達できないかぎりは金も入ってこないのだが、立ち退きがあるたびに供給元も先細りになった。それでもハリーはこの商売にしがみついた。「たいした儲けにはならなかったけど、生きていかなきゃならなかった。姉さんも、それから赤ん坊も」[*28]。

とうとうハリーは自身の立ち退きを覚悟したが、どうしてもメアリーとジーニーの三人だけで収容所に入りたくはない。そこでカズとマツモト兄弟に声をかけた。家族のように親密なこうした友人たちが一緒なら、およそ馴染みのない場所に行ってもいくらか状況もつかめるだろう。ともにアメリカ人のアイデンティティを持ち、少なからず楽しい時間を過ごした絆で結ばれた広島の隣人たちと、自分が故郷と呼ぶ国で一緒に抑留されるようハリーはできるかぎりの手を尽くした。

一九四二年四月三〇日、市民立ち退き命令第三〇号が、正午から深夜にかけてロサンゼルス南西部の家の扉や郵便受けや窓に猛烈な勢いで貼られていった。ハリーとカズとマツモト兄弟はコンプトンに住んでいて、この命令の対象内だ。遅くとも五月七日木曜日の正午までに、ハリーたちは立ち退かねばならなくなった。

一九四二年五月六日の水曜日、フィリピン諸島ではジョナサン・ウェインライト将軍率いるアメリカ・フィリピン軍が日本軍に投降したが、その同じ日に、ハリーはメアリーとジーニーを連れてファイヤーストーン・パーク鉄道駅の歩道沿いに車を停めた。抑留施設には自分の手で持てるものしか持っていけないので、ハリーたちは生活に必要な寝袋やシーツ類、衣類、皿やコップ、ナイフやフォークや台所用品、そのほか身の回りのわずかな物を荷造りした。歩道沿いには竹製のトランクや籐のケース、革のスーツケース、麻ひもでしばった紙袋などがそこかしこに山と積まれている。[*29]

よそ行きの服を来た大勢の退去者たちが押し合いへし合いするなかで、頭一つとびでた武装した憲兵たちが彼らを監視している。なかにはぼてぼてに着ぶくれした女性や子どももいて、古びた機関車で一日移動するというよりも、これから北極で犬ぞりの旅にでも出かけるような格好だ。出ていく前からすでに人々は難民のように見えた。

ハリーがかばんを降ろしていると、土壇場の在庫セール目当ての若いメキシコ人が目の前に立っていた。物欲しそうにハリーのトラックを見つめている。ハリーは車のキーを渡すと、持っていっていいよと言った。青年はハリーの名前と住所をたずね、あとから金を送ると約束した。マウント家の住所を教えておいたが、どうせ連絡など来ないだろうとハリーは思った。[*30]

数日前にハリーは市民管理局に登録をしておいた。連邦政府は家族ごとに大きめの品をいくつか保管してくれるという。そこで竹縄を一束、草刈機一台、芝生ローラー一台、芝刈り機一台を預けておいた。ハリーはリトルトーキョーの商店主たちと同様に、すぐにまた仕事に戻れると信じたかった。[*31]

10464と番号の書かれた、やけに大きなボール紙の札を、ハリーとメアリーは自分たちとジーニーの上着のボタンにつけた。同じ札を荷物にも貼った。彼らの姓はいまやなんの意味もなさなくなった。この五桁の数字が、いまこの瞬間からハリーたちを識別するものになる。陽射しが群集をぽかぽかとあたためだすころに、ハリーたちはナガタ夫妻やマツモト兄弟とともに、行き先も知らされぬまま列車に乗り込んだ。[*32]
朝八時一五分、汽笛が鳴って機関車が小刻みに揺れ、鋼鉄の車輪が軋り音をあげ火花を散らした。いつも陽気なおじさんの顔をジーニーはじっと見た。大好きなおじさんと目が合って、おじさんが笑ってくれたらうれしいな。けどおじさんは何か考え込んでいるふうだった。真珠湾攻撃からの数ヶ月、ハリーは人生でこれほど気持ちが折れそうになったことはなかった。マウント夫妻が教えてくれたことを思いだした。いまは怒りを爆発させるときではない。つんと鼻に突く煙を吐きながら汽車ががたごと進んでいく。窓の向こうにはブーゲンビリアの真紅の茂みが燃えるように輝いている。ハリーはゆっくりと二〇まで数えてみた。いったい明日、僕らはどこに連れていかれるのだろうと怯えながら。[*33]

## 10　グレンデールから広島に流れる沈黙

二〇まで数えなくてはならないのは、フランクにもわかっていた。このスキルはガマン（我慢）と呼ばれるものだ。そもそも日本では狭い空間に人々がひしめき合って暮らしているので、我慢もいわば芸のうちなのだ。一九三九年四月に一中に入学して以来、フランクはその習得にどれほどの苦労がいるか身をもって学んでいた。

そしてついにその苦労も報われつつあった。フランクは剣道で頭角をあらわすようになっていた。精神と肉体の鍛錬を重んじることから、この武道は戦時に奨励されていた。小学生のときに市の大会で優勝した時点でフランクは早くもその素質を見せていた。この調子で稽古を積めば、いいところまでいけるだろうと自分でも思っていた。[*1]

週末になると、厚手の道着にゆったりしたハカマ（袴）を履き、メン（面）をつけて家の廊下を突進した。竹刀で素早く突いたり叩いたりするのは爽快だったし、しかるべく扱えば竹刀は相手を傷つけることがない。この競技で大切なのはムシン（無心）になること、余計なことを考えず、いまこの瞬間（とき）だけに意識を集中させる厳粛な心の状態だ。

なのに、この瞬間フランクの心はよそにあった。アメリカとの戦争が始まってまもなく、二世のクラブを通してのこともあったが、広島に住む二世全員が登録のため地元の学校に集まるよう呼びだされた。自分の名前と住所を記入しながら、県は自分たち二世について何を知りたがっているのだろうかとフランクは怪しんだ。一九四〇年以来、二世のほぼ全員がアメリカと日本の二重国籍保持者になっていた。というのもこの年に配給制度が始まり、外国で生まれた日本人全員の登録が必要になったからだ。日本国民でない者は配給切符を受けとれず、物資が不足してきた暮らしがなおいっそう困窮した。そのうえ情報はすでに握られていた。国内に限らず海外においても、出生、死亡、婚姻が発生すると、そのつど家長が役所で戸籍謄本を書き換えた。さらに公立学校に通う者は、全員が役所に自身の個人情報を登録する必要があった。フランクの知るかぎり、日本の国籍取得を免れた人間は、ハリーだけだ。[*2]

ハリーが日本に来たのは一三歳のときで、母親のパスポートに併記されるかたちで入国した。一九二〇年にシアトルでハリーが生まれたとき、両親が書類の提出を忘れたせいで、戸籍が更新されていなかったのだ。ハリーは広島の公立学校に通ったことがなく、また配給制が導入される前にすでに日本を出ていたので、鉄壁とされる日本の官僚制度の網の目をくぐり抜けていた。だがフランクはそれほど幸運ではなかった。政府が二重国籍保持者を一般国民と区別していると思うと、フランクはそら恐ろしくなった。これから何もなければいいのだけれど。[*3]

「一億一心」と日本のプロパガンダがいくら結束をうたったところで、二世たちは孤立していた。フランクはこんなジョークを耳にした。日本人の男は軍事訓練に向かうとき、手拭いをひと束、歯ブラシ一本、せっけん一個、現金をいくらか、そして「生きて虜囚の辱めを受けず」とさとす「センジンクン（戦陣訓）」、さらに武運長久を願う「センニンバリ（千人針）」を持っていく。かたや戦闘より身だしなみが気になる二世兵士は、髭剃りローションを化粧ポーチに詰めていくとからかわれた。その意味するところにフランクはむかついた。「つまり二世はめめしいってことか」[*4]。

反米感情が巷にあふれ、最も無垢な心にも染み込んだ。その二〇年近く前に、アメリカンスクールが友好の印として日本の学校に全部で一万二七〇〇体の人形を寄付していた。ところが真珠湾攻撃からまもなく、全国の小学校にこの人形を焼却するよう命令が出され、人形たちの透き通った青い眼が、ぱちぱちはぜる焚き火のなかで溶けていった。竹槍を突き刺された人形もあった。無事に残ったのは二〇〇体だけだった。フランクが近所を走り抜けるとき、まだ年端もいかない子どもたちが、背嚢に鉄兜、銃剣という完全装備でもしているつもりで戦争ごっこに興じている。女の子はままごと遊びをするかわりに、従軍看護婦になりきっている。そして敵はいつだってアメリカだ[*5]。

とはいえハリーとメアリーの無事を知ってフランクは喜んだ。アメリカとの戦争が始まってすぐにハリーから電報が届き、母親は安堵で顔をほころばせた。近ごろのキヌは、日々の買い出しのことでますます頭がいっぱいになっていた。この仕事には気力、体力、決断力、そしてガマン（我慢）が必要だ。配給品目は徐々に増え、物不足がいよいよ深刻になっていた。その年の秋だけで、卵、魚、サツマイモが配給になっていた。まだ明けの暗いうちから、キヌはその日の狩（ハンティング）りに備えてモンペに着替える。店から店へと駆けずりまわり、いまでは貴重品となった、ほんのちょっとでもましな野菜を求めて列に並ぶのだ。人々はビタミン欠乏症にかかり、風邪をこじらせ肺炎になった。

母親の切羽詰まった様子を見ていたフランクは、二世や徴兵について耳にした噂を伝えるのはやめておいた。日本で兵役に就いた二世は二度とアメリカには戻れないとか、訓練を始める前に身体検査を受けただけでアメリカの市民権を喪失する場合もあるとか。これが本当だとしたらどうしよう、とフランクは気が気でなかった。

このときフランクは一七歳になっていたが、一九三五年にハリーが自分の市民権についての不安から、神戸のアメリカ領事館に手紙で問い合わせたときは、まだほんの一一歳だった。軍への入隊時に宣誓するだけでアメリカの市民権を失うことになるのだと、ハリーはフランクに教えてやることもできただろうが、この情報を自分の胸だけにとどめていた。自分ではなくて弟のほうがそんな状況に置かれるなんて想像だにしなかったのだ。フランクが聞いた噂は本当だった。

新しい年が来ても、たいして慰めにはならなかった。学校では子どもたちが、連綿と続く（とされる）皇紀二六〇二年（西暦一九四二年）にあたる新年の書き初めをするために、漆黒の墨を含ませた筆を淡褐色の和紙に走らせた。「大東亜戦争」「武運長久」「一億一心」。今年もまた戦争一色となりそうだった。声高に叫ばれるこうした標語と足並み揃えて、配給品目もしだいに増えていった。威勢のいい言葉で腹がふくれるとでもいうかのように。*6

元日には塩の配給手帳が交付されたが、味付けの繊細な日本の料理は、塩がなければ薄くて物足りない味になる。塩がないと日本の食卓に欠かせない漬物を女たちが保存するにも苦労する。二月になると、衣類のほか味噌や醤油にも配給切符が配られた。切符で手に入るのは最低限の食事に必要な量の一部でしかなく、その目安も政府の在庫次第で変動した。この一年半というもの、すべての必需品と言える食品――魚、砂糖、米をふくめて――が官僚の統制下に置かれていた。キヌのモンペもフランクのズボンも、お腹のまわりがゆるゆるになっていた。

キヌはやれるだけのことをした。白米が貴重になり、さらに国民が愛国心を示すよう求められているこの時節に、四角い弁当箱に白いご飯をぴっちり詰めて、中央に赤いウメボシ（梅干し）をちょんとのせ、日本の国旗にちなんだヒノマルベントウ（日の丸弁当）をフランクのためにこしらえた。この弁当はいかにも銃後の国民と兵隊との結束を表すもので、おそらく兵士たちが食べているものもこれと大差ないものだった。このつましい食事で兵士たちが足りるなら、国民もこの旧来の知恵でなんの不足があるものか。このつつましやかな弁当が要は当座しのぎの強がりであることは誰もが承知していた。魚や野菜、美味しい副菜を揃えるにも、そもそも材料がないのだから。

とはいえキヌには頼りになる姉のキヨがいた。キヨは彼女にしか真似のできないやり方で明治堂の商売を続けていたが、競争相手は一軒また一軒と店を畳んでいった。配給品が増え続け、そのうえ急騰するインフレを抑えようと政府が価格の引き下げを命じたことが災いした。キヨは配給切符で購入できるキャラメルの注文を政府から取りつけ、貴重な卵と砂糖を手に入れた。また海外に送られた部隊向けの大口契約を軍と結び、軍の調達した小麦粉も分けてもらった。キヨの食品庫には、米や小麦粉、粉ミルクの袋が山と積まれていた。*7

キヨが望みを通すかぎり、戦争は明治堂の厨房まで入ってはこないだろう。商売は持ちこたえ、キヨはますます張り切っていた。追加の注文が入ると、キヨはフランクに声をかける。するとフランクが飛んできて、ほかほか湯気の立つモチゴメ（餅米）やキャラメル色に煮詰まった砂糖の桶に囲まれて作業を手伝う。スリッパの音をぱたぱたと響かせキヨは台所の中をまわっては、大声であれやこれやと指図する。「はい！」と答えて調理人たちが砂糖を勢いよくかき混ぜる。

いまつくっているのはセンベイ（煎餅）と、氷砂糖のように口の中で溶ける星のかたちのコンペイトウ（金平糖）だ。どちらも数ヶ月は保存がきくので、アジア全域に散らばる兵士のもとに届けるのにじゅうぶん間に合う。フランクは金平糖と煎餅をそれぞれ缶に詰めると、湿気が入らないよう蓋を溶接してから木箱に並べる。その後、木箱は宇品港に運ばれ、そこで巨大な軍の輸送船の穴蔵のような貨物倉に積みあげられる。*8

明治堂はフランクの空きっ腹も救ってくれた。たまに料理人がカステラや饅頭をつくるのに夢中で、キヨの姿も見あたらないと、フランクは卵を一つかみとって厨房の別の場所に移動する。そしてスクランブルエッグをつくると、フライパンから直接むさぼるように食べた。「誰にもわからなかったよ」とフランクは、この後ろめたい愉しみを後年になって白状する。*9

いつもと変わらぬ日々に見えても、明治堂の厨房の先では戦争が暮らしをいよいよ締めつけていた。賑やかだった本通商店街の多くの店と同様に、明治堂もついに店を閉じた。暖簾も、広告の横断幕も、サンドイッチマンの看板も消えて、この界隈もめっきり殺風景になった。兵士たちが、ろくに品もない青果店の前を通り過ぎ、荘重な造りの三井銀行の玄関先を行進していく。買い出しに来た女たちが、芽の出たジャガイモの山を、まるでキヨの皇室御用達の饅頭でもあるかのようにしげしげと眺めている。お気に入りの着物を着てはまずいと承知していて、いまではキヨも質素なモンペを履いていた。それでも名物のスズラン灯が本通りにそびえるかぎり、この界隈は生き延びられるにちがいない。キヨはそう信じていた。なにせ土がむきだしだった路地のころから、ここが発展したのを見てきたのだから。

仕事に没頭していたキヨは、広島の住民の大半が生活水準も下がり生活の質も落ちてきたことを思い煩ったりしなかった。それでもキヨ・ニシムラほどの不屈の精神の持ち主ですら、ときおり明治堂を抜けださずにはおれなかった。焼きたてのカステラを一口サイズに切りわけて明治堂の缶に詰め、上等の木綿の風呂敷で包むと妹への手土産ができあがる。

姉の顔を見ると、キヌは小躍りして喜んだ。キヌの家のアメリカ風の居間で、姉妹は大東亜戦争や敵国アメリカといった新聞記事の話題は避けた。かわりにキヌのいれた緑茶をすすり、キヨが持ってきた黄金色のカステラをつまみながら、二人でたわいない話をし、声をあげて笑いながらも、あれこれ嘆いたりもした。一般市民へのガソリンの販売を政府が禁止して以来、トウキチは愛車のハーレーダビッドソンに乗ることができなくなった。どうしても運転したい者は、掘りだした松の根から油をとってガソリンの代用にしたが、そんな粗悪なものを使えばハーレーのデリケートなエンジンが傷(いた)んでしまうとトウキチは心配した。夫がしょっちゅうそばをうろちょろするので、キヨはいささかうんざりしていた。だから妹を訪ねて家を留守にできるのは嬉しかった。

マサコもひょっこり顔を出すと、年配の女たちはシャミセン(三味線)とコト(琴)を弾き、マサコに日本舞踊の所作を教えた。宮島で姉妹が子どものころに習った艶(あで)やかな、ゆっくりと流れるような体の動きを指南する。キヌとキヨもまた見事な踊り手だった。なにせ、厳島神社の手練(だ)れの踊り手たちに接していたのだから。この神社は巨大な朱の鳥居が時間によって浅瀬の海にそそり立ち、あたかも別の場所にその身を移したかに見えるのだった。*10

桜の枝に堅い蕾がたわわに並ぶ三月、今度一中の四年生になるフランクは、もうここいらで説教もやんでくれるのではないかと期待していた。五〇歳ともう若くないキヌもまた、春になれば日々の暮らしも多少は楽になるにちがいないと思っていた——日の出が早まり、朝の寒さもしだいに和らぎ、市場までの道のりもいまほどきつくはなくなるだろう。

このわりと穏やかな時期に、キヌはハリーの雇い主であるマウント夫妻からの手紙を受けとった。ハリーが夫妻のことを好いているのはキヌも知っている。英語で書かれた文面を理解するのは、フランクが助けてくれた。夫妻はハリーを自分たちの養子にできないかと訊いていた。いったい何を考えているのだろう。息子を自分たちのものにしようだなんて。

養子のことならキヌもよく承知している。キヨとトウキチは、トウキチの姪と結婚していたトウキチの甥を養子にした。この若い夫婦には子どもが四人生まれ、そのうちの二人がトシナオとキミコだった。この養子縁組のおかげで、明治堂の後継者は二世代にわたって確保された。だが、この風習は決して軽々しく行うものではなく、ほかに選択肢がない場合にかぎったことだ。夫のカツジの実家が借金のかたに姓を貸しだし、自分はフクモトを名乗ったとき、父親の情けない状況にカツジは忸怩たる思いをしていた。

キヌにはフクハラの姓を捨てる意味がさっぱりわからず、ハリーが収容所に入れられそうなことも知らなかった。マウント家の申し出に、キヌは自分たちがひどく侮辱されたと感じた。それでもハリーは断じて薄情で恩知らずな息子などではない。自分の家族を捨てるなんて、あの子がするとはどうしても思えない。わけがわからず困惑したキヌは、すぐさまマウント家に日本語で返事を書いた。きっとハリーがこの手紙を翻訳してくれるだろう。いつもは穏やかな口調のキヌも、このときばかりは自分の思いをヴェールにくるんだりはしなかった。夫妻の申し出を、キヌはきっぱりと断った。*[11]

返事の手紙を投函しに、フランクはT字型の相生橋のたもと、緑銅のドーム型を冠した産業奨励館のそばにある日本赤十字社の大きなコンクリートの建物まで走っていった。それから数週間、フランクとキヌはハリーからの便りを待ったが、返事はいっこうに来なかった。

そうこうするうちに、アメリカにいる二世にまつわる不穏な知らせが日本の電波に漏れ入ってきた。三月初め、政府の統制下にあるラジオが「アメリカ生まれの日本人七万人」に強制退去が迫っていることを「極悪非道の蛮行」の例として報じた。さらにラジオの解説者はこう論じた。「無抵抗の、れっきとした市民である、どう見ても無辜（むこ）の少数集団を起訴するという米国政府の残虐行為は、超大国とされるものがこれまで犯した最悪の犯罪の一つとして歴史に刻まれるでありましょう」。もしもキヌがこの扇動的な発言――たしかに報じられた事実は本当だったが――を聞いていたならば、ハリーに養子縁組の話が来たわけも腑に落ちたことだろう。だがあいにくキヌはこの放送を聞き逃していた。*[12]

真っ暗な夜に悶々としながら、キヌは納得のいく説明を探し、どうしてハリーの返事が来ないのかといぶかった。きっとハリーのせいではない。戦時なのだから連絡が滞って当然だ。それでもあの子は私の手紙を読んで、きっと言うとおりにしてくれるにちがいない。不安な夜が何週間か続いたあとに、ようやく一通の手紙が届いた。

ハリーのそっけない手書きの文章を見てキヌは胸躍らせたが、喜んだのも一瞬だった。肝心の養子の件にハリーは触れていなかった。かわりにオハイオとやらいう州のことが書いてあるが、まったく聞いたこともない場所だ。頼りになる日系社会もないような土地にハリーが移るなど許せるはずがない。ハリーはもうそのつもりでも、キヌは夫がよく言っていたことを思いださずにおれなかった。「一本の箸を折るほうが、束で折るより簡単だ」と。すぐさまキヌは返事を書き、自分がひどく困惑していることを伝えた。

それからまもなく広島の『中国新聞』が、国際赤十字委員会から日本の外務省に伝えられた情報を報じた。オレゴン州とカリフォルニア州に住む合計四四名の日系人が逮捕され、全米各地の収容所に送られたという。新聞の二面に載ったこの小さな記事は、法の網が狭まっていることをうかがわせるものだったが、キヌはこれにも気づかなかった。[*13]

キヌの知らないことはほかにもあった。一九四二年三月一八日、アメリカ西海岸に住む日系人全員の抑留を実行する戦時転住局が、大統領令によって創設された。数ヶ月という短い期間に、同局が全米の僻地に点在する一〇ヶ所の強制収容所の建設と運営を監督することになったのだ。[*14]

キヌにわかっていたのは、ハリーの返事が思ったより遅いことだけだった。あの子らしくもない。返事をよこさないなんて。オーバーンの友人たちとは、あんなにまめに手紙をやりとりしていたのに。一方、ハリーのほうは、ここにきていよいよ先が見えなくなってきたため、母親に何も知らせずにいた。とはいえ、ひたすら待つのも苦しいものだ。最初のころに何度かもらった手紙から、アメリカで日本人が暮らすのはさぞかしつらいことだろうとキヌもうすうす察していた。くわしいことは書いてこないし、ハリーは愚痴もこぼさないので、こちらからそれ以上は訊かずにいたのだが。

四月のある日、次男からの三通目の手紙が郵便受けに届いた。「僕は軍隊に入るかもしれません」。

要はそういう内容だった。キヌは絶句した。ふだんは穏やかなキヌが、このときばかりはすぐに筆に墨を含ませ、筆の運びも素早くいっきに返事をしたためた。いまは亡き父親にかわって、そして母親として、キヌは自分の思いをはっきりと伝えた。「軍隊に入るなど許しません！」[*15]

五月になると、ハリーからの手紙はぱたりと来なくなった。民族的に日本人だという理由から、ハリーが兵役に就けなくなったことをキヌは知らなかった。ハリーがすでにカリフォルニアに住めなくなりそうなことも知らなかった。キヌの娘と孫娘と息子の三人は、ロサンゼルスに流れつき、そこで立ち往生し、抑留される瀬戸際にいた。離れて暮らす家族のなかには、戦時中に身内が収容所に入ったことを知っていた者もいたが、キヌとフランクはいっさい何も知らずにいた。

キヌたちの手紙は検閲されていた。一九四一年一二月一九日以降、国境を越える手紙はすべてアメリカ政府の職員が開封し、問題のある記述がないか目を通していた。一九四二年の九月には毎週一〇〇万近い封筒や小包が調べられたが、そのなかにグレンデールのスパー大通り三一一三番地と広島県古田町高須二四四ノ七番地とのあいだに行き交う書簡も含まれていた。検閲官は手紙の好ましくない箇所を黒く塗るか、その部分だけを切りとったので、便箋がピースのあちこち欠けたジグソーパズルのようになることもあった。最悪の場合、手紙そのものが没収された。[*16]

いずれにしろ検閲官は、キヌが書いた三通の手紙に眉をひそめたことだろう。養子縁組を断るさいに、十中八九、キヌは日本人の親を子どもが敬うことの大切さに触れたにちがいない。それにアメリカでの養子縁組もまた物議をかもすものだった。ハリーが白人家庭の養子になることは、当然ながら検閲官には抑留を逃れるための策だとみなされるおそれがあった。次にキヌが送ったオハイオ州にまつわる手紙も、やはり抑留を回避する策略に関係するものだった。そして三通目でキヌは、アメリカへの忠誠の証となる兵役に就きたいと望む息子に断固反対していた。キヌの手紙はどれも家族に対する忠節と国家に対する忠誠という究極の問題に向き合ったものだった。キヌが思いの丈を綴った手紙は、本来なら送り主に返送されてしかるべきものだった。だがキヌの手紙はどれも、ロサンゼルスの超過勤務の検閲所で破棄されてしまったというのが、おそらく本当のところだろう。

五月初旬のうららかな陽光の下、キヌは少しでも栄養のある食材を探し求める日課の務めに励んでいた。こうしてあちこち店をまわるのも、日々の暮らしに張りができ、心なしか気分も落ち着く。自分の家族は――故郷の広島とアメリカにいるどちらも――きっと無事でいてくれるにちがいない。とりあえずいまのところは。考えが悪いほうに走らないようキヌは気をつけた。第一、アメリカでは一二万人もの日系人がすでに監禁されていて、かたや日本では人々がアザミなどの雑草すら食べようと真剣に考えているなどとは、いかに先走って考えようともキヌには思いつかなかったことだろう。

連絡がとぎれたことで、ハリーもキヌもだんだんと心配になっていた。それでもこれはほんの序章にすぎなかった。ひょっとしたら一九四二年の前半にキヌの手紙が息子に届かず、また息子の返事が来なかったのも、かえってよかったのかもしれない。この沈黙が盾となり、その先の深い悲しみから二人を守っていた。

# III　銃後の戦い

## 11　カリフォルニアでの監禁生活

一九四二年五月六日の水曜の夜、列車は鈍い軋り音を響かせて「トゥーレアリ仮収容所」に着いた。モハベ砂漠を抜けて北に向かう旅は、なんと一一時間もかかった。一日がかりの旅だったが、トゥーレアリは、それよりはるかに遠い場所に感じられた。

ハリーたちが列車から降りると、夕暮れの空が薄墨色に染まっていた。この「仮収容所」はカリフォルニア州中部のサンホアキン・バレーにあり、もとは郡の催し物のための敷地で、いまは陸軍の借用地になっている。警備兵が脇に並んだ道路を渡ると、ハリーたちは陸上トラックを囲むメインスタンドに向かった。ここで手続きが行われるのだ。ひと月も経たないうちに、ここトゥーレアリ――カリフォルニア州をはじめ西海岸にある一五の仮収容所の一つ――は、カリフォルニア州南岸はもとよりロサンゼルスやカリフォルニア州中部沿岸のコミュニティから連行された、およそ五〇〇〇人の日系移民のための一時的な抑留施設に変わった。すでに二四〇〇人が到着し、五月六日のこの日だけでも六八〇人がここに来た。一七一棟のバラックが立ち並び、有刺鉄線の張られたフェンスが周囲をぐるりと囲み、監視塔がそびえ立ち、武装した警備隊が配置されたこの場所こそ、まさしくトゥーレアリの最新の姿である。[1]

「志願者たち」のために急ごしらえで用意されたこの抑留施設は、いまだ変身の途中だった。J－6－10という番号――家族番号10464と同様に、人間性を奪う、また別のお役所手続き――を割り振られたハリーとメアリーとジーニーは、土の道をとぼとぼ歩いた。四五分に一棟という驚くべき速さの突貫工事で請負業者がバラックを次々広場に立てているが、一家に割り当てられたのは古いほうの区画で、そこでは前からあった建物がじゅうぶん使えると判断された。通りの名前がないので、場所を見つけるのに苦労した。それに木造のバラックはどれもこれもそっくりで、ドアには納屋の扉によくあるZの筋交いがはまっている。いやそれどころか、この建物はまさしく納屋そのものだった。[2]

一家はバラック10の前に立ち、ハリーがドアをあけた。さすがに中は改装されているだろう。仄暗い奥に目を凝らし、家族のための「アパートメント」を探した。ところがかわりに目に飛び込んできたのは、馬小屋だった。頭上に裸電球が一個ゆらゆら光り、粗末な板張りの壁に影を投げている。[3]

軍に支給されたスチール製の簡易ベッドを並べれば、荷物とともども八人の人間もかろうじて詰め込めそうだった。マツモト兄弟は隣の馬小屋を割り当てられた。ハリーとメアリーとジーニーは、この与えられたスペースを、カズとエイミー、カズの弟と妹、そしてその母親と共有するのだ。馬小屋ですらなかった、とのちにハリーは言う。「ニワトリ小屋だよ」。[4]

マットレス用の袋に藁を詰めるのは、長旅を終えて手続きをすませ、疲れきった住人たちの仕事だった。枕とカーキ色の毛布だけは用意してあった。「新品だったわ！」とメアリーは声をはずませ振り返る。シャワーはもとよりトイレも別の場所にあったが、それらの建物ですら、プライバシーもじゅうぶんなスペースもなかった。シャワーやトイレの個々の空間を隔てるのは壁ではなく間仕切りだけで、ドアすらないのだ。消灯および外出禁止の時刻は午後一一時と決まっていたので、最初の晩、ハリーは慌ててマットレスの中身を詰めた。息も詰まるような暑さのなか、馬小屋仲間の苦しげな寝息を聞きながら、ようやくハリーは眠りに落ちた。*5

翌朝は、誰もが早起きした。朝食が始まるのは午前七時。五〇〇〇人もの人々が、一度に三分の一の人数しか収容できない食堂の前に長蛇の列をつくった。卵とトースト、コーヒーにミルクといった西洋式の朝食が、セルフサービスで提供される。ハリーは自分の分をあっというまにたいらげた。この環境にはとまどったが、ここの人たちはみな、気さくで愛想がよかった。移民の農夫や小さな商店の主人(あるじ)たちは、長年休みなく働き詰めに働いて目がまわるほど疲れていたが、何もしないでいることには慣れていなかった。ハリーもある意味、こう認めた。「これまで僕らはあまりにひどい貧乏暮らしだったから、ここに来てしばらくでも政府に面倒みてもらえてほっとした面もあったんだよ」*6。

ところが気温が上がるにつれて、安堵の気分も蒸発してしまった。トゥーレアリは火傷(やけど)するほどの暑さで、気温はふだんから華氏九〇度、摂氏で約三二度を超えるまで跳ね上がる。数週間のうちに、病院や食堂で、熱性疲労を防ぐために塩化ナトリウムの錠剤が無償で配られるようになった。抑留施設のすぐ外には林があった。「木の枝がこんもりと茂っていて、ここはまるで涼しい森に囲まれているようだ」とトゥーレアリにいたハツエ・エガミは日記に書いている。とはいえ彼らは周囲に張られたフェンスから五フィート以内に近づいてはならず、二四時間態勢で服務する武装した警備隊に話しかけてもいけないと警告された。フェンスの中は、建物を建てるために木々がブルドーザーでなぎ倒され、太陽が宿舎をじりじりとあぶっている。気温が上がると、かつて馬小屋にいた馬たちの不快な臭いがいちだんと鼻につく。ハリーはたいてい表に出て、敷地内にたった一本だけ残る大樹の下に集まってくる人々と一緒に過ごした。[*7]

トゥーレアリは発展途上の街であり、忙しく動きまわる人々で活気に充ちていた。食堂が一一ヶ所、病院が三軒、洗濯場が五ヶ所、風呂が二一ヶ所、トイレが三〇ヶ所あって、それらを管理する職員も必要になった。数週間のうちに、この施設には教会、学校、図書館、郵便局、消防隊が備わった。施設を運営するのは白人だが、住民を代表して選ばれた評議会のメンバーが、施設が順調に回転（ハミング）するよう気を配る。かたや施設長のニルス・アナンスンの望みは、ハミングどころか施設が浮き立つ（シンギング）ことだった。アナンスンは「初期のアメリカの開拓者と同じく、あなたがたは故郷を離れ、見知らぬ土地で新たな生活を始めました。彼らと同様、あなたがたにも慣れるべきこと、耐え忍ぶべき艱難があるのです」と述べている。立ち退き者たちの真摯な対応に胸を打たれた彼は、「あなたがたはみずから選んでここに移ってきたわけではありません」と認めていたが。[*8]

猛暑にひるみながらも、二二歳のハリーは、さてこれからどうしたものかと思案した。施設の環境も生活も「まったくとんでもない暮らし」だった。毎日毎日、ただ集団でぶらついているなんて冗談じゃない。ハリーは仕事がしたかった。給料には、単純作業の月六ドルから専門職や技術職だと月一六ドルまで幅があった。六月一日、ハリーは経理部門の事務員に雇われ、月八ドルを稼ぐようになった。そこでその金を元手にちょっとしたビジネスを始めた。靴職人を三、四人雇って靴の修理を引き受けることにしたのだ。この商売は繁盛した。ここの住人たちは敷地外には出られないし、それに寝るときだけは自分の狭苦しい「アパートメント」に戻るが、あとはたいてい戸外をうろうろ歩きまわっているからだ。こうしてハリーの月収は、「熟練」労働者並みの一二ドルに上がった。[*9]

ハリーは一日三食を食堂でとった。数ヶ月前にマウント家を出て以来、こんなに食べ物に恵まれたことはなかった。それから施設内の店舗で自分用にブリーフとパジャマを買い、メアリーにはスリップとピンクのワンピースを買ってやった。施設内には、スイングバンドにジルバ・ダンス——これにはハリーもさすがに抗えなかったが——もあれば、メインスタンドの野外スクリーンでは時代遅れのハリウッドの映画(フリッカー)も上映されたが、それでもトゥーレアリはその住人を打ちのめし、抜け殻のようにした。[*10]

彼らの気力を奪ったのは、暴力による脅しではなかった。それは容赦なく照りつける太陽の下での、終わりの見えない監禁生活だった。この過酷な刑にとりわけ心塞がれる理由は、トゥーレアリに収容されている人々の七割、すなわち総勢四八九三人の中の三四四〇人が、この国で生まれたれっきとしたアメリカ市民の二世だからだ。あとは、法律上は外国人である一世だった。『トゥーレアリ・ニュース』は五月初めに第二号を発行したさいに、みずからを「より偉大なアメリカにおける、より良きアメリカ人のための新聞」と名乗っていた。[*11]

この新聞の記者たちも、強制退去によってここに来た者たちだ。誰もがこの状況に耐えるべく、精いっぱいのことをしていた。大半の者は不満を呑み込んだが、若くて覇気のある連中は我慢も限界に近づいていた。アメリカの市民権をもつトゥーレアリの住人の三割は、一八歳から三〇歳までの年齢だった。ショー・ノムラは、カリフォルニアで灯火管制下に冷蔵室が自動的に点灯してしまったため、法律を遵守する父親ともども逮捕された一件を笑い飛ばしていたものの、それでも「騙されて人並みの暮らしを奪われた」と感じていた。[*12]

「人並み」というのは職場ですらありえなかった。雇われた者には昇進も昇給もまず望めない。軍は立ち退き者の給与が新兵の給料を超えてはならないとしていたが、新兵は任務に就いて最初の四ヶ月のあいだに、すでに月二一ドルももらっている。どの仮収容所の給与も、収容者を甘やかしていると非難されないよう、わざと低く抑えられた。たとえハリーが経験を積んだ医師であったとしても——実際何人もいたのだが——未熟な兵卒より間違いなく稼ぎは少なかった。*13

食堂のメニューさえ、抜かりない政府の目を免れなかった。当時、兵士一人あたりの配給食糧の費用は一日五〇セントだった。トゥーレアリはさらに費用を抑えて、一人あたり一日三九セントとした。人々は自分にどうにもならないことは甘受して、手近な作業に専念した。過去のことや経験から一世にはとっくにわかっていることだが、試練にはガマン（我慢）が要った。加齢によって無理がきかず、一世たちは心身ともに弱くなっていたものの、それでもおのれを振るい立たせ、苦労のすえに得た知恵を噛みしめた。「フコウハ　カサナッテクル（不幸は重なって来る）」ものだ、と。*14

思うに任せぬ状況に置かれた人々は、なんでもかんでも噂話の種にした。食事が三〇分交代と決められた食堂で、辞書以外の日本語の本がすべて禁じられた図書館で、汗で汚れた家族の衣類を女たちがアルミのたらいで洗う洗濯場で……。春から夏に移るころには、ささやき声がいよいよ大きく、頻繁に聞こえだし、ついにニルス・アナンスンの耳にも届いたので、たまりかねた施設長は住人たちと直接話をすることにした。

立ち退き者がしだいに「落ち着かず、動揺している」ことに気づいたアナンスンは、つい最近になって事務局が、他の場所への転住について指示を受けたことを明かした。ただし、それがいつからになるのか、誰がどこに行くのかはまだわかっていなかった。一同の不安を鎮めようと思い、アナンスンが正直に話したことで、かえって人々は動揺した。[15]

六月も末になり、トゥーレアリの煮えたぎる夏が始まると、ハリーもカズも体調を崩して入院し、渓谷熱（バレーフィーバー）と診断された。これは正式にはコクシジオイデス症と言い、土壌中に生息する真菌が原因で発症する肺の感染症である。サンホアキン・バレーの風土病で、トゥーレアリで入院に至る原因疾患として二番目に多いものだ。渓谷熱は悪化すれば胸膜炎のような症状を呈し、そうなると回復の見込みも厳しくなる。とはいえ、病気になぞ負けてなるものか、とハリーは思った。だいぶ回復してきたので、病院をこっそり抜けだしダンスパーティに出かけたが、勝手なことをするんじゃないと、あとで看護師にこっぴどく叱られた。[16]

ある日、七五ドルの小切手がハリーのもとに届いた。送り主は、ハリーがトゥーレアリ行きの列車に乗り込む直前にトラックを売った、メキシコ人の男だった。ハリーは小躍りして喜んだ。かなりの額だったこともあるけれど――こんにちでは一〇〇〇ドル以上に相当する――なにより見知らぬ人間がちゃんと約束を守ってくれたことに感動したのだ。それにトゥーレアリの生活がどれほど気の滅入るものだろうと、だんだんと友達もできていた。苦しいときに生まれた絆はそうそう切れることはなく、なかには生涯続いたものもある。それでもハリーが有頂天になったいちばんの理由は、なんとマウント夫妻が訪ねてきてくれるとわかったからだ。[17]

夫妻とは事前に手紙をやりとりし、いろいろ打ち合わせをしておいた。ハリーは管理事務所に許可を求め、正式な許可証をマウント夫妻に郵送する必要があったし、夫妻のほうは、この旅に備えてガソリンの配給チケットを貯めていた。約束の日がくると、配給のガソリンとタイヤで毎時三五マイルの「勝利のためのスピード」を守りつつ、夫妻はテハチャピ山地を越えて一七〇マイルを運転してきた。[18]

ところが到着してみると、夫妻は敷地内に入ることを許されなかった。かわりに通用門近くの「訪問所」で、ハリーが呼ばれてくるのを待った。なんと嬉しいことに、マウント夫妻は木箱いっぱいのブドウを持ってきてくれた。一緒に過ごす時間は飛ぶように過ぎ、その場の状況からぎこちないものにはなったが、夫妻が自分を元気づけようとしてくれたことにハリーは胸を揺さぶられた。夫妻は「世論などものともしなかった」とハリーは言う。「マウントさんと奥さんは、僕にとって両親みたいな存在だったんだよ」[19]。

一週間また一週間と過ぎるうちに、ハリーとメアリーはしだいにトゥーレアリに慣れてきたが、延々と列に並ぶ単調な日課、激しい気温の波、気力を吸いとられる退屈な日々にげんなりしたり、ときには無性に腹が立ったりした。管理部門は施設の改善に努めたし、もっと快適な環境をつくろうと住人も努力はしていた。それでも環境が少しはましになるたびに、もっと過酷な現実があらわになるのだ。

食堂の外に電話ボックスが設置され、トゥーレアリの外の人間はいつでも施設内に電話をかけてきてよいことになった。ところが収容者たちは施設内から緊急電話しかかけられない。朝と夜の点呼は朝の六時だけになったが、午後一一時から午前六時までの夜間外出禁止(カーフュー)はそのままだ。六月初めに男性五人からなる評議会が選出されたが、そのひと月後、西部防衛司令部と陸軍第四軍当局が選挙のやり直しを命じた。しかもそれに先立ち当局は、どの仮収容所においても、外国人は投票することも、役職に就くことも、いかなる自治委員会の委員に選出されることも叶わないと申し渡した。三人の一世の選出が即刻無効にされたとき、ハリーは希望を失った[20]。

恒久的な施設に移されるまで、あとどのくらいトゥーレアリにいるのかと皆がいぶかしがるうちに、太平洋戦争の潮目が変わった。一九四二年六月六日、アメリカ海軍はミッドウェー諸島付近で日本の連合艦隊に圧勝し、これを境に日本軍は守勢にまわることになる。これまで、疑わしいとおぼしき集団を西海岸から排除する根拠が仮にあったとしても、それは中部太平洋の海流の渦に呑まれて掻き消えた。とはいえトゥーレアリでは何も変わらなかったし、ほかの一四ヶ所の仮収容所でも同じだった。収容者たちは悶々と暮らし、相変わらず誤解され、世間に忘れられていた。

会話のはしばしに不安の色が滲んでいた。「次に何が起きるか誰にもさっぱりわからなかった」とハリーは言う。ハツエ・エガミは四人の子どもを育てながらピアノと声楽を教える働き者で、日々希望を捨てずに暮らしていたが、それでも日記にこう綴っている。「私の悲しみはますます深くなる。この毎日に終わりがなく、この暮らしが変わる見込みもないのだから。軍が私たちの運命を決め、この状況がこの先何年続くかもわからない[21]」。

それでも七月四日が近づくと、トゥーレアリの住人たちは、この気分転換の機会を歓迎し、大好きなこの祝日を思う存分楽しむことにした。四分の三マイルのパレードに、相撲や柔道の試合、リレー競走、綱引きなどなど、行事で盛りだくさんのスケジュールが立てられた。パレードに参加する団体が朝早くから走路に列をつくった。ボーイスカウトのマーチングバンドはオープニング曲に備えてウォーミングアップに余念がなく、スイングバンドは「スウィング・アンド・スウェイ・ウィズ・サミー・ケイ」をアレンジした曲を練習している。施設は興奮に沸き立った[22]。

メインスタンドの見物客から歓声や笑い声があがるなか、仮装行列の参加者たちが、ジャガイモの皮むき(ピーラー)やニンジンの削り器(スクレーパー)、キャベツのおろし金(シュレッダー)、ガチャガチャ鳴る対の包丁といったキッチンオーケストラの拍子に合わせてステップを踏んでいる。役割交代とばかりに評議会のメンバーたちが、「幸せな一家」の扮装で登場し、かたや憲兵たちは縞々服を着た囚人の格好で、鉄球と鎖を引きずり歩いていく。第一次世界大戦の復員兵たちが意気揚々と行進していく。パレードの担当者が「独立宣言」を読みあげ、観客がアメリカの二つ目の国歌とされる「アメリカ」を高らかに歌いあげた。*[23]

メインスタンドで、ある者は友好を、ある者は茶目っ気を、またわずかながら、ある者は皮肉を見てとった。とりわけハリーには、どうやらほかの誰もが見過ごしていることがひっかかった。ボーイスカウトや復員兵の列に、そのどちらでもない二世が数人混じっている。彼らは真珠湾攻撃後に4C、すなわち「敵性外国人」と分類され、軍から除隊させられた青年たちだ。アメリカ国旗を掲げ、軍服を着てはいても、そのぱりっとした外見とは裏腹に、彼らは屈辱的な扱いを受けていた。その一人をハリーは直接知っていた。この男は恨みをもってはいなかったが、「さしたる理由もなしに追いだされた」ことに、兵士たちは皆一様に面食らっていた。ハリーも彼らが追放されたことにショックを受けた。「いったいこれのどこに正義があるというのか*[24]」。

ドラムロールや拍手や愛国精神に沸いた、この七月四日の日も暮れだすと、不安がトゥーレアリにまたしても忍び寄った。人々は日常からの陽気な骨休めを満喫し、イチゴやスイカといっためったに出てこないデザートに舌鼓をうったが、それでもこのお祭り騒ぎと現実との折り合いをつけるのは容易ではなかった。アメリカの独立と自由を褒めちぎる記事であふれるその日の『トゥーレアリ・ニュース』の後ろのほうの頁には、おぞましい発表が載っていた。「立ち退き者のために一ヶ所の収容所を計画中」。

七月には日が長くなり、気温は一気に跳ねあがった。トゥーレアリでいちばん暑い季節の到来だ。馬と肥やしの臭いが、このかつての催し物会場に充満し、そのうえサンホアキン・バレーの濛々たる砂塵までが襲ってきた。ハリーはまたも溪谷熱に倒れた。病室には冷房がついていたが、症状はひかなかった。そしてついに、施設の見栄えをよくしようと敷地を囲むフェンスを塗装工がペンキで白く塗り終えたとき、住人たちはひと月以内に自分たちがアリゾナ州に送られることを知る。フェニックス郊外のヒラリバーにある収容所に移されるのだ。さっそく気休めの言葉がかけられた。「事前の報告によれば」と『トゥーレアリ・ニュース』は書いた。「気候はすこぶる快適で、暑いのは一年のうち、ほんの数ヶ月だけである」。住人は「穏やかなそよ風」が吹きわたる「爽やかな心地よい」空の下で、「濃いハシバミ色」に日焼けできるだろう。[*25]

八月二日の夜には、年に一度の先祖を敬う仏教の祭り、オボン（お盆）と呼ばれる伝統行事があった。走路を飾る提灯の下、七〇〇人を超える着物姿の踊り手たちが、哀調を帯びたタイコ（太鼓）の響きに合わせて、しなやかに踊りながら進んでいく。けれど幻想的な世界も、翌朝せっかちに差し込んできた陽光とともに霧散した。四ヶ月以内に二度目の立ち退きを余儀なくされたことに人々はたじろいだ。これまで辛抱を重ね、試練に麻痺し、あきらめ、我慢してきた移民世代は、「シカタガナイ」とつぶやくのに慣れていた。けれど学校でも家でもアメリカ流に、梯子の最上段を目指すよう育てられた若い二世たちには鬱憤がつのっていた。

退去の日程はころころ変わった。八月一一日には完了するだろう。いや、おそらく八月二〇日からになるだろう。いやいや、八月二六日から始まる予定だ。収容者たちは自分が移動する日を、つい四、五日前に知らされた。ハリーとメアリーは荷造りにはさほど時間はいらなかったが、ざわつく気持ちを落ち着かせる必要はあった。いくら仕事やたまの息抜きに没頭しようとしても、ハリーは自分でも怖いくらい「意固地」になり、「当局への怒り」がむらむらと湧いてくるのだった。*26

出発前に、移動を知らせる手紙を日本の家族に書く者もいた。一世帯につき、英語の——おそらくは当局の検閲に便利なように——海外電報を無料で一通出すことができ、国際赤十字社が運んでくれるという。戦時であるから送り先に届くには数ヶ月かかるかもしれないと注意された。メアリーは、子ども時代のつらい体験からいまも母親に腹を立てていたので、手紙は書かなかった。真珠湾攻撃のあと何度も出した手紙がちゃんと母親に届いているかわからなかったので、ハリーもまた書かずにおいた。

一九四二年八月三一日、ハリーとメアリーとジーニーは、ナガタ家とマツモト家とともにトゥーレアリ仮収容所の門を出て、ライフルを持った歩哨の前を通り過ぎ、停車中の煤で汚れた機関車まで歩いていった。灰色がかった煙が雲となって、移動のために集まった五一六人の頭上にたなびいている。これから二八時間かけて、この四ヶ月で遭遇した二つ目の砂漠であるヒラを越えて、今度はさらに内陸の、また別の砂塵の溜まった盆地へと向かうのだ。*27

ハリーはメアリーとジーニーと一緒に席についた。兵士たちが窓の日よけを下ろしたが、それは敵意に満ちた群衆から身体的な安全を守るためだという。ハリーとメアリーにはわかっていた。自分たちを人目に触れさせないようにする理由は、列車の窓に張りついた顔が思いがけず目にとまり、通過する町の市民が動揺するといけないからだ。ハリーたち三人は、かつて家族みんなの夢が詰まっていた、そしてそれぞれの悲しい思い出も残る、この西海岸から遠ざかる旅に身をゆだねた。とりあえず今回は、自分たちの行き先だけはわかっていた。

## 12　帝国の銃後の人々

六月初旬、ハリーとメアリーがトゥーレアリの炎天下で蒸されているころ、母親は高須で梅雨の季節を耐え忍んでいた。どんよりと重たい雲が庭から陽光を漉し去り、湿気が窓の隙間から染み通り、真珠の滴りが窓敷居にびっしりと並んでいる。洗濯物や布団が饐えた匂いを発し、かびでうっすら黒ずんでいる。シアトルから持ってきたヴィクトリア調の天井灯やアール・デコ調の吊りランプをキヌはしょっちゅうつけているが、これらは政府の節約対策で割り当てられた数よりも多い電球を使っていた。*1

じめじめとしたこの時期にキヌは家にこもることが増え、新聞を開いては、なんとか行間を読もうと努めていた。いちばん重要なのは、そこに書かれていないことなのだ。大本営は戦争関連のありとあらゆるニュースを統制し、ミッドウェーでの海軍の決定的な敗北を国民に伏せておくことにした。この戦局の節目から一週間後、大本営は勝利を発表した。日本は航空母艦を一隻しか失わなかったが、アメリカは二隻失った、と。ところが事実は衝撃的なものだった。日本は航空母艦を四隻、巡洋艦を一隻、飛行機を三二二機、兵士を三五〇〇人も失っていた。キヌがとっている『中国新聞』は紙の節約のために近ごろだいぶ薄くなっていたが、このときから、いよいよ情報源としてあてにならなくなってきた。キヌとフランクが現実に起きている事態を判断するためには、自分たちの暮らしが厳しくなってゆくのに気づくしかなかった。[*2]

医師になるというフランクの夢は、もはや叶いそうになかった。年の初めから、生徒を地域の勤労作業に強制的につかせる学徒勤労動員が始まったが、広島ではまだ参加していない学校も多かった。ところが一中は別で、全校あげて協力していた。そのため一七歳のフランクは軍事教練場をつくるのを手伝い、教室の外で過ごす日がますます増えていた。砂袋を担いで、いつ終わるとも知れぬ重労働に汗を流した。それでもフランクの試練は、まだ始まったばかりだった。

とはいえフランクにとってこの勤労奉仕は、いちだんと厳しさを増す一中の軍事教練からの息抜きになった。生徒たちは学校の正門を出入りするかわりに、戦闘に備えて体を鍛えるべく垂直の塀を乗り越えるよう命じられた。要求はますます高まり、教練は週に一回から数回に増えた。自分たちがまさにそのために戦っている天皇に敬意を表すべく、生徒たちは天皇の写真をおさめた奉安殿の前でライフルをもって整列した。屋外の地面にセイザ（正座）する生徒たちに向かって校長が大声で指示を飛ばし、いかなる違反行為にも処罰が待っているぞと戒める。それが自分の身をもって知る体罰のことであるのは、フランクもじゅうじゅう承知していた。[*3]

拳骨は、むき出しの肌にくらうともっと痛い。命令されれば、生徒はどんな気候であれ制服を脱いで――肌着はつねに白でなければならず青は絶対に許されない――さらに上半身裸にならなければならない。そうすれば生徒の体つきがよくわかるだけなく、集団の結束を高め、根性を鍛えられると配属将校は信じていた。生徒たちに気ままな子ども時代の気分がまだ抜けていなかったとしても、それは日本海軍の勝利と同様、はるか彼方に遠のいた。*4

フランクは竹棒をよじのぼり、雲梯にぶら下がり、マラソン並みの距離を走った。ライフルを分解し、すばやく組み立て、なまくらでも殺傷力のある銃剣を着剣した。これは近距離の敵を殺すのに便利なのだ。こうした訓練にいったいなんの効果があるのかとフランクも級友たちも疑った。陸海軍は過去二度の戦争で用いた武器と、勝利の自信を頼みにしていた。日清戦争や日露戦争でうまくいったなら、おそらく大東亜戦争でもじゅうぶん威力を発揮するにちがいない。技術が足りない分は、愛国心の強さで埋め合わせればいい。フランクたちは疑念を呑み込み、ライフルの薬室に偽の弾丸を詰めると、黙々と訓練を続けた。*5

教練を行う将校たちは時代遅れの装備を黙過したが、それは武士道の真髄である不屈の精神というものが何ものにも勝るからだった。その二五年近く前に、政府はこう宣言していた。「未来の戦闘においても吾人は到底敵に対して優勢の兵力を向くること能わざるべし。兵器、器具、材料また常に敵に比して精鋭を期すること能わず。いずれの戦場に於ても寡少の兵力と劣等の兵器とをもって無理押しに戦捷の光栄を獲得せざるべからず。これを吾人平素の覚悟とするにおいて、精神教育の必要なること一層の深大を加えたることあきらかなり」(「軍隊内務書改正理由書」)。一中を含め全国の学校で行われた軍事教練は、この見地に立ち、修正されることも、真剣に議論されることも、縮小されることもなく続けられた。*6

一九四二年の秋になると、ありがたいことにセッキョウ(説教)も前ほどはきつくはなくなり、フランクもひと息つけた。それでも二世であるという、いまでは公然に近い秘密には相変わらず悩まされた。あるときフランクのクラスで反米の劇をやることになり、ダグラス・マッカーサー将軍とチェスター・ニミッツ提督が、巨大な頭に小さな悪魔の角をつけた「キチクベイエイ（鬼畜米英）」として登場した。この描写は、外国人やよそ者を決まって悪魔的存在に見立てる昔からの習慣によるものだが、観客は大いに盛りあがった。フランクは不快な思いをぐっとこらえて、口をつぐんだ。「何か言おうものなら面倒なことになるからね」[*7]。

「鬼畜米英」の風刺画にフランクは慣れるよりしかたなかった。これは日本全国に蔓延していた。どの新聞雑誌の風刺漫画にも、この悪魔の描写が登場した。世間でも広く話題になっていた。小学校の校庭で一〇歳の子どもたちが、「鬼畜米英」と書いた札をつけた米袋に銃剣を突きさし、ローズベルト大統領やイギリスのチャーチル首相の似顔絵に向かって突撃したり、「米英鬼を叩きつぶせ！」と書いたポスターを学校の壁に貼ったりした[*8]。

周囲の世界にますます疎外感を覚えながら、フランクは広島が変わっていくさまを見つめていた。かつては軋り音を立てる市内電車や白熱灯、混雑した店で華やいでいた街の景色もすっかり輝きを失っていた。雑貨屋も喫茶店も、米の使用を禁じられ、価格の据え置きを命じられ、月の休みを増やすよう言われてから店を畳んだ。明治堂本店のある商店街では、いちばんないと困る店も、いちばん楽しい店も立ちゆかなくなっていた。乾物や文房具、金物類を売る店の人たちが、おもちゃや眼鏡、洋服を売るご近所さんに頭を下げて別れを告げたが、相手の店もまたつぶれかけていた。自分の愛する商店街はいま景気がいくぶん悪いだけだと、キヨは自分に言い聞かせた。スズラン灯をキヨは見上げた。明かりはすでに消えているが、誰も撤去しようとする者はいない。

甘い菓子に厳しい配給制が敷かれると、とうとうキヨは近くの商業地区に出していた明治堂の分店を閉めざるをえなくなった。どのみち客もあまりいなかった。映画館は枢軸国のドイツを除いて欧米の映画の上映をやめていた。日本人はチャップリンに熱をあげていたが、アドルフ・ヒトラーへの風刺とファシズムへの批判を込めた映画『独裁者』は、あてつけのように上映禁止になった。日本の俳優は、以前は異国情緒を醸しだしていたカタカナの芸名を使うのをやめた。劇場で上映されるのは、ここにきて愛国的な英雄物だけになっている。

どのみちマサコは映画館を避けていた。サイレント映画で英語の字幕が読めないからだ。フランクが映画を観るのをやめたのは、字幕が読めて思わず反応してしまい、ほかの客に睨まれるからだ。誰かが映画館の前の地面にチャーチルとローズベルトの顔を描いたと聞くと――足で踏みつけやすいように――マサコとフランクは、この敵意のしるしを夕立が洗い流してくれるまで近寄らなかった。[*9]

それでも痛烈な皮肉のこもった流言飛語が、いやでもフランクの耳に入ってきた。「ハクジンは肉を食べるからな」と人々はせせら笑った。「だから日本人と比べて血も涙もないんだ」。この「バタくさい」と似たお決まりの文句を耳にしたフランクは、引き続き目立ってはいけないと肝に銘じ、そしてそのとおりにした。[*10]

一方、母親のほうは、かつてないほど近所付き合いをするようになっていた。そうしないのは政府が許さなかった。一九四〇年、政府は物資の流れと地域社会の風潮を統制する道具として日本全国に「トナリグミ」（隣組）制度を導入し、キヌもこれに積極的に参加していた。この制度ができて七ヶ月経った一九四一年四月には、すでに全国で一〇〇万を超える隣組ができていた。それぞれ五世帯から一〇世帯によって構成され、国民の大半が入っていたが、それは当時の家族が数世代にわたる大所帯だったからだ。高須では、三二〇世帯、一三四三人が加入していた。この組織は出征兵士の見送りから、防空演習、公債消化、物資の配給まで、ありとあらゆることに取り組んだ。マサコの七〇歳近い父親は、この界隈に残っている数少ない男性で、キヌの入っている隣組の班長をしていた。キヌは運がよかった。マサコの父親は善良な人間で、最愛の一人娘に親切にしてくれるキヌに日頃から感謝していた。何年も前にハワイで三年暮らしていたこともあって、アメリカと数十年来の繋がりのあるキヌを疑うこともなかった。ゆくゆくキヌは、この父親の善意を余すところなく頼みにするようになる。[*11]

「戦時中は皆が協力し合わなければなりませんでした」とマサコは振り返る。一〇家族は月に一度集まって、もしものことについて話し合った。「もしも空襲がきたら何をしなくてはならないのか」「どこに防空壕を掘ればよいのか」。夏の暑さが収まり、秋の台風の季節が来るころには、配給品は隣組を介して配られることになった。マサコは父親にかわって隣組の買い出しを引き受けた。魚をひと月に一度、野菜を毎日買ってきた。魚の匂いをさっと嗅ぎ、ガラスのような目玉をひと目見れば、傷んでいるかどうかがわかる。粗末な物でもキヌと隣人たちは笑顔で受け取るよりほかなかった。「イタダキマス」と言っておのおの台所に引っ込むと、キャベツの葉やイモの数を数えた。[*12]

一九四二年も秋になり、この四年で暮らしがどんどん制限されてきたいま、キヌとフランクにはこの先の見当がついた。必需品がますます手に入らなくなり、残念な代用品がますます登場してくることだろう。緊急時の懐中電灯は、夜間空襲の焼夷弾から逃げるときに使うのだが、金属ではなく木の筒でできており、燃えやすいので本来の目的に反している。防災訓練用にバケツがもう一つ必要なときに、キヌが買えたのは竹の取っ手のついたおそまつな布製のものだけだったが、それは貴重な金属が軍に接収されていたからだ。フランクの薄い靴下は、その頃人絹(じんけん)やスフ(ステープル・ファイバー)と呼ばれた粗悪な化学繊維でできていて、履くたびに擦り切れて穴があくが、それは綿が軍服をつくるのに必要だからだ。靴を張り替えるときは、「鮫皮」や廃棄されたゴムを使えばいい。厄介な問題が生じるたびに、見事な解決策が用意されていた。拡声器から鳴り響き、巨大なポスターや白の横断幕に書いてある最新の標語を口にするだけでいいのだ。「ホシガリマセン　カツマデワ（欲しがりません、勝つまでは）」と。

自分たちが読んだり聞いたりすることは本当なのだ、とキヌもフランクも信じていた。日本が勝利をおさめるまでは耐え抜くのだと。それでもときおり、キヌは末の息子をそっと目の隅でとらえた。国民服を着た、丸刈り頭に無表情な顔のフランクは、まるで生粋の日本の少年、新米の兵士のようだ。この子がアメリカ生まれだと、いったい誰が思うだろう。フランクももう一八歳、ハリーがアメリカに渡ったときと同じ歳になっていた。あと一年あまりで一中を卒業し、おそらく広島城内の師団司令部に出頭することになるのだろう。この子はそのことを、いったいどう思っているのかしら。

感情を抑えるように叩き込まれたフランクは、自分の気持ちをつねに押し隠していた。母親の人生は苦労続きだった。自分がどんなに徴兵を遅らせたいと願っているかを口にして、この母を困らせたくはない。窮地に陥れば陥るほど、いつも自分を守ってくれた人のことが思いだされた。いまこの時ほど、兄のハリーが瞼（まぶた）に浮かぶことはなかった。*[13]

# 13　アリゾナの砂嵐

一九四二年の秋、アリゾナ州のヒラリバー転住センターにある二つの収容施設の一つ「ビュート・キャンプ」で、すでにハリーは三ヶ月近くを耐えてきた。ブロック49の収容者用の食堂では食事がたっぷりとれるし、バラック7のアパートメントBは原始的だが住居と呼べるものだし、月一九ドルにもなる会計監査の仕事の収入で、シアーズローバックの通信販売カタログから必要な衣類を買うこともできた。それでもやっぱりハリーは惨めな気分だった。[*1]

どこを見渡しても、赤い屋根に白壁の長屋式の低いバラックが碁盤の目のように並び、ところどころ丘（ビュート）で途切れる地平線に溶けていく。キャンプの建設は五月に始まったが、いまもまだ完成していない。更地のあちこちに材木が山と積まれ、建設機械が地面に点々と散らばっている。ヒラには活気もなければ、これといって特徴もないが、ただしここの大気だけは別で、新鮮な木材、未処理の下水、セージの強烈な香り、そしてぶんぶん飛びまわるヤブ蚊の刺激的な混合物だった。[*2]

なにより衝撃的なのは、この大気である。灼けつくように暑い日中から、凍えるように寒い夜へと、砂漠の気温が急激に変化するだけでなく——気温差は華氏で五〇度、摂氏で二八度弱にもなる——ここで吹き荒れる風は、西海岸から来た者にとってはおよそ無縁のものだった。着いたとたん、ハリーとメアリーとジーニーはその洗礼を受けた。

二日がかりで八〇〇マイルの旅を終え、軍用トラックを降りてあたりを見まわす間もなく、嵐の来る音が聞こえてきた。大量の砂塵が舞いあがり、びゅうびゅうごうごう逆巻きながら、こちらに近づいてくる。毎時四〇から五〇マイルで吹きつける強風が空を闇に変え、行く道をふさぐすべてのものに牙を剝いて襲いかかる。あわてて目をつぶり手で口を覆ったハリーたちに、風が砂塵や泥や粘土の塊となってぶち当たる。身動きもできずにいると、ようやく嵐は立ち去った。この砂嵐は来る日も来る日もやってきた。なるほどトゥーレアリを去るときに、収容者たちが聞いていた「穏やかなそよ風」とはこのことか。

ハリーとメアリーの「世帯向けアパートメント」も、ひと息つけるとはおよそ言えないしろものだった。たった一つしかない部屋は、トゥーレアリの馬小屋と比べれば倍は広いが、部屋そのものは魅力的とはほど遠かった。バラックの壁はビーバーボード一枚だけで、パーティクルボードよりも頼りない。床は地面からいちおう持ちあがってはいるが、あちこち隙間が空いていて、下の地面が覗いている。[*3]

仰天したのはハリーとメアリーだけではなかった。ドワイト・D・アイゼンハワー陸軍中将の末の弟で、一〇ヶ所の収容所を監督する連邦の機構である「戦時転住局」の初代局長ミルトン・S・アイゼンハワーも、この施設の建築そのものが「まるで安普請だから、率直なところ、長持ちしたら運がよかったというよりほかないだろう」とあきれていた。そして、これらの施設を「砂とサボテン」センターと呼んだ。ハリーとメアリーがブロック49にあるバラック7のアパートメントBに移ってきたころには、ミルトン・S・アイゼンハワーは、もっと博愛的なかたちで転住を進めようとして反日世論と衝突し、抗議の辞任をしていた。*4

ハリーとメアリーは夜もなかなか寝つけなかった。収容所に入ったことはショックでも、しぶしぶながら受け入れていた。それでも藁のマットレスでしきりに寝返りをうったのは、ヒラの不気味な夜のせいだった。日がとっくに沈んだあとも、地平線を縁どる自然光に砂漠が赤々と照らされて、暗がりに潜む丘や山や平原がくっきりと浮かびあがる。気温が一気に下がり、風が悲鳴をあげる。どこかでコヨーテが一匹吠えている。朝になると、薄ら白い陽光が空中に踊る砂塵を照らし、部屋のありとあらゆる表面に、ぶ厚い砂の膜ができている。砂は、細い窓枠や薄い壁の隙間から忍び込み、地面から舞いあがり、床の隙間から滲み出てくる。まだまどろんでいるジーニーをメアリーがふと見ると、まつげに砂粒がくっついていた。娘を起こしたくなくて、かがんでまぶたにそっと息を吹きかけると、砂粒がぱっと宙に舞った。

いくら部屋を掃除してもきりがなかった。メアリーが埃を払って床を掃くそばから、風がまた砂を運んでくる。ハリーはできるかぎり部屋にいないようにした。働いているほうがましだ。会計監査の仕事を引き受ける前は、独身の一世の男たちに単純労働を斡旋する通訳として雇われていた。男たちは英語が不得手で、抑留されたことに面食らい、たいてい金に困っていた。抑留までは時間給のきつい肉体労働で生計を立て、給料日にはギャンブルと酒に興じ、ふきげんにぐずぐずと愚痴ばかりこぼしていたが、それは父親がハリーにそうなってはならないと忠告してきた生き方そのものだった。ハリーはこれだけは心に決めていた。もっとましな仕事の口が見つかれば、絶対にそっちに行こう、と。

メアリーとハリーはどちらも体調を崩してしまった。ハリーのほうは渓谷熱が慢性になりかけていて、肺を痛めつけ弱らせていた。おまけに着いて一週間で下痢にもなった。ヒラではよくあることで、建設途中の不衛生な厨房で食材が汚染されるからだ。政府が面倒をみてくれる目新しさも、とっくの昔に薄れていた。ハリーはここの食事を嫌悪し、とくに甘ったるいシロップに缶詰の果物の入ったフルーツカクテルには閉口した。なにしろ、しょっちゅう砂がまぶしてあるのだ。

その一〇日後にハリーが回復したとたん、今度はメアリーが激しい腹痛に体を折り曲げるようにしてビュート・キャンプ内の病院に辿りついた。尿が四八時間出ていなかった。医師はすぐにメアリーを入院させ、安静を言い渡し、点滴と浣腸を指示した。誰も気づかなかったのだが、メアリーは新しい環境に不安を覚え、神経過敏になってトイレにも行けず、プライバシーのなさに辟易していた。病院の医師や看護師も同じ収容者で、同じ環境の共同生活に耐えていた。彼らにできるのは、患者を治療して退院させることだけだった。

それでもジーニーはメアリーの日々に生きる目的を与えてくれていた。シアトルから来た人妻が、どういうわけでロサンゼルスから来た弟とともに収容されているのかと、周囲が不審がっているのはわかっていた。これはかなり異例のことだ。彼女が献身的な妻ならば、なぜワシントン州から退去させられた夫たちとともにカリフォルニア州のツールレイク収容所に入らなかったのか。

こうした陰口をメアリーは気にしないよう努め、シアーズローバックで買ったキャラコの生地でカーテンを縫うのに没頭し、この華やかな間仕切りを部屋にかけた。同室になったハルコに、メアリーは気疲れしていた。超満員のバラックで、独身女性は人数の少ない家族と同居するよう振り分けられた。ハルコが突如あらわれたとき、ハリーとメアリーに選択の余地はなかった。「ハルコったら頭がいかれてたのよ」とメアリーは言う。女同士の衝突にハリーは身を縮め、プライバシーのなさにうんざりした。「まあ少々ぎくしゃくしていたよ」とハリーは言う。メアリーのかけた間仕切りも緊張を和らげるのにさほど役には立たなかった。[*5]

会計監査の仕事があると聞いて、ハリーはすぐに飛びついた。支払伝票をつくったり、データを表にしたりするのにはたいして魅力を感じないが、若い女性を事務員として二〇人も雇えるのは楽しそうだ。「それがこの仕事を引き受けた理由さ」。気心の合う同僚に囲まれて、ハリーの気分も明るくなった。そしてこの仕事には、情報を得られるという特典もあった。ビュート・キャンプの中枢である管理棟に腰を落ち着け、ハリーは世の中の動きにアンテナを張り、希望の足音に耳をそばだてた。[*6]

三六ヶ所ある居住ブロックの空気は殺伐としていた。露骨に険悪なムードが漂っていたので、この収容所の新聞『ヒラ・ニュース・クーリエ』の創刊号がこの問題を取りあげた。「一世の父親」という見出しの記事では、遊んでいる子どもたちを眺める架空の移民が嘆き悲しみ、「この子たちはどんな大人になるのだろう。たった一つの人種しか住んでいない場所で、普通の生活など送れるのだろうか」と問いかけた。「この子たちは心が狭くなって、敵意や偏見をもたないだろうか」。この記事は結局、アメリカの偉大さを認める肯定的な調子で終わっていたが、路地やバラック、共同施設を生々しく描いたことで、人々の胸に響いた。[*7]

ほかの収容所に入っている人々も同様に憤慨し、最初のうちは市民的不服従を通して不満を表明した。ツールレイクでは八月に農場労働者がストライキを起こし、物資の不足と低い給料に抗議した。そのひと月後には梱包倉庫の労働者があとに続き、一〇月には食堂の従業員がストライキを決行した。

さらなる暴力の火種がくすぶっていた。

なかでも幻滅を感じていたのは帰米たちだった。自分たちが流暢な日本語とカタコトの英語を話すせいで日系人全体が白い目で見られるのだと、二世から責められている気がした。日本にいるときは、流暢な英語を怪しまれ、移民の子だと軽蔑された。彼らの居場所はどこにもなかった。

ハリーも帰米だが、英語やアメリカのほうが居心地がよかったし、自分は何よりまず二世だと思っている。どちらの側とも仕事をし、どちらの情報にも通じていた。そのころ、ある実にもどかしい噂が流れていた。誰かが収容所内に禁制品の短波ラジオをこっそり持ち込み、出所不明の日本語放送を聞いていたところ、帝国陸軍がメキシコに侵入し、北進してアリゾナ州に入り、ヒラとポストンの収容所に向かっているという。日本軍の任務は民族的同胞を抑留から解放することだ。[*8]

この噂はあてにならないとハリーは判断した。しょせん、たくましい想像力と藁をも掴む思いに掻き立てられたものにすぎない。ヒラはメキシコとの国境からおよそ一五〇マイル離れた場所にある。だがこれまで帝国陸軍がアメリカ本土に侵攻すべく最接近したのは、その年の二月、サンタバーバラ近郊の石油精製所に潜水艦一隻が単独で攻撃を仕掛けたときだけだ。砲弾はどれもはずれて、一五分間の役に立たない攻撃のすえに潜水艦は撤退していた。先の見えない監禁生活のせいで、日本帝国に救いを求める者が出てくるのは無理もないことだった。また議会が二世の市民権をじきに廃止するとの噂も広まっていた。二世の多くは日本とアメリカの二重国籍保持者だった。関連する法案は上院に提出されたが、そこで止まっている。法案の通過には、下院ならびに上院における三分の二以上の票が必要で、さらに憲法修正に至る前に全州での承認が必要である、と戦時転住局は収容者に伝えて安心させた。法案が通過する見込みはまずなさそうだった。[*9]

連日の行列、砂塵に猛暑、そして先の見えない焦燥に緊張はいやでも増した。ハリーの知り合いには広島で初めて会った者もいて、なかには日本に住んでいるときに日本を毛嫌いしていた者もいた。ところがここにきて、彼らはアメリカに対し、はらわたの煮えくりかえる思いでいた。彼らの激しい怒りをハリーは理解できても、共感まではできなかった。ついには生まれた国を捨て、交換船で日本に強制送還された者もわずかにいたが、日本に戻っても、彼らには荊(いばら)の道が待ち受けていた。

ほかの二世の友人たちは、日本の土を踏んだことがなかった。彼らもまた憤懣やるかたない思いでいたが、国家の安全保障という観点からアメリカ政府を擁護していた。彼らのなかには、日本に家族がいるという理由でハリーのアメリカに対する忠誠心を疑う者もいた。若い男たちが語り合う部屋の、裸電球の揺れる下で、ハリーは皆に囲まれ責められている気がした。「ひっきりなしに詰問され、疑われ、親日派の烙印を押されて」いるかのようだった。広島にいたとき、僕がアメリカをなんべん擁護したと思っているのか。山陽商業学校が、必修の軍事教練が、反米の空気が、どれほど敵意むきだしで挑んできたか。それでもアメリカを愛する気持ちは薄まるどころか、そうした体験でいっそう揺るがないものになったのに。*10

捨て鉢な気分になったハリーは、しだいに規則破りをするようになった。夜になると空き地から合板を盗んできては、アパートメントに置くテーブルや椅子をこしらえた。ときおりメスキート（北米南西部産のマメ科の低木）の茂みやサグアロサボテンの脇を抜け、サソリやガラガラヘビ、タランチュラがいないか足元に注意しながらキャンプのはずれまで行くと、そこで先住民のピマ族と取引した。フェンスの網越しに、しわくちゃの一ドル札数枚を差し込んで、安物のウィスキーと交換するのだ。この生(なま)の蒸留酒は、秘密の蒸留所で医療用アルコールを発酵させて友人たちがこっそりつくる調合酒よりも美味かった。ハリーは平気で危ない橋をわたったが、境界を巡回する憲兵に見られたら逮捕されかねないし、酒を飲んでいるところを見つかれば、ネイティヴアメリカンの保留地である禁酒(ドライ)の「ナバホ・ネイション」で飲酒し連邦法に違反したかどで起訴されるおそれもあった。それでもハリーは意に介さなかった。「あのときは何もかもに、誰も彼もに、無性に腹が立っていたんだよ」[*11]。

一一月初旬に、外部の業者がカムフラージュ・ネットをつくる工場を開いた。アメリカ市民だけに限定されるこの仕事なら、収容所からいっとき解放されて、しかも戦争遂行のために銃後の貢献をする満足感も得られる気がした。労働者の七割が女性になるというのも気に入った。紙面の説明を読むかぎりは悪くない。そこでハリーは応募し、この仕事にありついた。

最初の日に工場に向かうトラックに乗り込むと、車は収容所の北西の端に沿った土埃の舞う道をくだり、衛兵所の前で止まった。衛兵たちが車のフラップを開けると、ハリーはひょいと地面に飛び降りた。工場は柵に囲まれた敷地内にあり、柵の向こうには砂漠が広がっている。はるか遠くに目を凝らすと、何か不吉で見慣れたものが目にとまった。ハリーが立っていたのは、まだヒラの中だったのだ[*12]。真鍮色の陽の下でぎらぎらと光っている。有刺鉄線を張ったフェンスの囲いがそそり立ち、

工場の建物は、簡素な屋根で覆っただけの雨ざらしの足場と大差なく、日陰はほとんどなかった。サザンカリフォルニア・グラス社の現場監督が目を光らせるなか、ハリーは梯子をのぼってゆき、色のついた編みひもを、二四フィートの高さの垂木から吊るされた漁網に編み込んでいく。ほどけた粗い麻紐が汗ばんだ手にべたべた張りつき、手作業のせいで指先が腫れてずきずきし、そのうえこの出

来高払いの仕事は端金(はしたがね)にしかならなかった。[*13]

ハリーたち作業員が仕上げたカムフラージュ・ネットは、くるくる巻かれ、包装されて、積み上げられた。絹の絨毯さながらに貴重なこの網製品は、定期的に数百ポンド分が一七マイル先のカサグランデ駅に運ばれ、ヒラから数千マイル離れた海外に送られる。一万六五〇〇エーカーのヒラ強制収容所の中の、七九〇エーカーのビュート・キャンプから、ほんのいっときでも外に出たいというハリーの願いはあっけなく砕け散った。

一一月の初め、ワイオミング州のハートマウンテンで、収容所の労働者たちがストライキを起こした。直接の問題は賃金や労働条件にあったが、収容に対してくすぶる怒りが彼らを行動に駆り立てていた。一一月半ばには、ここと同じアリゾナ州のポストンで、白人の管理者たちに近寄り過ぎているとみられた収容者の一人が鉄パイプで殴られた。容疑者が二名逮捕され、施設全体でストライキが発生し、密告者をさす「イヌ」という中傷の言葉が、全米に一〇ヶ所あるすべての強制収容所で広く使われだした。たいていの場合、この憎(に)っくきイヌは親米の二世で、告発者や攻撃する側は一世や帰米だった。収容所の人々は真っ二つに割れて、それぞれ結束を固め、互いに反目し合っている。どちらにもつかないわけにはいかない空気が流れていた。[*14]

同じ立場の者が見つからず、ハリーは悶々としていた。ヒラにも火種はあったし、乾いた樹皮の香りにそれを嗅ぐことができた。タマリスクの葉が明るい黄に染まるころ、施設内にまたも噂が流れてきた。二世も一世もどちらも戦争が終わったら日本に強制送還されるらしい。この恐れの風潮は「敗北気分を生んでいる」と『ヒラ・ニュース・クーリエ』の社説が戒めた。ハリーは自分がどんどん頑なな性格になってきている気がした。やりきれない思いに「押しつぶされ」、いつか爆発してしまいそうで怖かった。[15]

一一月の半ば、掲示板に謄写版刷りの通知が貼ってあるのがふとハリーの目にとまった。ミネソタ州の語学学校が日本語の話せる者を募集していて、陸軍の徴募官が近々面接しにくるという。探しているのは高校レベルの日本語のできる男性だ。ほんの気まぐれから、ハリーは面接に申し込んだ。[16]

指定された時間に、殺風景な管理事務所に入っていくと、一人のハクジン将校と二世の兵卒二人が立ちあがって挨拶してきた。将校がひとしきりハリーと言葉を交わし、学歴や仕事について尋ねるあいだ、二世兵士たちは黙って耳を傾けていた。日本語の文書を翻訳する語学兵を探していると将校は言い、日本語で何か軍事用語を知っているかとハリーに訊いた。もちろんです、とハリーは答えた。すると将校は机の上に一冊の本をポンと置き、これを声に出して読んで翻訳してくれないかとハリーに言った。

これは審判のときだった。二世はアメリカで放課後に書き言葉の日本語に触れるだけで、細かくて小さい文字を判読できない。なにしろ何十もの画数があるものまであり、組み合わせによって幾通りもの意味があり、発音の仕方もさまざまなのだ。ハリーは下を向き、ちょっとのあいだ黙り込んだ。

この本は前に見たことがあるぞ。高校のときずっと尻のポケットに入れていたやつとほぼそっくりの「学校訓練教科書」だ。何時間も何時間もかけて中身を覚えたし、シアトル行きの船に乗るときもトランクに入れていた。勉強するのが習慣になっていて、もう必要ないことすら忘れていたのだ。この教科書はハリーが受けた必修の軍事教練の一環だった。内容を問う試験で良い点数をとらないと、山陽商業学校を卒業できなかった。卒業できないと、母親が日本を出してくれなかった。だから試験に合格するために死に物狂いで勉強したのだ。要はアメリカに戻るために、日本の武器や装備、編成を頭に叩き込んだというわけだ。教練の将校たちが日本の敵だと名指しした、まさにその国に戻るために。

ハリーは本を開いた。数百頁もある薄い半透明の紙は、梅雨どきの湿った昼下がりみたいにかび臭かった。ライフル、機関砲、戦車、カムフラージュ・ネットの写真まで載っていた。けれどほとんどの頁は戦闘行為についての文章でびっしり埋まっている。内容があまりに詳細にわたるので、戦後もまだ手もとに持っていた者は、占領軍に押収される前にこれを焼却したという。ハリーが声に出して読みはじめると、高校時代の、あの退役将校による教練の、退屈な授業の記憶がよみがえってきた。しゃがれ声で読んだ日本語を、すぐにハリーはすらすらと英語に翻訳した。指で弾いたそろばんの玉のように、言葉がなめらかに、よどみなく舌を転がっていく。いよいよ熱が入ってきたところで、将校が不意にさえぎった。

徴募官たちは目配せし合った。ハリーには表情までは読みとれなかった。試験はやけに早く終わった。ハリーが驚いたことに、将校はすっくと立ちあがって手を差しだすと、こう言った。「おめでとう（コングラッチュレーションズ）！」

ハリーは試験にただ合格したどころか、かなりの出来だったのだ。語学学校への入学は即座に無条件で決まった。「僕は目がかなり悪いのですが……」。おそるおそるハリーは訊いてみた。近視の程度は両眼で0・1とかなりひどく、眼鏡をかけないと二〇フィート離れた視力検査表の「大きなE」もわからない。それで不合格になってもおかしくないのに、徴募官たちは気にもとめなかった。「限定任務」枠で採用されれば視力が問題になる任務には配属されないだろう。海外に行ったり、歩兵隊と仕事をしたりはしなくていい。それでどうかね、と訊かれた。入隊を承諾するなら、感謝祭が終わったあとに、ここを発つことになるだろう。荷物はなるべく少なくし、別れはこっそり告げたほうがいいと忠告された。新兵募集に反対する過激派を怒らせるといけないからだ。彼らはハリーの健闘を祈ってくれた。にわかには信じられなかった。しばらく笑顔で歓談したあと、ハリーは管理棟の外に出た。目をぱちくりさせ、陽射しを浴びた眼鏡の縁をきらりと光らせながら。[*17]

そのあとすぐにハリーは年配の移民で同じ広島出身の父親の友人と話をした。一九〇五年に日本が驚くべき勝利を決めた日露戦争を戦った復員兵だ。この戦争でアジアの国が初めてヨーロッパ列強に大規模な勝利をおさめた。「フクハラさん、なんであんたは陸軍に志願したんか?」と男が訊いた。そして、日本は今度の戦争にも勝つだろうと言い切った。[*18]

男の考えにハリーは首をかしげた。「でもあなたの息子さんだって軍隊にいるじゃないですか」。その息子とはハリーの広島時代の友人で、真珠湾攻撃の前にすでにアメリカ陸軍に入隊し、ハリーがこれから入る同じ語学学校にひと足先に入っている。[*19]

「そりゃまた別の話じゃ。わしの息子は召集されたけえ。じゃが、あんたは志願して軍隊に入る。しかも日本に行って、日本で勉強し、学校で軍事教練を受けたんじゃろうが」と男は言った。「何よりあんたがアメリカ陸軍に志願しちゃいけん理由は、それがわしらをこの収容所に閉じ込めた軍隊じゃけえ」。[*20]

たしかにそうだ、とハリーは思った。彼の言うことももっともだ。軍部は西部防衛軍を通じて西海岸から日系人をほぼ全員追いだし、何もない辺鄙な土地に閉じ込めた。自分の自由を奪ったまさにその軍隊に、僕はこれから入るのだ。

それでもハリーは、日本の昔からのことわざをひいて言い返した。「ウジヨリソダチ（氏より育ち）」、つまり「両親を心から敬い、国にはとことん忠誠を貫くため」なのだと。この人生観を胸に移民の両親はアメリカ市民の子どもたちを育て、世代のギャップを埋めてきた。語学学校の主任教官を務めたジョン・アイソは、その意味をもっと広げて解釈した。アイソは一九〇八年生まれとまだ若いが素晴らしい経歴の二世で、陸軍に召集されたために収容を免れ、教官となった。一九四七年に軍を除隊後は裁判官となり、日米両国で数々の栄誉に輝いた人物だった。「昔の日本の侍にとって忠義の道はとるべき唯一の誉れある道だった。そのために、たとえ自身の身内と争う犠牲を払ってでも」。そう、父さんなら、きっとわかってくれたはずだ。[*21]

この一世は、メアリーとよく話したほうがいいと勧めてくれた。いつもながらメアリーは自分の意見をずばりと言った。ハリーがヒラで惨めな思いをしているのはわかっていた。シアトルからロサンゼルスに逃げてきたときに、迷わず助けてくれたことには感謝しているし、自分が一緒でなかったら、ハリーはヒラに監禁されずにすんだだろう。オハイオ州でマウントさんの親戚の世話になる誘いをハリーは断っていた。自分のことは後回しにして、誰も日系人に部屋を貸したがらないときに、三人で住める場所を探してくれた。メアリーは弟の気持ちを理解していた。「あの子はカゴの鳥でいたくなかったのよ」とメアリーは言う。[*22]

ここにいればあたしは大丈夫。そう言ってメアリーはハリーを安心させた。食べ物もあるし、寝る場所もある。隣人も、友だちもいる。そして何よりジーニーがいる。ハリーがいなくなると寂しくなるし、それにハリーがいなくなったらもっと陰口をたたかれそうだけど、それでもあんたは自分のしたいようにしなさい。そう言ってメアリーは弟の背中を押した。

一九四二年一一月二七日の金曜の朝早く、薔薇色とマリーゴールド色に染まった空の下、ビュート・キャンプの門のところでハリーはぶるぶる震えていた。この日のために夏用のカジュアルな上着に袖をとおしていた。持っているなかでいちばん上等な服だったからだが、華氏三五度、摂氏で約二度の明け方の寒さにはかなわなかった。家族や友人たちがひしめき合い、ヒラを発つ二七人の青年たちを見送ろうと待っている。群衆の輪がしだいに広がったが、彼らの入隊に反対する者たちの顔はなかった。メアリーとジーニーが輪の真ん中で、必死に首をのばしている。エンジンをふかした軍用トラックの一台に、ハリーはひらりと跳び乗った。ここからは、もう姉も姪っ子の姿も見えなかった。

トラックが出発し、砂や石をじゃりじゃり車輪で踏み鳴らしながら、ゆっくりと前に進んでゆく。これから青年たちはヒラベンド駅に向かい、そこからミネソタ州のフォート・スネリングに行き、さらに同州のキャンプ・サヴェージまで移動する。学校を出たり入ったりだったハリーが、このサヴェージでこれから語学学校に入学するのだ。このときのハリーには、これから自分が何をすることになるのか、どのくらい帰ってこないのか、さっぱり見当がつかなかった。

キャンプを出たトラックはスピードをあげた。外はよく見えたが、トラックの立てる息の詰まるような土埃を、ハリーは振り返って見ようとはしなかった。むき出しの土の道から滑らかなアスファルトの道路に変わると、うろこ状の葉のタマリクス、とげのあるメスキート、堂々としたサグアロサボテンが点々と生えている殺風景な丘の向こうに、ハリーを八八日間も閉じ込めていたヒラリバー転住センターが遠ざかり、みるみる小さくなっていく。

さらに西の地平線のはるか先では、太平洋での激戦が続いていた。その年の初秋には、マッカーサー将軍率いる南西太平洋方面軍が、鹵獲（ろかく）した文書類を処理すべく、オーストラリアに連合軍翻訳通訳部（ATIS）を創設した。一〇月には、この部の長を務めるシドニー・F・マッシュビル大佐が、ブリスベンのデスクで箱いっぱいの文書類を前にすわっていた。「それは血や体脂にべっとり覆われていた」と大佐は書いている。「戦闘の初期に入手した文書にはよくあることだった。当時は戦況の潮目が変わる前で、われわれはまだ日本軍に追撃されていた」。連合軍が鹵獲できたのは、どれも汚れの染みついた、見るもおぞましい文書だった。日本兵は投降してこなかった。アメリカ兵は日本人を生きて捕らえはしなかった。アメリカ人の語学兵を前線で求める声はあがっても、まだほんのかすかに聞こえるだけだった。[*23]

太平洋で何が起きているのか、ハリーはまったく知らずにいた。それでも真珠湾攻撃から一年近く経ち、ようやく人生が上向いてきたのだ。「あそこを出られて心底嬉しかったよ」とハリーはのちに振り返る。「けれど、自分がこれからどんなことに首を突っ込むのかはわかっていなかったな」。[*24]

ハリーの知らないことはまだあった。そこからほど近いアメリカ南西部の州の、砂塵の吹き荒れるまた別の砂漠で、ある計画がかたちを成しつつあった。一一月の後半にハリーがヒラを出る荷造りをしているころ、レスリー・グローヴス陸軍准将が、最高機密でコードネームは「キングストン爆破処理場（デモリッション・レンジ）」を、ニューメキシコ州ロスアラモスに置くことを承認した。マンハッタン計画、すなわち最初の原子爆弾をつくる競争が本格的に始まっていた。

# 14　ミネソタの穏やかな冬

一九四二年一二月七日の月曜日、真珠湾で戦艦アリゾナが炎上したその日にサンタモニカでクビになってから一年後、軍服姿の兵卒ハリー・フクハラは、ミネアポリスから二〇マイル南のキャンプ・サヴェージで列車を降りた。ダッフルバッグをひょいと担ぎ、踏み固められた雪と黒ずんだ氷の地面に革の編み上げブーツを滑らせながら、ハリーはまた別のキャンプの入口へと向かっていく。[*1]

外の冷気に、吐く息が白くなる。漂う松葉の香りにオーバーンや宮島の記憶がよみがえるが、あたりを見まわしてハリーはがっかりした。薄暗いバラックの入口に、ずらりとゴミ缶が並んでいる。ほかの建物は、ひびの入った氷柱（つらら）からぽたぽたと水が滴り、どうやらまだ建設途中のようだ。シャベルで除雪した道の向こうには、雪溜まりが腰の高さまで積もっている。サヴェージは、人里離れた辺鄙な場所で、居心地が悪くて、過酷な収容所という点で、さながらトゥーレアリやヒラの冬バージョンといった体（てい）だ。だがこれでも以前の姿より、実ははるかに改善されていた。

その半年あまり前のこと、要はほかに適当な候補地がないことから、ここキャンプ・サヴェージが陸軍情報部（ＭＩＳ）の語学校の場所に選ばれた。もともとサンフランシスコのプレシディオ基地で誕生したばかりの、日系アメリカ人の生徒と教師を擁するこの学校は、強制退去のあとに東への移動を余儀なくされ、同時に陸軍省の直轄となった。一九四〇年の国勢調査では、ミネソタ州は州全体で日系人が五一人しかおらず、西海岸のいわゆる「黄禍（イエローペリル）」の恐怖はここまで届いていなかった。語学学校の校長カイ・ラズマセン中佐がツインシティズ（ミネソタ州ミネアポリス市とセントポール市）を選んだ理由は、「この土地に余裕があっただけでなく、住民の心にも余裕があった」からである。*[2]

一三二エーカーの広さのサヴェージは、もとは市民保全部隊（ＣＣＣ）が丸太小屋の施設として農地に建設したもので、ごく最近までホームレスの避難所に使われていた。サヴェージでの第一期生の二世たちは、六ヶ月という短期間で日本語を最大限上達させる必要があったが、勉強に集中する前に、まずは雑草を引き抜いて、汚れた藁のマットレスを燃やして、荒れ放題の建物をごしごし磨くことになった。敷地内の納屋で生徒たちはダンスパーティを開いたが、それはこの納屋を使っている農夫が、牛の乳絞りを終えて外に牛を放したあとでのことだった。それでもサヴェージでの第二期生としてハリーが到着するころには、サヴェージは簡素で厳格で非の打ち所のない施設となり、牛たちはよその放牧場で草を食（は）んでいた。*[3]

この地にいったん慣れてくると、ハリーの緊張もほぐれてきた。ここ北部の雰囲気はトゥーレアリやヒラとはまたずいぶん違った。空気は薄くて、もっと寒いが、それでもかすかな希望に震えている。生徒の大半は軍にみずから入隊した二世たちで、ハクジン将校の監督下に置かれていたが、この集団の結束は固いようだった。サヴェージにいる誰もが選ばれてここに来ていた。

キャンプ・サヴェージは、明確な目標があって沸き立っていた。一九四一年の初めにすでに陸軍情報部（MIS）は、アメリカと日本が戦うことになれば戦闘に関する情報が何より重要になると判断していた。当時、日本語が堪能とみられた将校はわずか数十名足らずと驚くほど少なかった。軍は翻訳と通訳ができる人間を数千人は確保する必要があった。そこでラズマセン校長をはじめとする日本語の話せる将校三人が、この言語をすでにある程度使える者に戦争用語を教える、新兵訓練形式の語学学校をつくる構想を打ち立てた。[*4]

日本語を書いたり話したりするのは生易しいものではなく、日本語は判読できない言語と見られていた。太平洋で戦う帝国陸軍の兵士たちはこの利点を頼みにしたが、その代償はあとから高くつくことになる。たしかに日本人が自分たちの言語を解読不可能な暗号とみなすには、もっともな理由がある。読み書きできる日本人は、もとは中国に由来する二〇〇〇字以上のカンジ（漢字）に加えて、この国発祥のカナ（仮名）と呼ばれる五〇個の音節文字を使いこなし、そのうえ「カナ」にも二種類あるのだ。さらに漢字のなかには、二〇通り以上の読み方ができるものすらある。「日本語の複雑さは西洋人の理解をほぼ超えている」と、この語学学校の創設を監督した指導者の一人、ジョン・ウェッカリング准将が一九四六年に書いている。「これに相当するものを西洋人にわかるようざっくり言えば、フランス語をまるまる英語に組み込んで、さらに、高度に複雑で斬新な象形文字の体系を加えたようなものだ」。[*5]

軍は目的にかなう人間を見つけようと、一九四一年の夏から秋にかけて西海岸で一三〇〇人の二世兵士全員を面接した。そのうちの三割はハリーのように日本に身内がいて、日米どちらに忠誠を誓うべきか迷うことを懸念し、不適格と判断された。基準を満たしたのはわずか六〇人だった。真珠湾攻撃のあと、さらに一五〇人をかき集めて採用したが、ハリーの友人ウォルト・タナカもその中に入っていた。[*6]

一九四二年の五月には、第一期の卒業生のうち三〇名が、北はアラスカから南西太平洋のガダルカナルやニューギニア島東部まで、広大な戦域に散らばっていった。当初は陸軍も海兵隊も、このわずか数人の語学兵の使い道がわからず、むしろ猜疑の目を向けていた。語学兵たちは前線から遠く離れた場所に留め置かれ、鹵獲（ろかく）した資料——敵の人数、配備、作戦計画が記されているもの——を翻訳したが、こうした資料はたとえその時点で戦術的価値があったとしても、それから数週間も過ぎて現地に届くのだった。ところが秋になると、たった一〇数名の二世兵士が南太平洋の前進部隊付きの短期任務で、その真価をみごとに発揮し、戦局を左右する時宜を得た情報を提供した。[*7]

およそ一〇万人のアメリカ兵が太平洋で戦っていた時期、陸軍情報部（MIS）は一九四二年一二月に始めるサヴェージでの第二期生の授業のために、二世を三〇〇人集めるよう要請した。目標を達成すべく、徴募兵が一〇ヶ所の強制収容所に出向いて、まだ入隊していない日系人のために、4Cすなわち「敵性外国人」の基準を緩和し、日本の家族についても柔軟に対応した。語学学校のカリキュラムをつくる中心的役割を果たした将校のジョセフ・K・ディッキー大尉は、バイリンガルのベン・ナカモトを入隊させるさいに、こう声をかけた。「君が必要だし、君が欲しいのだ」。「僕にいったい何ができるのだろう？」とベンは首をかしげた。[*8]

四四四名の二世から成るサヴェージでの第二期生に軍の期待がかけられ、ハリーもそこに含まれた。

一二月一五日、ハリーは語学兵のグループ分け試験を受けて、それから上腕の袖をめくって全部で三回必要なチフス・ワクチンの最後の注射を受けた。こんな悲惨な視力をした、本土にいるはずの人間に、どうして熱帯に蔓延するチフスを予防する必要があるのかはさしあたって訊かずにおいた。[*9]

二二段階のうち、ハリーは上から三番目のグループに入った。上位三グループは正真正銘のバイリンガルだ。次の数グループは、日本語のほうが英語より得意か、逆に日本語のほうが不得手な帰米たちだった。上位に入れたのは、オーバーン仏教会の万年二年生ハリーにしては驚くべき快挙だった。日本で過ごした年月もまんざら無駄ではなかったのだ。[*10]

午前六時、早朝の起床ラッパが鳴って目が覚める。午前七時から食堂で朝食をとり、八時から授業が始まる。生徒たちは毎日、授業に七時間、宿題に二時間かけて、土曜の朝には試験がある。勉強するのは、読解、日本語から英語への翻訳、通訳の技術。カンジ（漢字）を毎日五〇個から六〇個暗記するよう言われたが、世界でも第一級に難しい言語を習得するには、かなり慌ただしいスケジュールだ。とはいえハリーはさほど勉強しなかった。ソーショ（草書）ですらも楽勝だったが、この速記術は帰米以外の者の頭を混乱させた。前線の日本兵たちは紙片やメモ帳に軍令を走り書きし、戦闘の混乱のさなかに置き捨てていく。鹵獲した文書の二割はソーショ（草書）で書かれていて、そのほとんどに計り知れない戦術的価値があった。[*11]

サヴェージの二世教官たちの目の前で、ハリーは課題を楽々とこなしていった。

ハリーは息を吹き返した。詰め込み勉強から解放されると、週末の自由時間には街をぶらついた。規則で縛られることも、疑いの目を向けられることもないのは、なんて爽快な気分だろう。ライフルをもった衛兵に、敷地を出ようとして止められることも、ひどく用心深い近所の監視員からいちいち行動を問いただされることも、びくびくそわそわした店員から商品は売れないと断わられることもない。安価な食料品ではちきれそうな紙袋を抱えてバラックに戻るとき、ハリーはここ何年ぶりかで初めて自分は自由なのだとしみじみ感じた。

ヒラから来た青年たちの入ったバラックFを、ハリーはすぐに取りしきり、ジョークやチャップリンのよちよち歩きで仲間を楽しませた。ハウスボーイ時代の料理の経験もずいぶんと役立った。「みんなほとんど文無しだった」。ハリーはだるまストーブでフランクフルトソーセージを茹でて、飯を炊いた。ショー・ノムラは勉強に追いつくのに一分たりとも無駄にできなかったが、それでも思わず声をあげて笑った。「みんな思っていましたよ」とショーは言う。「ハリーは僕らのカンフル剤だって」[*12]。

ハリーのほうも仲間の語学生との交流から元気をもらった。西海岸の二世にとっても、ハワイの二世にとっても、ミネソタのいちばん寒い季節は想像を超える修羅場だった。水銀柱がたまたま華氏でも摂氏でも同じ零下四〇度に急降下すると、真っ先に優先すべきは宿題と、それから生き抜く（サバイバル）ことになる。ある晩、コカコーラを冷やしておこうと、ノビー・ヨシムラが窓と網戸の隙間にコーラの瓶を差し込んでおいた。朝になって見てみると、瓶はみごとに破裂していた。ノビーは両耳に三度も霜焼けをこしらえた。「ほんとに間抜けでしたよ」。また、シャワー室から隣のバラックに歩いて戻るあいだに、ラスティ・キムラのシャンプーしたての髪がカチコチに凍った。予想もつかないこの冬を、青年たちはカンジ（漢字）と同様、細心の注意をもって学んだが、はるかに手ごわいのは天気のほうだった。[*13]

それは蒸せ返るように暑いガダルカナル島も同じだった。ミネソタからは正反対の半球に位置しているこの島では、一九四二年八月に勃発した激しい戦闘がいまもまだ続いていた。翌る一九四三年の一月にはアメリカ軍の攻撃が功を奏し始めた。二月に戦闘がやむと、アメリカ軍は三〇〇人を超える捕虜と数千件の文書を獲得したが、文書はどれもかなり略した速記で書かれていて使えなかった。外界から隔離されていたサヴェージの生徒たちは、太平洋での流動的な状況など頭になかったが、機密情報を知らされていた教官たちは、この戦地での需要がいっきに高まるだろうと予測していた。[*14]

ガダルカナル島には、効果的な尋問を行い、文書の価値を瞬時に見抜ける人間がほんのわずかしかいなかった。だが、この二つの作業から得られる最新の情報は、海兵隊の戦術的作戦を計り知れないほど強化していた。二世、とくに、たとえ母語でなくとも日本語を流暢に使えて、日本人の心を本質的に理解する帰米が前線近くで必要とされるのは間違いなかった。

「前線の情報がなければ、部隊はやみくもに敵につっ込んでいくしかない」と戦史家のジェームズ・C・マクノートンは書いている。とはいえ真にバイリンガルである人材は希少なので、日本語と英語がそれぞれ得意な者同士がペアを組むことになるだろう。キャンプ・サヴェージの教員は、急激に高まる需要に応えるべく、生徒名簿に目を凝らした。[*15]

一九四三年三月一五日、授業が始まってきっかり三ヶ月経ったその日、質問に答えるハリーはすでに二等兵ではなかった。サヴェージの教官は、ハリーの級友たちがとっくに知っていることをはっきりさせた。ヒラの仲間シズオ・クニヒロが言うように、ハリーは日本語を読み書き話せて、もちろん英語で敏腕に任務をこなせる「一人だけのチーム」だった。まだ任務についた経験はないが、この「九〇日の奇跡」のハリーは軍曹に昇進し、さっそく海外に向かうよう命じられた。[*16]

度肝を抜かれたハリーは、基礎的な軍事訓練も受けずに海外に行けるのでしょうかと教官に尋ねた。せめて六週間から八週間の障害物トレーニングやマラソン並みのランニング、武器の訓練が必要ではありませんか？「まあ、あとからなんとでもなるよ」とそう言われた。「その点は心配するな」[*17]。「心配はしていません」とハリーは答えた。「ですが、ただ私は何事によらずさほど自信があるとは思えなくて」。

一九四三年四月一八日、ハリーはベン・ナカモトを入れた上位クラス出身の仲間数十人と、キャンプ・サヴェージを出発した。最後にカリフォルニアで列車に乗ったのはヒラに向かうときだったが、あのときは兵隊に監視され、窓の日除けが降ろされていた。ところがいまは、ハリー自身が兵士なのだ。列車が駅に止まるたびに、住民がコーヒーとドーナッツを差し入れてくれる。車窓を眺めていると、生気のないぼやけた景色が、色あせたパステルカラーに変わっていく。霧がすっかり晴れると、サンフランシスコが光り輝いていた。[*18]

列車で西に向かう二世の語学兵たちに、太陽が優しく微笑みかけているかに見えた。彼らが出発したその日、南太平洋のブーゲンビル島上空を飛んでいた空軍のP38戦闘機が、真珠湾攻撃を計画した日本の連合艦隊司令長官、山本五十六海軍大将の搭乗機を撃墜した。山本の遺体は、密林に散らばる残骸のなかに、姿勢を正して座ったまま見つけられたそうだ。ニューギニアにいた陸軍情報部（ＭＩＳ）の語学兵ハロルド・フデンナはカリフォルニア州出身の帰米で、収容所に両親が入っていたが、彼がこの海軍大将の予定にまつわる重要な無線通信を翻訳していた。だがＭＩＳの任務は極秘であることから、フデンナが果たした決定的な貢献が報告されることはなかった。[*19]

アメリカ国民の心をとらえたニュースはほかにもあった。山本が死亡したのは、日本本土への最初の攻撃となった、ジェームズ・ドゥーリトル中佐の指揮する東京空襲からちょうど一年後のことだった。ハリーがカリフォルニアに着いてすぐに、ホワイトハウスは、日本軍の捕虜になったドゥーリトル配下のパイロット三名がその前年の一〇月に死刑宣告を受けて銃殺されたと遅まきながら発表した。ローズベルト大統領は、この死刑執行を「野蛮な」「未開の」「非人間的な」「下劣な」ことだと糾弾し、真珠湾攻撃直後に沸き起こったものと似た激しい感情をアメリカ国民に呼び覚ました。[*20]

その間も、ジョン・Ｌ・デウィット中将は相変わらず排日発言を続け、それはとりわけ二世に向けられたが、それでもプレシディオ基地にある自身の指揮する軍司令部の語学学校で訓練された二世たちは功績をあげ、スパイ活動や破壊工作の報告もいっさいなかった。とはいえ四月の半ばに連邦議会の委員会に出席したデウィットは、こう言い切った。「ジャップはしょせんジャップだ。忠誠心があろうとなかろうと、どのみち危険分子なのだ。連中の忠誠心を判断するすべはない……アメリカ人であるか否かは関係ない。そもそもが日本人であるからして、連中を変えることはできないのだ……紙切れ一枚やったとしても、連中を変えることなどできない」。まだサヴェージにいた語学生を震えあがらせたこの発言が耳に届くころには、ハリーはサンフランシスコに降り立っていた。[*21]

ところがハリーと仲間の二世たちは、この都市に滞在することを許されなかった。サンフランシスコ湾に浮かぶエンジェル島にフェリーで運ばれ、そこで戦地に向かうまでの数週間を過ごした。いわば「西のエリス島」と言えるこの島で、輝かしい新世紀が始まって最初の二〇年にこの地に来た六万人の日本人の手続きが行われた。ここは、若い一世の男たちが移民手続きに列をつくり、あとから着物姿の写真花嫁が列をなした「聖地」だった。そしていまでは、戦地に赴きドイツの捕虜になる運命にある二世たちの仮住まいになっている。この皮肉にハリーはいやでも気づかざるをえなかった。「歴史が繰り返すかのように、僕らもまたこの島に閉じ込められたと言ってもいいだろう」。ハリーはこれから海外に向かうことをマウント夫妻に手紙で知らせた。湾岸地区の出身で、友人に会いたいと希望する語学兵たちはサンフランシスコに入る許可を求めたが、何度申請してもそのつど却下された。[22]

　五月の半ば、軍隊生活にお決まりの「せかされたかと思ったら待たされる（ハリーアップアンドウェイト）」のが何度かあったのち、ようやくハリーはサンフランシスコから輸送船に乗り込んだ。後方に渦を立てながら船がゴールデンゲートブリッジ（金門橋）の下を通ったとき、ハリーは橋を見上げるどころではなかった。うねりがすごくて、もどしそうだった。ハリーにできることといったら、「船倉に寝っ転がって、船が上がったり下がったりするたびに丸窓から空と海が見えては隠れるのを、ただただ眺めているだけだった」。いくら船酔いがひどくても、頭だけはしゃきっとしていなくては。そのころには自分がオーストラリアに向かっていると知っていたが、語学兵が自分たちの任務を船内の者に教えることはかたく禁じられていた。ハリーたち語学兵は調理室をあてがわれていたので、ほかの兵士たちからは中国人のコックだと思われていた。[23]

　そのころ地上のグレンデールでは、クライドとフロッシーのマウント夫妻が、以前ハリーとクライドが裏庭に据えつけた旗竿に星条旗を揚げていた。フロッシーは家の正面の窓にも、青い星が真ん中についた白地に赤い縁取りのある旗を飾ったが、これは家族が軍籍に入っていることを表すものだ。「二人は僕のことを誇りに思ってくれていて、近所の人にもそれを知らせたかったんだ」とハリーは言う。マウント夫妻は生涯この旗を大切に飾ってくれていた。*[24]

船酔いはいっこうにおさまる気配がなく、いつになくハリーは不安になってきた。一〇日ほど穏やかな日が続いたのち、船は南太平洋の戦闘地域に到着した。部隊は毎晩午前三時から四時のあいだに甲板に上がってくるよう命じられた。東の空が朱に染まるまでの数時間、満天の輝く星空の下、兵士たちは甲板にとどまった。夜明け前のこの時間帯に、敵の襲撃に備えて救命ボートの訓練を受けた。それからポーカーやブリッジをした。そして待った。タバコを吸うのは禁じられていた。マッチ一本の火ですら、敵の注意を引きかねない。日本軍の潜水艦は夜明けに徘徊するサメのように、一見穏やかな太平洋の波の下で獲物を狙っている。ハリーは出立前に受け取った、大統領から部隊に送られた手紙を読み返した。「この結果に、君たちが生きるための自由がかかっているのだ。君たちの愛する者――君たちの同胞――君たち国民の生きるための自由が」。大統領はさらに続けた。「かつて自由の敵が、これほどまでに暴虐で、傲慢で、残忍なことはなかった」。この戦争の目的と、アメリカ人としての自由の意識、そして敵に対する極端な見方は、ハリーの頭の中でそれほどきれいにつながってはいなかった。*[25]

珊瑚海に向けて船が舵を切ると、漆黒の空に南十字星が美しく輝いた。夜間の訓練は、いよいよ用心深く行われた。そしてついに航海の一七日目、オーストラリア東岸のブリスベンの港が見えてきた。「ああ、ありがたや！」　船酔いでへばっていたハリーは感無量だった。「そこがどこかもわからなかったけど、そんなことはどうでもよかった」。船酔いがおさまると、とたんにどこにいるかがひどく気になった。ハリーがアメリカから太平洋を渡るのは人生で二度目のことだ。一九四三年六月四日、ハリーは任務に就いた。*[26]

# 15　メアリーの北極星

一九四三年四月の半ば、カリフォルニアに向かうハリーの列車が中部の大草原を進むころ、姉のメアリーは一年にわたる収容生活から逃げだしたくてしかたなかった。メアリーとジーニーは、もう砂も苦渋もじゅうぶん呑み込んでいた。いまでは収容者の転住手続きが進み、多くの人がここを出る許可をもらっている。この数ヶ月で、人々はヒラを出てデンバーやソルトレークシティやシカゴをめざしたが、そこでは戦時の好景気で働き口がふんだんにあり、反日感情も西海岸より目立たなかった。ところが戦時転住局は、こうした行き先が「飽和状態」になることを懸念した。収容者がどんどん仕事に就くようになれば、目につきすぎて、排日感情が芽生えかねない。こうした前哨基地(アウトポスト)が新参者に門戸を閉ざすのを、メアリーはあきらめ顔で見つめていた。そんな矢先、新聞に、去年の春にドゥーリトルによる本土空襲に参加した空軍パイロット三名が日本で処刑されたとの見出しが踊った。ワシントンからの命令を受け、ただちにすべての退去が、当面のあいだ中止となった。この措置はあなたがたの身の安全のためなのだ、と収容者は告げられた。*[1]

「まもなく収まるだろうが」とヒラの所長リロイ・H・ベネットが言った。「世間が落ち着くまで、これ以上の許可を出すことはできない」[*2]。

ところが、この失望をなぐさめたのは、誰あろう大統領夫人の思いがけない訪問だった。退去中止が発表された当日、エレノア・ローズベルト夫人がヒラを訪れた。つば広の帽子をかぶり、実用的な紐靴を履いたローズベルト夫人は、炎暑のなか施設を見学し、収容者たちに話しかけ、サインをしてまわった。少しも動じることなく、夫人はＦＢＩのお供もなしに自由に動きまわり、疲労の色も、いら立ちのかけらも見せなかった。ヒラに立ち寄ってからロサンゼルスに着くと、夫人はすぐさま記者会見を開いた。収容者を甘やかされているとみなす過激な反日派の上院議員や有識者の非難に対し、夫人は語気を強めて言い切った。「彼らは甘やかされてなどいません――彼らの置かれた境遇を、私はみずから選びはしないでしょう[*3]」。

夫人の言葉は、西部防衛軍の胸に正義の矢を放った。ローズベルト夫人は歯に衣着せず物を言うアメリカ人女性、まさにメアリーが憧れる堂々たる現代女性「モガ」だった。退去禁止令はただちに撤回され、メアリーはほっと胸を撫でおろした。とにかくまずは、カリフォルニア州のツールレイクに収容されている別居中の夫ジェリーと離婚するのが先決だ。

ヒラの空気は張り詰めていた。何ヶ月にもわたる不当な監禁でくすぶっていた不安は、二月の初めにすでに極みに達していた。このとき、軍は海外に送られる日系人だけの特別部隊の志願者を募ると発表したのだ。二世たちが忠誠を示せば、日系アメリカ市民に対する世間の心証もよくなるだろうと、軍や戦時転住局は予想した。たしかにハリーのような才のある二世はすでに前例をつくっていたのだが、陸軍情報部（MIS）の任務は極秘であり、よって彼らの活躍は伏せられていた。
志願兵の募集とともに、施設にいる全員が、軍に入隊するか、あるいは西部防衛軍以外の仕事に就くかにかかわらず、出所許可申請書の記入を求められた。そのなかに忠誠についての質問が二つあった。メアリーがもらった質問票の第二七問は、収容者に「あなたは陸軍看護部隊あるいは陸軍婦人補助部隊（WAAC）に志願する意志はあるか」と訊ねていた。第二八問は――厄介きわまりないことに――「あなたは合衆国に無条件の忠誠を誓い、日本の天皇や他のあらゆる外国政府、権力、組織に対するいかなる忠誠も服従も拒否するか」というものだった。これらの質問に対する唯一の適切な答えは、どちらも「イエス」であることを陸軍省があきらかにすると、収容者たちはさらに激昂した。[*4]
この質問票がきっかけで、憤慨した一部の収容者が過激な行動に出た。幻滅したハリーの帰米の友人のなかには、白地に赤い日の丸のついたハチマキ（鉢巻き）を抗議のしるしに頭に巻いて地面に額ずき、日本帝国への忠誠を誓う者もいた。しまいにはアメリカの市民権を放棄し、日本に送還されて不運な運命を辿る者もわずかながらいた。
ツールレイクやマンザナーのような親日派の温床ほどには当局を困らせなかったヒラにも、まもなくFBI長官J・エドガー・フーバーが関心を寄せた。フーバーは、忠誠質問のどちらにも「イエス」と答えないよう一五人の一世が二世の大半を説得していることを懸念していた。さらにフーバーは戦時転住局長のディロン・マイヤーに宛てて、その一世たちは「子どもたちがアメリカ軍に入隊すれば自殺すると言って脅すよう親たちに言い含めていた」と書き送った。[*5]
緊張が高まるなか、メアリーは自分の答えの先を読んでみた。たとえ両方の質問にイエスと答えたとしても、自分は日本とかかわりが深いので疑われはしないだろうか。最初の下書きでは、一介の

「菓子屋」の店主であるおばのキヨを、広島にいる唯一の親戚としてあげていた。自分が広島で数年過ごしたことには触れず、オーバーンで中高の教育を受けたことだけを書いた。そして、ジーニーの世話を頼める者など誰もいなかったが、自分は陸軍看護部隊かWAACに志願する意志があるとした。働けるならどこにでも行くし、どんな仕事でもするつもりだ。第一志望はシカゴだったが、メアリーはそれがオハイオ州にあるとばかり思っていた。

三月三日に最終的な出所許可申請書を提出したときには、メアリーは日本にいる親戚として正直に三人の兄弟をあげたが、母親のキヌのことは書かなかった。よく考えれば、ジーニーがいては陸軍看護部隊にもWAACにも志願できない。そのかわり、仕事についてもっと現実的に考えてみた。どこで働いてもかまわないが、理想を言えばオフィスで働きたかった。第二志望はメイドだが、これはキヌがたった一人の娘にどうしてもさせたくないと思った仕事だ。メアリーが男だったら、ハリーの例にならうこともできたろう。結局、親もとを離れ広島で優れた教育を受けた年月は、軍隊だったらメアリーを価値ある帰米にしてくれたかもしれないが、実際にはなんの役にも立たなかった。

収容所内はごった返し、住民がぽつぽつと去っていくなか、メアリーの生きがいはジーニーだけだった。メアリーとは違ってジーニーは、「母親の愛情に飢える」ことはなかった。空いた時間にメアリーは、シアーズローバックやモンゴメリーワードで買った生地でジーニーに服を縫ってやり、お気に入りの赤いハンカチでゲームをし、網かごにジーニーを入れて、六フィート下の谷に転げ落ちないよう用心しいしいカナル・キャンプの端から端まで自転車をふらふら走らせた。「若いうちに再婚したほうがいいわよ」と忠告されると、腰を抜かさんばかりに驚いた。そう言う人たちは、ジーニーなら「いつだって里子に出せるじゃないの」と肩をすくめるのだった。[*6]

余計な口出しをしてくるのも、お節介というよりメアリーを思いやってのことだろう。夫がいればいち早く暮らしを立て直すことができるし、たとえ一人で知らない街に移っても、ジーニーを連れてアパートと正規の仕事を探すよりも、雇い主の家や女子寮で部屋を見つけるほうが簡単だろう。けれどメアリーはぞっとした。どんなに都合がよかろうと、そんなのは関係ない。「何があったって、あたしがジーンを手放すわけないじゃないの」。ずっとあとになってメアリーはそう語った。

男性に対しては、そこまでの気持ちにはなれないが、向こうから関心を持たれることはなきにしもあらずだった。二七歳になっていたメアリーは、背が高くてスリムで華があって、上品な日本語と英語を話し、根っからの謙虚さと、さばさばした屈託のない利発さを合わせもっていた。ヒラの過酷な環境や心労も、メアリーの輝きを奪うことはなかった。

ハリーはヒラを出る前に、ブロック長をしている収容者、フレッド・イトウのもとを訪ね、姉のことをよろしくお願いします、と頼んでおいた。フレッドは四六歳の二世で、以前はサンガブリエルで四二人の従業員を抱える大型食料品店を経営し、最近ではトゥーレアリで評議会のメンバーを務めていた。彼もまた日本に一〇年いた帰米で、流暢な日本語を話した。日本で長く宣教師をしていたメソジスト派の牧師F・W・ヘッケルマンは、推薦状にこう書いている。「彼はきわめて優れた人格者であるゆえ、責任あるいかなる地位にもふさわしいと思われます」。そしてこうつけ加えた。「フレッドは実に謙虚な人間——まさに紳士です[*7]」。

メアリーも同感だった。フレッドはよく気がつくし、優しかった。メアリーにお菓子や電球といったものもプレゼントしてくれた。サファイアやダイヤモンドより貴重な品だ。メアリーを誘って、ヒラのビッグバンド「ミュージック・メイカーズ」が演奏するダンスパーティに連れていき、「ムーンライト・セレナーデ」に合わせて二人で踊った。フレッドが結婚しているという噂を、メアリーは耳にしていた。だがすでに離婚していて、別れた妻と三人の子どもは日本で暮らしているとフレッドははっきり言った。春もたけなわの、サグアロサボテンの花咲くころ、メアリーは胸がいっぱいになった。フレッドは二〇も上だが、歳の差など気にならない。フレッドを心から愛していた。

フレッドもメアリーに惹かれていたが、大人数で口やかましい家族の長男で、七人のきょうだいと年老いた両親の面倒を見る身だった。フレッドの姉妹たちは、あいにくほとんどがヒラで暮らしていた。父親はマウイ島のサトウキビ畑で身を粉にして働いた皺だらけの一世で、礼儀正しい人間だった。ところがフレッドの四姉妹は、シアトルから来たシングルマザーでヒラに誰も知り合いのいないメアリーを小馬鹿にしていた。メアリーはフレッドにふさわしくないわ。「あんたはジプシーよ、ジプシー」。そう言ってくすくす笑った。お金に余裕のないメアリーは、みすぼらしい身なりをしていた。後年になってメアリーは、嗚咽交じりにこう語った。「着物とかそういったものを、いっさい置いてきてしまったからね[*8]」。

フレッドへの気持ちは高まっていくけれど、それでもメアリーはヒラの息詰まる環境から逃げだしたくてたまらなかった。五月のあいだずっと、住人たちが友人に別れを告げて、ここを永久に出ていくさまを眺めていた。その月の末までに五六七人がここを去り、それはほかの収容所に負けないペースだった。ヒラには全部で一万三〇〇〇人が住んでいたことを思えば、その数は少ないが、これからもっと人が出ていくだろう。メアリーは、ミネアポリス・セントポール都市圏、クリーブランド、セントルイス、ニューヨークといった場所を考えたが、やはりシカゴに狙いをさだめた。その年の初めに、戦時転住局が収容所から出た人たちを援助するため、ここで最初の出張所を開いていた。シカゴの戦時転住局の責任者エルマー・L・シレルは、この都市のことを「何千人もの日系アメリカ市民を、この国で最もあたたかく、最も寛大に迎える主人役（ホスト）」だと説明した[*9]。

退所許可をもらうためには、まず雇用先を見つける必要がある。メアリーはここから出たくてしかたなかったので、週に一〇ドルぽっちの仕事でも喜んで引き受けるつもりだった。ジョンソン家で働いていたときは、ひと月七五ドルに住居付きだった。シカゴ周辺でいま広告に出ている家事労働の働き口は月五〇ドルから七五ドル、もしくはそれ以上とある。メアリーは自分の値打ちを控えめに見積もり、「娘がいるのでもっと頂けるとは思っていないので、かまいません」と説明した。どこで働こうと、三歳のジーニーを連れていくことになるのだから。エルマー・シレルは手紙でメアリーを励ました。「あなたのような経歴をお持ちなら、娘さんを連れていかなくてはならなくても、週に一五ドルは稼げるでしょう」[*10]。

太平洋沿岸の自宅から追われた日系人一二万人のうち三分の一以上が収容所から漸次出ていくこの大脱出（エクソダス）は、まさしく難民の移住にほかならなかった。それには決まってパターンがあった。健康で丈夫な男たちがまず先に外に出て、安全な避難場所を探しまわって確保するあいだ、女たちは高齢の家族や子どもの面倒をみながら移住の支度をする。強制収容所にいる高齢の移民たちは、英語の堪能なアメリカ市民である成人した二世の子どもたちに従った。けれどメアリー・ヒサエ・フクハラ・オシモは、自分の進路は自分で決めて、誰も待たないことにした——ハリーの友人のナガタ夫妻やマツモト兄弟、そしてイトウ家の一族も。別居状態の夫が自分を探しだして暴力を振るう恐れがあるのはわかっていたが、それでもメアリーは一人で旅立つ覚悟を決めた。

一九四三年六月九日、メアリーはブロック47のバラック7のアパートメントBで荷物を詰めた。この日は恋人フレッドの四七歳の誕生日だが、自分の旅立つときが来たのだ。弟より半年長い九ヶ月が過ぎて、メアリーのヒラでの「刑期」はついに終わろうとしていた。翌る朝、ジーニーの手をしっかり握ると、砂とメスキートとサボテンの台地を最後にぐるりと見まわした。バスが停まって、ドアががたんと開くと、メアリーは娘を両腕にかかえた。

バスから列車に乗り継いで、二人は四日間かけて北東のシカゴに向かった。窓から見える景色ががらりと変わり、南部の砂漠の色あせた白っぽい眺めから、中部に来ると緑したたる草原が広がった。この五月には、セントルイス近郊の農地が大雨で水浸しになっていた。ミズーリ川、ミシシッピ川、ウォバッシュ川、そしてイリノイ川も記録的な水位に達し、周辺一帯が災害地域に指定された。メアリーとジーニーの旅も終わりに近づくころ、今度はシカゴの一三〇マイル南にあるピオリアが鉄砲水で浸水し、ロックアイランド鉄道の線路が数百フィートにわたって流された。予定より一日遅れた一九四三年六月一四日の月曜日、メアリーを乗せた機関車は石炭の煙の雲を吐きながら、「風の都（ウィンディ・シティ）」と呼ばれるシカゴに騒々しく入っていった。とりあえず、もう雨がやんでいるのは幸先のよいことだ。メアリーはそう自分に言い聞かせた。[*11]

メアリーとジーニーを乗せたタクシーは、ノースウェルズ通り五三七番地で止まった。頭上の高架を走る満員電車が、鋭い軋り音を立てている。さっそく相互扶助センターを探した。転住を円滑に進める機関で、メアリーたちの面倒を一時的に見てくれるはずだ。弟ハリーの部隊の宛先を書いたメモを、メアリーは指でそっとまさぐり確かめた。手紙を書いて、弟がそれを受けとったなら、きっと返事をくれるだろう。だが広島にいる家族に手紙を出すつもりはない。

ジーニーと二人きりでいるのも、しばらくのあいだだけだった。それから数週間後にフレッドが、イリノイ州はシカゴ郊外のモケナにいる兄弟のところに向かった。そしてまもなくメアリーのもとに来るだろう。フレッドのきょうだいもほとんどが兄のあとを追ってくるはずだ。あのやかましい四姉妹ももちろん。そしておそらくは皆が一つところに暮らして、相変わらずメアリーの悩みの種になるのだろう。

ヒラを出る日も近いことを、フレッドは詩的な言葉で綴っていた。「収容所の中から外を眺めると、疑念や不安の数多の雲が垂れ込めているかに見える……」。それは、移り気な祖国の、不慣れな土地の、見知らぬ街で、中年過ぎの男が新たな人生のスタートを切る複雑な心境をあらわしていた。フレッドの心のつぶやきは、彼の美しいメアリー――オーバーンと広島を出身地に持つアメリカ人で、着物に袖を通すのを頑として拒んだ女性――の胸のうちとも、おそらく重なっていたことだろう。[*12]

## 16　広島での配給生活とスパイ扱い

一九四三年の夏、メアリーの着物を、キヌはまだ手もとに残していた。ときおり、香りのよい桐の箪笥の引き出しをあけ、着物を傷めないよう包んだ和紙（文庫紙）を開いては、虫が食ったりカビが生えたりしていないか絹地を念入りにチェックする。メアリーの着物だけは、できるかぎり残しておくつもりだ。疎遠になった娘との絆の証(あかし)なのだから。娘のいない寂しさは言葉に言い表せないものがあった。

モンペ一辺倒のご時世では、着物はまるで無用のものになっていた。人々に必要なのは生活必需品であって贅沢品ではなかった。家族一人のブラウスが買える衣料切符を貯めるのすら一年がかりになりかねなかった。まして服を仕立てる金などあろうはずもない。「新しいものを買える時代ではありませんでした」とマサコは言う。「それに何をするにしても糸がいります」。女たちはひと巻きの糸を欲しがったが、それは手持ちの服を何度も何度も繕いなおすためだ。[*1]

この国は再度金属を集めようと躍起になっていた。兵器の材料にする金属くずがいくらあっても足りないなか、もはや政府は一九三九年と四一年の大規模な金属回収のときのように報酬を出すこともしなかった。直近の要請は三月に始まったが、とりわけ鉄の提供をやかましく要請していた。

広島が湿った苔生す冬から柳の緑の春に変わるころ、僧侶が寺の釣り鐘を台からおろし、役場の職員が街灯を撤去し、郵便局員が金属製の郵便箱を取りはずした。カツジが自分の愛する祇園の「勝想寺」――ここにカツジの遺骨も埋葬されている――に気前よく寄付した円錐形の青銅の大鐘も、役人の手に転がり落ちた。キヨが肩を落としたのは、本通商店街の線条細工を施したスズラン灯が地面から引き抜かれ、遠慮会釈なく運び去られたことだった。銃後の国民は愛国心を奮い立たせ、相変わらず金属製の物をかき集めた。鍋やフライパン、やかんにバケツ、真鍮のボタンといった寄せ集めの品々が、当局に徴発された校庭や空き地に子どもの背丈ほどに積みあげられた。*2

キヌもまた、自分の家の家具をよくよく眺めた。亡き夫の選んだ、どれもセンスのよい日本の家具やアメリカの家具。なくてもやっていけるのはどれだろう。玄関広間のアール・デコ調の丸い吊りランプは？　居間のヴィクトリア調の天井灯は？　シアトルで買った貴重な品々は取っておくことにした。鋳鉄製の鍋とアルミニウム製のフライパンを数個選んだが、全部を寄付したりはしなかった。まだまだ料理はしなければならない。鍋底にアメリカの印のついたものが何個かあって、これは手もとに残しておいた。

キヌは自分の手をまじまじと見た。あかぎれやしわは、泡の立つ洗剤のかわりに泥や灰を混ぜた粗悪な石鹸を使っているからだ。手は荒れてささくれていても、シアトル時代にもらったプラチナにダイヤモンドの結婚指輪は、三二年経ったいまもピカピカ光っている。プラチナは銃の材料に利用できるし、戦争遂行には犠牲が必要だ。キヌは指輪をひねって指から抜いた。幾多の家族が夫や息子、兄弟やおじを失う悲嘆を味わっているというのに、指輪一つ手放してなんだというのか。自分には子どもたちがいる。悲しみにきつく蓋をして、キヌは前を向いた。[*3]

金属回収と前線での戦況逆転によもや関係があるとは、キヌとフランクの頭をかすめもしなかった。ふだんの暮らしがじわじわと失われていくなかで、戦局を見抜くのは容易でなかった。二月の初め、全国の新聞はガダルカナルの戦いが勝利に終わったと報じた。この国の軍隊は、記者たちが遠まわしに書くテンシン（転進）をしながら戦っていた。このとき以降、この謎めいた言葉が頻繁に使われだした。新聞を畳みながら、国民は「転進」とは何なのか見当もつかず、「前進」とどう違うのかと首をひねった。新聞にもラジオにも詳しい説明はなかった。[*4]

日本兵二万四〇〇〇人がガダルカナル島での六ヶ月にわたる熾烈な戦いで命を落としていた。これは、子どものころから断じて降伏するなと教わってきた兵士たちが切羽詰まって自殺行為のバンザイ突撃を決行した、数多（あまた）の戦いの最初となった。文字どおり「玉（ぎょく）のように美しく砕け散る」ことを意味し、「栄光ある自決」をあらわす「ギョクサイ（玉砕）」と呼ばれたこの無益な行為は、実に凄惨なものだった。戦地で敵の集中砲火を浴びて死ぬことに、どれほどの尊厳があるというのか。瞬時に絶命しなかった兵士たちは、しばしば最後に「オカアサン！」と叫んで息絶えた。

何事も受け入れ我慢するよう叩き込まれた国民は、大本営による不得要領（ふとくようりょう）な説明を黙って受け入れ、戦地に送られた愛する者からの手紙を待った。生活の質がますます落ちていくことにも慣れていった。「シカタガナイ」。積年の経験から、戦争とは尋常ならざる状況であるのはわかっている。新たな決まりが発表されるたびに、そのつど国民は耐え従った。

その年の初めには、アメリカからの愛すべき輸入品であるジャズを聴くのも演奏するのも禁じられた。約一〇〇〇曲がご法度になり、ジャズ以外の英米の曲も姿を消した。かつてハリーがアメリカ製の蓄音機(ビクトローラ)でかけていたお気に入りの曲も処分せねばならないと思ったキヌは、ハリーの「ブルームーン」や「峠の我が家」のレコードを廃棄した。[*5]

店では三味線や琴といった日本の楽器も売らなくなった。こうした楽器の材料は、戦争遂行のためか、あるいは銃後の国民の必需品に転用された。幸いキヌにはまだ、二度にわたる太平洋の航海を耐え抜いた丈夫な楽器があったけれど。政府が推奨するのは軍歌だった。心に染みるバラードや荘厳な行進曲。とはいえ「ハワイ大海戦」にも「マニラの街角で」にも、最新のヒット曲「バタビアの夜は更けて」にも、キヌの胸は躍らなかった。

時局に気を遣って、キヌはピアノを弾くのをやめた。チエコやマサコは相変わらず訪ねてくるが、曲を弾くと近所じゅうに聞こえて眉をひそめられた。危ないことはできなかった。それにピアノがあれば、金持ちだと誤解されるおそれもある。それでもおとなしくしてはいられないキヌとキヨの姉妹は、琴をつまびき、三味線を鳴らし、自分たちの心休まる音色を紡いだ。チエコはそれをじっと見守り、マサコは薄い靴下の足でほとんど音も立てずに踊った。

キヌの一家はずいぶんとこぢんまりしたものになった。軍隊から戻ってきたヴィクターは、いまは鉄鋼工場で働いていて、市内の三篠(みささ)地区の寮で暮らしている。ピアスは今も東京近郊に住み、横浜専門学校で学んでいる。キヌのそばにいちばんいるのはフランクだった。キヌはカツジのいないことが寂しく、とりわけ世渡りのうまい夫を懐かしんだ。広島に戻ってきたとき、キヌは無法の闇市場など存在しない平和な世界での支出を見積もっていた。けれどここにきて必要な出費が跳ねあがっていた。

キヌがいくら精いっぱい強気で交渉に臨んだところで、カツジならばもっと上手に物々交換ができただろう。

キヌとフランクは白米を手に入れたかった。一九四一年から白米は配給制になり、農夫たちが田畑から戦地に送られるにつれて、いっそう統制が厳しくなった。ときには配給米を受けとるために並んでも、米のかわりにサツマイモを渡されることもあった。闇値は急騰し、落ち着く見込みもなさそうだった。頼れる父親もハリーもいないフランクは、友だちに助けを求めた。[*6]

ジッキ・フジイは一中にいるフランクの親友だった。ジッキの父親は広島の西部で米の配給に携わっていて、この役目には絶大な力があった。母親が米を手に入れるのに苦労していることをフランクが話すと、ジッキと父親はすぐに事情を察してくれた。フクハラ家は男の家長もおらずに、これまでよくがんばってきた。ジッキの父親は一家を不憫に思い、半袋の米が倉庫からたまに消えたところで上の者も気づくまいと考えた。まだ二〇キロから三〇キロ近い重さのある半開きの米袋をジッキがこっそり持ちだすたびに、父親は見て見ぬふりをしてくれた。

それから一年のあいだ、放課後になるとジッキは定期的にこうした米袋の一つを、重たい荷物を載せられる特別仕様の自転車に積み込んだ。どろりと濁った夕闇に紛れて、ジッキはフランクの待つ橋までペダルを漕いだ。このジッキのいかにも太っ腹な行為は、まさに危険と隣り合わせのものだった。万が一捕まれば、二人は窃盗罪に問われただろう。

フランクはさらにほかの手立ても見つけてきた。ある友人は酒を、別の友人は魚を、そして三人目は野菜を調達できて、全員が父親のコネを使っていた。フランクは闇で買うより安い金額を友人たちに支払った。こうして手に入れた食料のおかげで、キヌは庭に野菜を植えて世話をする骨折り仕事をしないですんだ。
キヌの庭には柿や枇杷、柘榴や無花果の樹々はあったが、風情のある庭に耐寒性の根菜——ジャガイモやサツマイモ、カボチャ、さらにすきまに分葱も混ぜて——を植える主婦たちとは違って、庭を掘り起こして畑に変えたりはしなかった。玄米にイモを二割混ぜたものしか手に入らないときに、キヌが美味しそうな匂いの白米を炊くことに腹を立てる隣人はいなかったのだろうか。もちろんフランクとキヌもときどきそういったものを食べていた。フランクは何時間もかけて杵で玄米をつき、糠をとり除いた。また天皇の写真を掛けていないキヌの西洋風の居間を見て、とやかく言う者はいなかったのか。キヌは二文化の共存する居心地のいいわが家に籠って、世間の圧力には屈しなかった。

憲兵隊にすらキヌはひるんだりしなかった。憲兵は高須や近隣を自転車でまわり、不忠をうかがわせる者はいないか目を光らせている。ベルトのついた制服に幅広の腕章を巻いた居丈高な憲兵が、自転車のベルをじりじり鳴らすと、住民は胸をざわつかせ、その姿を見ただけで、尋問されるのではないかと縮みあがった。真珠湾攻撃の前から憲兵隊は防諜活動にかかわっていた。隣人の誰かが憲兵にひと言耳打ちしただけで、たちまち警察が来てキヌの家のドアをドンドンと叩いただろう。だがキヌはびくついたりしなかった。食べ物を手に入れるのに近道はしたかもしれないが、それ以外に文句を言われる筋合いはない。隣組に入って月に一度の常会に出席し、出征兵士を見送る沿道に立ち、防空演習にも参加している。隣組のバケツリレーの訓練では、頭にテヌグイ（手拭い）を巻いて、水をパシャパシャさせながらバケツを運び、箒で見えない火を叩き消した。

憲兵隊を怖がったのは、フランクのほうだった。近所の人たちは「詮索好きだった」とフランクは言う。窓の陰に隠れ、生垣で立ち止まり、誰かを呼び止めては、ひそひそ話をする。ただのおしゃべりが、いつ噂話や陰口に変わるかわからない。日本では、女子と男子は「コンニチワ」以外の言葉を交わさないものとされている。けれどマサコと話して何がいけないのか。二人が話をしていたと、わざわざ忠告しにきた隣人もいた。これは他愛のない違反だが、フランクの一家を妬む者が一人でもいたら面倒なことになりかねない。「トナリノビンボウ　カモノアジ（隣の貧乏鴨の味）」ということわざが身に沁みた。*[7]

憲兵隊と遭遇した一件を思いだすと、フランクは冷や汗が出た。高須に移ってくる前に、フランクはひと泳ぎしようと太田川の土手沿いに足を止めたことがあった。上流ではふんどし姿の兵士たちが馬を洗っていて、脱いだ軍服が川縁(べり)に積んであった。兵士たちが作業に気をとられているすきに、服がいつのまにか盗まれた。一人の憲兵から詰問されたフランクは、犯罪者の逮捕につながる情報を提供した。すると褒美を受けとりに本部に来るよう命じられ、しかたなく従った。ところが廊下を歩いていると、悲鳴やうめき声が聞こえてきた。つとめて脇を見ないようにしていたが、どうしても待機房をちらりと覗かずにおれなかった。「男たちが引きずられ、横面を叩(はた)かれ、蹴飛ばされていた」。さっきの憲兵の部屋で深々と頭を下げてビスケットの缶を受けとると、フランクはあわてて外に出た。*[8]

愛国心に欠ける振る舞いをしたとみなされたら、憲兵隊に尋問されるおそれがあった。二世はとくに危なかった。ミッドウェー海戦、さらにガダルカナル島での「転進」以降、それまで目立たぬようにしていた少数派(マイノリティ)に対する世間の目がいちだんと厳しくなった。「日本が次々に勝利をあげていた戦争初期、日本人は日系二世に多少なりとも寛容さを持ち合わせていた。ところがいざ戦争に負けだすと、「アメリカ生まれ」をスパイであるかのように扱いだした」と歴史家の袖井林二郎は書いている。この不穏な空気を察したフランクは、完璧な日本人に見えるよう、なおいっそう努力した。*[9]

夏も終わりに近づいた八月二四日、フランクは一九歳になった。一中の最終学年になって数ヶ月が過ぎ、おそらく卒業できるのは間違いなかったが、とはいえ徴兵を逃れる道をなんとか探さなくてはならない。戦争が奇跡的に終わらないかぎり、どのみち徴兵年齢に達する二〇歳の誕生日が期限だった。だが行動は慎重にしなくてはならない。アメリカに自分のルーツがあることは役所の戸籍から簡単に割りだせるだろう。戸籍にはフクハラ家のきょうだいの生誕地がシャトルとかシアトルとか記載され、メアリーが一九三八年に結婚した記録も載っていた。書類の欠けたハリーだけが、いっさい足跡を残していなかった。

［著者］
パメラ・ロトナー・サカモト（Pamela Rotner Sakamoto）
1962年にノースカロライナ州に生まれる。アマースト大学卒業。1984年に「アーモスト・同志社フェロー」として来日。以降、京都と東京で通算17年間を過ごす。タフツ大学フレッチャー法律外交大学院でPh.D.を取得。杉原千畝の研究書 Japanese Diplomats and Jewish Refugees: A World War II Dilemma, Praeger,1998 を刊行する。長年にわたり米国ホロコースト記念博物館における日本関係のプロジェクトで専門コンサルタントを務めている。2007年にハワイに移住。ハワイ大学と名門私立校プナホウ・スクールで歴史を教える。現在、後者の社会科の責任者を務める。

［訳者］
池田年穂（いけだ としほ）
1950年横浜市生まれ。慶應義塾大学名誉教授。移民史、移民文学なども講じてきた。ティモシー・スナイダーの日本における紹介者として、『自由なき世界』『暴政』『ブラックアース』『赤い大公』（2020年、2017年、2016年、2014年）を、タナハシ・コーツの紹介者として『世界と僕のあいだに』（2017年）を翻訳している（出版社はいずれも慶應義塾大学出版会）。ほかに、アダム・シュレイガー『日系人を救った政治家ラルフ・カー』（2013年、水声社）など多数の訳書がある。

西川美樹（にしかわ みき）
翻訳家。東京女子大学文理学部英米文学科卒。訳書にメアリー・ルイーズ・ロバーツ『兵士とセックス』（共訳、明石書店、2015年）、ニール・バスコム『ヒトラーの原爆開発を阻止せよ！』（亜紀書房、2017年）、ジェイムズ・Q・ウィットマン『ヒトラーのモデルはアメリカだった』（みすず書房、2018年）など。

黒い雨に撃たれて（上）
――二つの祖国を生きた日系人家族の物語

2020 年 7 月 20 日　初版第 1 刷発行

著　者――――パメラ・ロトナー・サカモト
訳　者――――池田年穂・西川美樹
発行者――――依田俊之
発行所――――慶應義塾大学出版会株式会社
〒 108-8346　東京都港区三田 2-19-30
TEL〔編集部〕03-3451-0931
〔営業部〕03-3451-3584〈ご注文〉
〔　〃　〕03-3451-6926
FAX〔営業部〕03-3451-3122
振替　00190-8-155497
http://www.keio-up.co.jp/
装　丁――――耳塚有里
印刷・製本――萩原印刷株式会社
カバー印刷――株式会社太平印刷社


Printed in Japan　ISBN978-4-7664-2685-4